나의 위로가 당신의 위로가 되길

치유예술작가협회 12명의 이야기

나의 위로가
당신의 위로가 되길

치유예술작가협회 12명의 이야기

금선미, 남규민, 박건우,
백지상, 송아미, 양여월,
이경화, 이소희, 이여름,
정주영, 최영인, 최이연
지음

두드림미디어

프롤로그 1

예술로 치유의 가치를 실현하다

이 책을 공동 저술한 12명의 작가는 모두 치유예술작가협회(Healing-Artist Association, 이하 HAA)의 임원들입니다. HAA는 예술을 통해 치유의 가치를 실현하고자 하는 예술가들의 모임입니다. 우리는 그림과 글을 통해 치유예술이라는 새로운 장르를 개척하고 전파하고 있으며 서양화가, 상담심리사, 미술치료사, 시인 등 다양한 분야의 전문가들이 모여 예술이 가진 치유의 힘을 연구하며 나누고 있습니다.

예술과 치유는 오랜 세월 깊은 연관을 맺어 왔습니다. 미술치료 분야의 선구자 중 1명인 크레이머(Edith Kramer)는 예술이 단순한 치료의 도구를 넘어 그 자체로 치유의 힘을 지닌다고 주장했습니다. 예술가는 자신의 내면을 시각적으로 표현하는 과정을 통해 감정을 승화하고, 이를 감상하는 사람들 역시 위로와 공감을 경험할 수 있습니다.

알랭 드 보통(Alain de Botton)은 그의 저서 《영혼의 미술관》에서 예술이 인간의 영혼을 어루만지고 삶을 더욱 아름답게 만드는 치유적 기능을 한다고 설명했습니다. 그는 예술이 기억을 회복하고 희망을 찾게 하며, 상처를 극복하고 슬픔을 해소할 수 있도록 돕는다고 강조했습니다. 또한 보통에 의하면 예술은 자기 이해를 촉진하고 내면의 균형을 회복해서 성장시키는 중요한 역할을 합니다.

저는 상담심리사이자 서양화가로서 예술과 치유를 연결하는 창작 활동에 뜻을 두었고, 같은 비전을 가진 분들과 함께 협회를 설립하게 되었습니다. 2022년 봄, 발기인 10명의 창립전시회를 시작으로 다양한 활동을 통해 예술과 치유를 결합하는 시도를 계속하고 있습니다. 아직은 신생 단체지만 현재 임원 12명, 정회원 20여 명, 일반회원 50여 명 규모로 성장해서 다양한 활동을 전개하고 있습니다.

우리 협회는 예술의 치유적 기능을 극대화해 대중과 소통하는 것을 목표로 삼고 있습니다. 회원들은 각자의 치유 경험을 바탕으로 그림을 그리고 글을 쓰며 창작에 몰입하고, 예술을 통해 스스로 치유하는 동시에 대중과 공감하는 작업을 이어가고 있습니다.

설립 이래 매년 특정한 치유적 주제를 선정해 정기 전시회를 통해 작품을 소개하며, 이를 통해 관객들이 예술의 치유적 기능을 직접 경험할 수 있도록 합니다. 또한 그림이 포함된 치유적 에세이집과 예술 서적을 발간해 대중이 예술을 통해 위로받고 영감을 얻을 수 있도록 합니다. 한편으로는 상담심리와 예술치료를 접목한 다양한 워크숍을 진행하며, 예술을 통한 자기 이해와 성장의 기회를 제공합니다. 또한 회원 간의 교류와 협력을 장려해 서로의 경험과 지식을 나누고, 더 나은 예술적 치유 방법을 연구합니다.

작가(作家)란 만드는 사람, 창조하는 사람을 의미합니다. 그림을 그리고 글을 쓰는 일 모두 작가의 영역에 속하며, 우리는 이를 통해 자신만의 세상을 창조합니다. 예술은 여전히 가난한 영역일 수도 있지만, 우리는 창작을 통해 내면의 풍요를 경험하고, 자신과 타인을 치유하는 과정을 거칩니다. 이 책 또한 그러한 노력의 결실로 탄생했습니다. 독자 여러분께 이 치유적 에세이를 통해 따뜻한 위로와 영감을 전할 수 있기를 바랍니다.

특별히 HAA의 출판위원장이자 이 책의 대표 저자인 금선미 작가님께 깊은 감사를 전합니다. 금 작가님의 헌신과 열정이 없었다면 이 책은 완성될 수 없었을 것입니다. 또한 바쁜 일정 속에서도 원고를 정성껏 작성해주신 HAA의 임원진, 작가님들께도 감사드립니다.

치유예술작가협회 회장 **백지상**

〈치유예술작가협회 사무실에서 임원진 단체 촬영〉 출처 : 저자 백지상 제공

프롤로그 2

이 위로가 당신에게 필요할까요?

이 책은 치유예술작가협회 임원을 맡고 있는 12명의 작가가 전하는 위로입니다. 위로가 필요했던 우리가 누군가에게 그 위로를 전한다니 이상하게 들릴 수 있겠지만, 그렇기에 더욱 할 수 있다고 생각했습니다. 그것은 '이상심리와 자기치유'를 주제로 '이상한 전시회'를 열었을 때, 독자들의 방명록과 그림 옆에 붙여놓은 진심 어린 소감과 피드백 덕분입니다.

그동안은 주로 전시회에서 작품과 짧은 문집을 통해서 독자들을 만났습니다. 감상하면서 위로와 힐링, 재미가 있었다는 그들의 말을 믿고 이렇게 용기를 내게 되었습니다. 평소 그림으로만 표현해왔던 이들에게는 진솔하게 자기를 열어 글을 써 내려가는 것이 또 하나의 도전이었습니다. 그럼에도 작가들이 일상에서 경험한 삶에 대한 다양한 감정과 그것에서 얻은 통찰을 기반으로 이렇게 책으로 엮었습니다.

작가의 그림이든 글이든 그 마음에서는 독자를 향한 마음의 상호작용이 드러납니다. 12명의 작가 모두가 모든 독자에게 위로와 영감을 줄 수는 없겠지만, 한 사람의 진솔한 이야기가 읽는 한 독자의 가슴에 따뜻하게 가 닿는다면 그것으로 충분하다고 생각합니다.

책을 읽어 보면 일상의 어떤 순간을 그림 그리듯 그려 내놓은 이야기도 있고, 어떤 이는 가족에 대한 양가감정을 드러내기도 했습니다. 어떤 이는 관계에서의 배신과 좌절을, 어떤 이는 과거와 현재의 자신에 관한 이야기를 내놓기도 했으며, 다 열거하기에는 벅찬 다양한 이야기들이 실려 있습니다.

이 책을 펼치면 12가지 색연필 통을 연 것처럼 작가들의 생각과 느낌이 다채롭게 드러납니다. 그래서 이 책을 읽으면 이들의 솔직함 속에서 자신의 내면을 만날 수 있을 것입니다.

제목에 위로라는 말이 없다고 해서 위로가 없지 않으며 제목이 대놓고 위로라고 해서 반드시 위로를 받을 거라는 기대는 하지 않았으면 합니다. 그것은 어쩌면 각자의 몫입니다. 누군가에게는 어떤 작가의 이야기가 더 와닿을 것이고, 누군가에게는 이해가 가지 않는 것일 수도 있을 테니까요.

그래서 이 책은 먼저 지금 삶에서 아무것도 하기 싫은 마음이 올라온 분들에게 권하고 싶습니다. 애쓰며 살았는데도 내 삶이 내 뜻대로 되지 않아서 화가 난 사람들에게도 권하고 싶습니다. 또한 관계 속에서 '왜 다 나 같지 않지?'라는 생각에 속이 상한 분들에게도 권하고 싶습니다. 이렇게 자신의 마음을 돌보고 싶은 분과 타인에 대해 궁금해하는 모든 분에게 권하고 싶습니다. 읽다 보면 '어머 이런 이야기도 다 있네, 나랑 똑같네' 하면서 단숨에 읽게 될 것입니다.

이 책에는 서론, 본론, 결론이 따로 없습니다. 왜냐하면 12명의 서로 다른 분야의 작가들이 자신의 마음을 일상의 에피소드를 꺼내어 그대로 써놓았기 때문입니다.

그저 누군가의 생각과 느낌이, 말이 당신에게 와닿는다면 그저 그것에 집중했으면 합니다. 평가를 받겠다고 생각했다면 이렇게 겁 없이 써 내려가지 못했을 것입니다. 다만 그림으로 다가갔던 그 발걸음을 멈춰서 감상했듯이, 글로 편하게 읽어주셨으면 합니다. 그래서 그대로 멈춰서 당신의 그 마음과 접촉하는 시간이 되길 바랄 뿐입니다. 이 책이 당신의 내면과 닿는 작은 연결 다리가 되길 바라는 마음입니다.

치유예술작가협회 작가 **금선미**

목 차

금선미

위로
마음이 닿길
그대로

위로

아침 루틴

2월이 다 지나간 오늘도 춥다. 운동 시작 전 단골 카페에 들러 히비스커스차 한 잔을 시켜두고 이렇게 노트북을 켰다. 운전하고 오면서 책을 읽다가 운동하러 가야지 했는데 또 깜빡하고 어젯밤 잠들기 전에 더 읽을 요량으로 책을 방에 가져갔다가 그냥 나왔나 보다. 차에도 노트북 가방에도 없다. 틀림없이 내 방 또는 내 책상 위 어디에 잘 있으리라.

그럴 줄 알면서도 다시 찾고 아이들한테 전화까지 해서 확인했는데 이제는 그럴 힘도 빠졌는지 없으면 없는 대로 또 보낼 수 있다. 전자책을 읽어도 되고, 멍하니 창밖 벌판을 바라봐도 되고, 이렇게 노트북이나 수첩을 꺼내 들고 끄적이며 놀아도 된다. 그래도 이제는 참 좋다.

이렇듯 나도 자꾸 변화되면서 타인이 변한다고 뭘 그리 서운해했던 가?

나처럼 다들 성장하는 거고, 잊는 거고, 놓아주는 삶을 살아가는 걸 텐데, 말이다. 누구나 자신의 입장에서 그 순간에 다 할 말이 있을 텐데. 나는 참 소상히 듣고 싶어 했고, 나도 자세히 이해받고 싶었나 보다.

뭔가 깊이 있게 나의 속을 다 말해도 괜찮을 사람을 늘 찾았고 바랐다. 이제는 그런 이야기를 하려면 내가 나에게 한다. 내 속을 훤히 알 것 같지만 사실 나도 내가 의지를 가지고 연결시켜야 아는 것 같다. 자꾸만 질문하고 어떤 느낌이냐고 기분이냐고 알아주려고 멈춰서 친절하게 물어야 알 수 있었다. 내 경우에는.

이런 나를 깊이 만나주기 위해 나는 나름의 루틴이 있다. 아침 5~6시에 일어나서 창문을 연다. 그리곤 이부자리를 정리하고 그 상쾌하고 찬 공기를 맡으며 가만히 요가매트에 앉아 명상한다. 때때로 몸의 불편감이 느껴질 때는 누워서 편안하게 하곤 한다. 그러다 보면 들어오는 공기가 어디로 길을 내고 가는지 온몸으로 느껴지고, 몸의 불편감이 어떻게 편편하게 되는지 그 과정을 그저 내 안에서 관찰하고 몸으로 체험되어 고요한 평안함을 맞는다. 아주 잠깐 한 것 같아 눈떠 보면 30분은 훌쩍 지나기에 이제는 알람을 아예 맞춰 놓았다.

위로

오늘도 어김없이 2월에 마지막 금요일에 우리 트레킹 사람들은 신금호역 3번 출구에서 만났다. 서울에 산 지는 40년이 넘었는데 트레킹을 할 때마다 속으로 감탄하곤 한다. 이런 곳이 있었구나, 어쩜 이렇게 아름다운가, 소박함이 주는 정겨움과 오래된 것이 주는 안정감 등 느껴보지 못한 것들을 느끼고 있다. 자세히 봐야 예쁘다는 시인의 말을 예찬하면서 하게 되는 트레킹이다.

워낙 걷기와 자연을 좋아하는 나로서는 자연히 마음이 가고 몸이 움직이게 되는 모임이다. 나는 이렇게 마음이 가면 몸이 가서 거기서 만나는 사람들은 다 인연이겠지 생각하며 소중하게 만나는 편이다. 관계를 맺을 때 내 방식이 이렇다는 거다.

그래서 나는 일을 하면서 자연스레 친해지거나, 공부하면서 친해지거나, 이렇게 걷기를 하면서 친해지는 게 편하다. 무슨 말을 하고 싶냐면, 관계를 하기 전에 미리 저 사람과 친해지면 내가 어떤 편의를 받게 될 거야, 어떤 이점이 있을 거야 등의 계산을 안 하고 못 하는 사람이라는 거다.

그러다 보니 그런 의도로 내게 접근하는 사람들에게는 사용되고 이용되는 내 모습도 있었으리라 생각된다. 예전에는 그런 분들께 할 말이 있었는데 이제는 없다. 아니 요즘은 사실 고맙다. 덕분에 나는 관계에서 더 편안해졌다. 내 안의 신호를 더 잘 알아차리게 되었다. 관계지향적이고 사람을 좋아하는 내 마음에 더 집중할 수 있게 되었다는 것이다. 아픔은 나를 돌보고 자세히 들여다봐달라는 신호라는 걸, 많은 사람을 보내고 나서야 알았다.

한 달에 한 번 오전 10시에 만나서 했던 트레킹은 서울 인왕산 기슭의 다양한 문화체험부터, 경복궁, 덕수궁, 인사동, 청와대, 서대문형무소, 남산, 동대문역사박물관 등 정말 그곳에 다 들어가고 미술관이며 박물관이며 하나하나 들러 감상했다.

보통 살면서 그냥 어떤 목적지를 가기 위해 내렸던 지하철 정거장에 내려서 역사책에서나 봤던 그곳을 걷고 그 인물과 그림을 감상하며 걸었다. 자주 걸었던 북한산은 다양한 통로로 접근해서 구석구석 살펴봤기에 계절별로 그 모습이 떠오르기도 하는 장소도 있다.

오늘도 나는 트레킹 멤버들이 응봉근린공원의 작은 산을 오르는 것을 보다가, 산으로 오르는 문턱쯤에서 나는 다시 내려와 이렇게 창밖이 보이는 카페에서 글을 쓰고 있다.

웬만하면 빠짐없이 참석해왔는데 오늘은 서울역에서 12시에 뺄 수 없는 약속이 있어서, 아쉽지만 이러고 있다. 물론 이렇게 한 시간도 못 걷고 보는데 굳이 갔었나 하는 물음이 들 수도 있다. 그런 말을 하는 사람에게는 이렇게 말해주고 싶다.

일단 잠깐이라도 산과 숲을 걷는 것이 도시의 큰 건물 속에 있는 것보다 나는 좋기도 하고, 또 한 달에 한 번 보던 이 멤버들을 보고 싶기도 했다. 또 시골에서 엄마가 만들어서 보내준 정성이 담긴 맛난 곶감을 함께 나눠 먹고 싶은 마음도 있어서다. 이런 마음이 일 때면 나는 그냥 몸을 움직인다.

직감대로.

그러고 나면 긴 시간을 보내지 않아도 내가 원하는 것을 바로 했기에 그저 감사한 마음이 절로 든다. 예전에는 시간과 돈의 효율을 따지고 살았다면, 나는 이제는 내 마음의 효율을 높이는 것에 초점이 가진다.

내 마음 사용 설명서도 기준이 나의 가치 기준이 되었다는 말이다.

물론 오늘도 멤버 중 어떤 분은 몇십 분 있을 거면 뭐 하러 왔냐, 너무 무리하지 말아라 이런 식으로 말한 사람도 있다. 하지만 그건 그분들의 생각이니 그저 존중하며, "내가 알아서 할게요, 고마워요" 하고 만다.

어떻게 내 속의 마음설명서를 다 설명할 필요가 있나? 또 설명한들 우린 다 각자의 생각대로 해석하기에 그대로 다 전달되지 않을 수도 있다. 그러니까 그냥 속마음까지 다 이해받으면서 뭘 하겠다는 생각은 굳이 정신건강에 좋지 않다는 것이 내 생각이다.

지난해 봄에서 여름으로 가는 어느 달에 갔던 트레킹이 떠오른다. 여느 날처럼 그때는 구파발역에 내려서 들어갔던 북한산 자락 트레킹이었는데, 그 자연이 주는 느낌이 아주 청아했다. 아직도 그 순간 내가 봤던 바위의 이끼와 연두색이 피어나던 새싹이 떠오른다.

〈그대로_1〉 출처 : 저자 금선미 작성

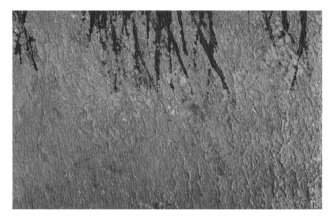
〈그대로_2〉 출처 : 저자 금선미 작성

칙칙하고 오래된 큰 바위에 저렇게 고운 이끼들과 이제 막 새싹이 나고 있는 식물이 자라고 있었다.

아마 그때는 내가 관계 속에서 경험했던 상처들이 있어서 내 마음이 저 칙칙한 바위라고 여겼던 것 같다. 그런데 그 바위 위에 저렇게 산뜻한 봄이 올 수 있다는 것이 내 가슴을 요동치게 했다.

'그렇구나. 황망하고 더럽다고 여길 필요가 없구나, 다 저마다 각자의 모습으로 있으면 그게 참 아름다운 거구나. 그 속에서 저런 조화를 만들면서 사는 거구나.'

'관계도 그런 것이구나' 하고 나는 깨달았다. 전율이 일도록.

그것을 잊지 않으려고 혼자서 남아 사진을 찍었고, 또 그것을 그림으로 그려봤다.

혹시나 나 같은 마음이 있는 사람에게는 그게 보이려나 모르겠지만

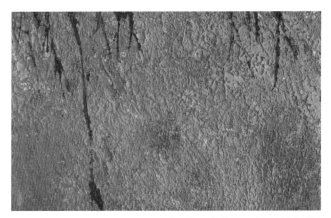

<그대로_3> 출처 : 저자 금선미 작성

위로해주고 싶다.

　이렇게라도.

나만 그랬을까?(후배들에게 하고픈 위로)

　새벽 6시 5분. 출발하는 회사 셔틀버스를 놓칠까 봐 늘 알람을 켜두고도 조마조마했던 아침 일상들. 계절마다 다른 새벽 거리에서 겨울이 길 때는 참 무서웠다.

　'좁은 골목길에 가로등이라도 망가져 있는 날에는 내 심장 소리가 어찌나 크게 들리던지. 그렇게 이름도 소속도 모르지만 한 줄로 서 있던 사람들은 차에 오르면 각자 다시 단잠으로 빠졌었지. 그러다가 문득 깨어 바라본 창밖의 자연 풍경들은 때로는 말없이 흐르는 강이며, 널브러져 있는 들판이며 얼마나 잔잔하게 평온함을 주었던지.'

그래서일까, 나는 쉬는 날이면 가까운 산이나 들로 나갔다. 그 순간의 평온함을 다시 느껴보고 싶어서, 자연이 주는 그 순간의 쉼을 또 찾고 싶어서 말이다.

지난해에 연말이면 한 번씩 보는 후배가 오랜 진로탐색 과정 중에서 회사의 심리상담사로 입사하게 되었다. 내가 기업에서 심리상담 일을 하고 있을 때, 후배는 늘 내가 부럽다고 말했다. 선배처럼 전문적이고 당당하게 살고 싶다고 말이다. 후배가 보기에는 내가 그렇게 보였나 보다. 나는 그런 말을 들을 때마다 손사래를 쳤던 것 같다.

'진짜 그럴까?'

내 안에 물어보면 언제나 나는 벌벌 떨고 있었기 때문이다. 처음에는 기업에 적응하느라 긴장했고, 시간이 10년이 넘어가니까 도태될까 걱정되었다. 그래서 나는 기업상담실에 들어가서 실장으로 일할 때 오히려 더욱 많은 공부를 하고, 주말에는 워크숍에 참여하러 다녔다. 그런 긴장과 걱정의 연속선상에서 나를 기능할 수 있게 하는 건 성장뿐이라고 믿었기에.

어쩌면 오늘처럼 한가한 일요일 오후에 후배도 그러고 있는지도 모르겠다. 내가 슈퍼비전이나 교육분석을 진행해보면 주말이나 밤늦게 지도받기를 원하는 전문가들이 제법 많았기 때문이다.

그때 탓일까, 그때 덕분일까? 나는 한동안 아무것도 하기 싫었다.

열심히 살다 보면 이 아무것도 하기 싫음이 자연스레 오는 과정인데 나는 이 과정을 애써 지우려 하고, 없애려고 했었다. 내 안에는 '늘 열심히 해야 한다. 가치 있게 살아야 한다'라는 문장들이 내적 신념이 되어 공고하게 나를 내몰았던 것 같다.

그래서 멍하니 주말은 빈둥거리며 보내면 별로 효용가치가 없게 시간과 돈을 쓴 것만 같아서 내가 싫어지고, 모자란다고까지 생각했던 적도 있었으니까 말이다. 이제는 매일 이렇게 쉬고 놀아도 죄책감이 안 든다. 뭔가 잘못 살고 있는 것 같은 느낌도 안 든다.

후배가 이런 나를 보고 이제는 이렇게 부탁했다. 선배가 하는 그런 말을 직장 다니고 있는 자기 같은 사람들이 한마디씩 듣고 힘을 내게 작은 책을 써 달라고 말이다.

그때는 웃으면서 "그치 많이 힘들지?"라고 했다. 대기업에 다니면서 매일 아무렇지도 않게 평범하게 살아내느라 말이다. 나도 그때 그랬는데 이제는 나왔다고 다 잊은 건 아니다.

아니 어쩌면 그때 난 직장인들이 어떻게 참고 버티고 사는지를 생생하게 알게 되었다. 그래서 한마디도 함부로 다 아는 것처럼 하는 게 아니란 거. 아무리 어리고 경험의 기간이 짧더라도 다들 얼마나 분투하며 살고 있는지를 말이다. 그런 사람들에게 아니 옛날에 나에게 주고 싶은 말이다.

뭐가 뭔지 잘 모르겠죠?

이 길이 맞는지, 이렇게 살아도 괜찮은지

누구에게라도 확답을 듣고 싶지요?

뻔한 시원한 답변이 아니더라도

누구에게라도 제대로 이해받고 싶지요?

그게 단 한 사람뿐이더라도.

누군가 당신에게 그러면 어떻게 살고 싶냐고 질문을 한다 해도

무섭지요?

딱히 떠오르는 게 없기도 하고.

사실은 다시 무언가를 위해 노력하고 애쓰는 거 자체가

하기 싫다고. 귀찮다고 말하기도 조심스럽지요?

그런데 거기에 대해 말해주고 싶어요.

괜찮은 거라고.

그럴 수 있다고.

우리가 언제부터 어떻게 살고 싶은지 다정하게 질문을

받은 적이 있었는지.

누가 나에게 어떻게 살고 싶냐고 물었나요?

나에게는 언제나 냉혹한 현실 이야기나, 돈에 대한 중요성에 대한
것은 헌신하는 부모님의 한숨 어린 소리로 짐작만 했었지요.
그저 당신들처럼 고생할까 봐 "그렇게 살아서 뭐 할래?"
아니 더 정확하게 말하면 "뭐 먹고 살래?"라는 질문형이지만
나무라는 말로 들리는 이상한 의문형이 다였으니까요.
왜 돈이 많이 중요하고 미리 공부하고 굴리고 불려야 하는
거라고 말해주지 않았나요?
초등학생도 부자가 되고 싶다고 자신의 소망 목록에 쓰는데
말이에요.
너무 자연스러운 소망이고 꿈일 수 있는데, 왜 그것을 편하게
대놓게 꿈꾸게 하지 않았나요?

나는 이렇게 속으로 화를 내며 살았던 것 같다.
자조 섞인 목소리로 말이다.
당신은 어떤가?

마음이 닿길

그리는 것에 대한 두려움

나는 학창시절에 미술시간을 싫어했다. 아니 정확하게는 그림을 그리는 시간을 무서워했다. 색칠하는 시간이나, 만들기, 찰흙으로 하는 시간은 좋았던 것 같은데, 이상하게 밑그림 그리는 스케치를 해야 하는 순간은 두렵고 무서웠다. 그래서 미술이 2시간 연달아 들어 있는 시간에는 달갑지 않았다. 미술시간이 있는 날이 국경일이면 너무 안도했었다.

그렇게 그리기 시간은 나에게서 멀어져 갔지만, 해외든 국내든 여행을 가면 미술관은 꼭 챙겨가면서 봤고, 제주도를 가도 시립 미술관을 찾아볼 만큼 전시회는 곧잘 찾아다녔다. 아무것도 모르면서 그냥 바라보면서 있는 게 좋았다.

기업에서 상담실 실장으로 일할 때, 함께 일하는 상담 선생님들과 자주 미래에 대한 소망을 이야기했었다. 지나간 날을 꺼내면서 울기도 했지만, 새벽 출근하며 회사 셔틀을 타고 긴 시간 출퇴근을 하는 우리에게는 희망과 비전이 그때는 참 필요했고, 소중했다. 상담실 회의 주간을 하면서도 우린 먼저 상담전문가이기 전에 한 인간으로 자신의 상태에 대해 이야기하며 라운딩하는 시간을 가졌다. 그럴 때 다들 나중에 프

〈마음이 닿길〉 출처 : 저자 금선미 작성

리랜서가 되면, 부자가 되면, 자유로워진다면 무엇을 할지에 대해 구체적인 상상을 하며 그 직장인의 고단함을 달랬었던 것 같다.

그럴 때 나는 프리랜서가 되면 사계절 여행하고 춤추며 살고 싶다고 했다. 또 많은 사람에게 읽히는 작가로 글을 쓰고 싶고, 예술가로 살고 싶다고 자주 말했었다. 그 직관적인 소망 때문이었을까, 백지상 화가의 그린이(동호회 이름) 모임 초대 글을 읽는 순간, 나는 이제는 그 미술시간에 대한 그 두려움을 직면해야겠다는 생각이 문득 들었다.

그래도 내가 심리전문가이지 않은가, 또 상담한 세월이 얼마인가. 그래서 그린이 첫 모임 소개에서 나를 이렇게 소개했다.

"저는 미술시간을 무서워했어요. 사실 지금도 여러분의 소개를 들으니, 그림이 소망이고 힐링이라는데, 제가 여기 이렇게 있어도 될지 모르겠어요. 저는 일단 잘 못 그려요. 미술시간이 무서웠고, 어떻게 그리는지를 몰라 두려웠어요. 그렇지만 이제는 여기서 꼴찌라도 좋으니 해보려고요. 그리는 맛 좀 저도 느껴보고 싶어요."

용기를 내서 한 말이다. 내 딴에는. 상담하다 보니 나의 내면으로의 여행은 이제는 수시로 할 수 있게 되었으니, 그리기도 이제는 마주하고 싶었다. 이렇게 한발 한 발 내딛는 것이 내 만족이고, 내 인생이지 않을까 싶다.

내게는 그랬다.

그림 그리는 것이 뭐 그리 두려웠는지 이 나이가 되어서도 용기를 내어 도전해야 하는 일일까? 초등학교 때, 쉬는 시간이나 점심시간에 아이들이 쓱쓱 그리는 만화 캐릭터인 캔디나 빨간머리 앤의 모습은 나한테는 신선한 충격이었다. 또 미술시간에 친구가 그린 진짜 같은 사과며 꽃병을 보고 나는 속으로 깜짝깜짝 놀랐었다.

'어떻게 저렇게 그리지? 어떻게 저렇게 스케치가 되나? 정말 대단하다, 나와 다르구나.'

내게는 도화지나 스케치북의 하얀 면이 너무 커 보였다. 도무지 어떻게 어디서부터 연필을 찍어내려야 할지도 몰랐다. 친절한 친구가 "머릿속으로 등분을 내서 그려보라"라고 한 말은 더더욱 이해가 안 갔다. 그래서 나보고 자기처럼 해보라고 하면, 따라 하라고 하면 심장이 콩닥콩닥 너무 무서웠다. 빨리 미술 수업시간이 끝났으면 했다. 갑자기 아프지 않던 배도 아팠고, 빨리 그린 다른 친구에게 내 대신 스케치북에 대강이라도, 낙서라도 좋으니 그려달라고 애원했다. 무슨 미술시간이 이렇게

까지 힘들었을까? 독자들은 이해가 안 갈 수도 있다. 그런데 나도 그때는 몰랐는데 이렇게 세월이 가고 심리를 공부해보니까, 이제야 나도 그때 내 생각과 감정을 알 수 있었다.

그건 어린 시절 내가 또래 친구들처럼 유치원에 다니면서 정상적으로 성장하지 않았다는 믿음에서 비롯된다. 아주 이상한 믿음 같겠지만 내 안에는 그런 논리가 저절로 아주 합리적인 것처럼 작동했다.

그때 내 안에서는 '나만 모른다, 나만 못한다, 나만 다르다'라는 생각을 그 꼬마는 했었다. '나만 모른다, 못한다, 다르다'라는 것이 꼬마에게는 누구에게라도 들키고 싶지 않은 비밀스러운 두려움이었던 것 같다. 아주 비합리적인 논리 같지만, 그 꼬마에게는 그럴싸한 근거로 있었다.

7살 무렵 초등학교를 입학하기 위해 서울에 상경한 나는 모든 것이 새로웠고, 그저 신기했다. 자연을 벗 삼아 살았던 시골과 서울에 올라와서 마주한 모든 것이 내게는 그냥 텔레비전 안에 내가 들어와 있는 것만 같았다.

그래서 학교에 가서도 친구들을 관찰하면서 속으로 늘 감탄하며, 나는 저렇게 할 수 없을 것 같은데, 보이는 곳에서 하라고 할까 봐 늘 조마조마했다. 그 조마조마한 마음은 사실 그 안에는 나도 친구들처럼 다르지 않고, 잘하고, 잘 알고 싶었던 것이다. 아무렇지 않게 자연스러워지고 싶었다. 서울 아이들처럼. 척척 잘 그리고, 웃으면서 아무거나 그리고 싶고, 말하고 싶은 그런 소망이 있었던 것 같다.

그러니 '그리고 싶은 소망이 있는 사람들을 모집한다'라는 글귀를 보면서, 나의 그 미술시간이 떠올랐고, 그 꼬마 선미의 가슴이 쿵쾅댔다. 이때다. 감정도 마주하듯이 그림도 그 미술시간도 이제는 마주하리라. 두려움을 마주한다는 것은 쿵쾅대는 그 심장을 그대로 느끼는 것이다.

이제는 〈마음이 닿길〉 그림을 그리면서 그 심장 소리는 고요하다. 아니, 평온한 그 자체였다. 은근히 그리는 시간이 이렇게 행복해도 좋은가 싶은 마음! 나는 늘 마음이 닿길 바란다. 나에게, 당신에게.

그대로

《왜 불편한 관계는 반복될까?》의 저자인 나는 책 제목처럼 관계 속에서 갈팡질팡했다. 심리적으로 가까워진 관계에선 아이처럼 웃고, 조금만 불편해도 그 관계에선 기를 펴지 못했다. 그래서 단 한 사람이 나를 알아주고 챙겨주면 정말 고마운 겁쟁이였다. 이런 모습을 그대로 인정하기까지는 난 많은 관계에서 상처받았고, 또 누군가에게는 상처를 주었을 것이다.

이것도 잘 알게 된 건, 내 편이라 생각했던 사람이 어느 날, 다른 사람 옆에 앉아서 나를 모른 척했을 때, 나는 아찔했다. 어떤 말도 할 수가 없었고, 내 몸은 얼어버리는 것 같았다. 내가 어른이고 전문가라는 사실,

여러 가지 사회적 역할을 잘 해내고 사는 사람이란 걸 까마득히 잊어버리릴 만큼. 압도적인 감정이었다.

누구라도 그러하듯이.

처음에는 너무 놀랐고 집에 가서 병명 없이 드러누워야 했으며 신경은 극도로 예민해져서 가족들만 불편하게 했다. 그러고는 화가 나고 억울해서 정말이지 꼭 내가 겪는 이 감정을 그 사람에게 되갚아주고 싶었다. 속으론 나에게 이렇게 대하고 당신이 어떤가 함 보자는 심정으로 살기도 했었다.

그렇게 시간이 지나면서 내가 참 슬프다는 것을. 그런 사람을 믿고 마음을 준 내가 바보 같고 싫었다. 결국에는 내가 나를 놀리고 미워하고 싫어하는 나날들이 이어졌다.

한동안 그냥 혼자 있었다. 사람이 무섭기도 했고, 귀찮기도 했다. 더 울기도 싫었고, 끝이 뻔한 관계를 더 이상 하고 싶지 않았다.

그렇게 혼자 헤이리 예술마을을 걷고 또 걸었다. 그러다가 끌리는 전시회가 있으면 구경하고, 마음이 내키는 카페가 있으면 멍하니 앉아서 자연을 친구 삼아 커피를 마셨다. 그러다가 낙서처럼 내 마음에 전하는 글을 썼다.

중학교 때인가 나는 책을 좋아하는 문학소녀였다. 쉬는 시간에 점심을 먹고, 점심시간에는 학교의 도서관에 가서 낡고 오래된 고전 책들을 읽었다. 그때 '무슨 중학생들이 읽어야 할 필독서가 이렇게 인간의 부조리와 이중인격을 다루는가?' 속으로 많이 놀라며 읽었다. 사실 나는 책으로부터 위로를 많이 받았던 사람 같다. 마음이 힘들면 도서관이나 교보문고나 영풍문고에 가서 끌리는 제목의 책을 읽는 습관이 있었다.

그런데 끝까지 읽는 책은 손에 꼽는 것 같다. 읽다 보면 지루하거나 더 궁금하지 않거나, 너무 이론을 그대로 베껴놓은 듯한 책에서는 더 이상 흥미를 느끼지 못했다. 그때 나는 나중에 사람들이 편하게 읽을 수 있는, 끝까지 읽을 수 있는 글을 쓰고 싶었다. 아니 그런 작가가 되고 싶었다.

그런 내 마음을 있는 그대로 글로 써서 책을 출간했고, 덕분에 대화가 통하는 독자들을 많이 만날 수 있었다. 또 〈마음이 닿길〉이라는 제목으로 성남아트센터(2023년)에서 치유예술작가협회(HAA) 그림 전시를 처음으로 했다. 내가 관계에서의 아픈 마음을 표현한 그림을 전시할 수 있었던 이유는 주제가 내면의 아픔이었기 때문이었다.

'이상한 전시회'라는 전시 제목처럼 작가들의 어떤 내적 치유 경험이나 감정에 대한 표현이었기에 참여할 수 있었던 것이다. 나의 그림 실력이 아니라 치유 경험과 이상심리에 대한 내용이기에 참가할 수 있었다는 말이다.

그렇게 나의 그리기에 대한 두려움은 마주하니, 어린 시절 나의 생각과 느낌을 그대로 느낄 수 있는 시간이 되었다. 우리는 매달 1회씩 함께 온라인 줌(Zoom)을 켜두고 각자의 그림을 그려갔다. 서로의 안부를 나

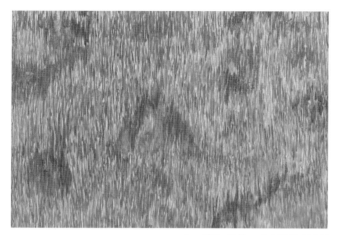

<그대로> 출처 : 저자 금선미 작성

누고는 조용히 각자의 그림 작업을 한다.

두 번째 전시회는 헤이리(2024)에서 <그대로>라는 제목으로 그림을 전시하게 되었다. 나의 별칭이기도 하고 누군가가 나를 그렇게 불러주면 좋겠는 애칭이기도 하다.

그냥 '그대로' 나를 봐주고, 들어주면 좋겠기에. 한참 상담심리 공부에 입문한 석사 시절부터 남이 나를 그렇게 '그대로' 봐주지 않더라도 먼저 나라도 나를 '그대로' 좀 인정하자는 의미로 썼던 단어이기도 하다. 이제는 전국의 전문가들을 워크숍 진행할 때나 어디 가서 나의 별칭을 지으라 하면 난 어김없이 이 '그대로'란 단어를 쓴다.

그렇게 내가 혼자일 때, 헤이리 산책길에서 우연히 올려다본 전봇대에 '마음이 닿길'이라는 방향표시는 나에게 알려주었다. 그게 항상 관계

속에서 내 마음이었음을. 그저 '내 마음 같겠지, 나와 같겠지' 하는 그 마음 말이다.

답답하리만큼 순진하게 경직된 내 마음에 봄날인지 초여름 들어갈 때인지, 트레킹하면서 칙칙한 바위 위에 있는 연두 이끼들이 눈에 들어왔다. 전혀 어울릴 것 같지 않은 건조하기만 할 것 같은 바위와 이끼가 무슨 숨바꼭질하듯 나를 놀라게 하며 그곳에 있었다. 그렇게 아름답고 조화롭게 있다니.

관계도 그런 것 같다. '굿 앤 배드(Good & Bad)' 나누며 사귈 필요가 있을까? 어차피 자신의 입장과 필요가 달라지면 끊어내고 모른 척하는 것이라면 굳이 그 관계를 위해 자신을 버리지 않아야 한다. 그 관계를 위해 너무 상대방 입장에서만 헤아리며 관계하지 말라는 말이다. 건강한 사람이라면 상대방도 편하지 않을 것이다.

그냥 자연처럼 사람 관계도 자연스럽게 서로 편안해야 한다는 것이다. 누구라도 어울릴 수 있음을 알게 되었다. 어떤 사람 흉을 많이 보던 사람이 어느 날 그들과 단짝처럼 지내는 것을 많이 봤다. 세상에 좋은 사람도 나쁜 사람도 없다. 함께 있을 때 당신의 마음이 편한 사람이 좋은 사람이다.

그러니 이제는 당신의 마음이 편안한가를 기준으로 관계를 시작하는 것이 좋겠다.

지금부터라도.

그대로

그저 너에게 내 마음이 닿길…. 바랐을 뿐이다

명절을 앞둔 휴일에도 카페는 만석이다. 경기가 안 좋아서 자영업자가 문을 닫고, 강남의 상가 공실이 많다고 뉴스에서는 연일 어려운 경제 상황에 대해 보도하지만, 맛집과 분위기 좋은 카페에는 사람들로 가득하다.

아마도 아무리 힘들어도 만날 사람은 다 만나고 그것에 대해서는 지갑 사정을 고려하지 않기 때문이 아닐까 싶다. 밥값 하는 커피집도 그래서 붐비는 것이 아닌가 싶다.

서로 마음 나누는 그 자리는 그런 것이 아닌가 싶다. 나 또한 기꺼이 누군가를 위해선 계산 없이 나의 시간과 돈을 나누어도 좋다고 생각하는 사람이 있기 때문이다. 이런 사람이 누구인가? 생각나는 사람들을 손꼽아 보면, 가족과 그리고 몇 소중한 사람들이 떠오른다.

당신은 어떤가? 누가 떠오르는가?

저서 《왜 불편한 관계는 반복될까?》에 나의 관계 경험에 관한 이야기들을 썼다. 그만큼 관계에 대해 가치를 많이 두었고, 중심을 두며 살았던 것 같다. 그런데 그런 실패와 실수를 거듭하면서 나도 이제는 사람과 사람 사이의 거리에 대해 많이 생각했다.

처음부터 나를 너무 이상화하는 사람이 내게 다가오면 이제는 두려움이 앞선다. 경험치가 쌓여서일까, 그 기대에 나는 부응할 자신도 그러고 싶지도 않기 때문일까?

아무튼 마지막에 어떻게 엔딩이 될지 알고 있기에 싫은 것 같다. 그렇게 처음부터 감탄하고 그런 관계 말고 이제는 안정적으로 편안하게 관계하고 싶기 때문이다.

또 애쓰고 싶지 않고 연기하고 싶지 않다. 괜찮은 척, 좋은 척, 안 피곤한 척, 여러 가지 척 들을 더 이상 하고 싶지 않다.

그가 제자든 동료든 가족이든 말이다. 예전에는 내가 그랬다. 어떤 분의 강의나 책을 읽고 뭔가 감명을 받으면 난 바로 행동하는 사람이었다. 그가 작가면 그분의 책을 다 읽고 메일로 독후감을 보냈으며, 간담회라도 한다면 찾아가서 만나서 나의 생각과 느낌을 나누었었다. 돌아보면 공감적 대화를 참 하고 싶었던 것 같다.

또 어떤 분의 슈퍼비전을 들으면서 그분의 생각과 지도에 감동해서 몇 년을 왕복 4시간씩 시간을 내어가며 배우겠다고 쫓아다녔다.

그때 나는 '나는 부족한 사람, 그분은 이미 다 갖춘 분' 이렇게 생각했기에 닮고 싶고, 그분이 하는 것들을 또 배우려고 했다. 그러면 뭔가 나도 다 갖추게 되는 완전한 존재를 기대했던 것 같다.

그동안의 수련 기록은 이미 넘치고도 넘었는데, 하지 않아도 되는데 굳이 했다. 뭐랄까 그래야 제대로 배우는 것이라 생각했다. 그분도 그냥 현실을 사는 한 사람인데 나는 너무 이상적으로 그분을 보고 시간이 지나서, 나의 이상화가 깨지면서 또 내 탓을 했다. 또 '내가 잘못 봤구나, 내가 잘못 생각했구나' 하고 말이다.

누구라도 지금 이런 과정에 있다면 먼저 자신 안에 질문을 하라고 말해주고 싶다.

'무엇을 찾고 있는지?'

그 사람의 어떤 점을 닮고 싶은지 인정해라. 누구나 어떤 성장의 과정에 있는 한 인간일 뿐이다. 누군가를 가까이하고 자세히 보면 곱고 예쁜 것만 보이는 것이 아니라, 그 주변에 양분을 주는 흙이며 잡풀도 있는 것이다. 그 흙이며 풀도 자연스러운 아름다움의 한 부분이란 것을 봐줄 수 있어야 하지 않을까? 다 뽑아내고 예쁜 화분으로 그 흙마저 가려놓고 꽃만 감탄하는 그 마음도 들여다보길 바란다. 그것을 그대로 인정하고 바라볼 때, 자기 안에서 자유가 시작됨을 알 것이다.

뒤죽박죽 엉킨 생각들에서 드러나는 감정

오늘은 집중이 안 된다. 유난히. 아니 요즘 나의 상태가 이런 것 같다. 생각도 수시로 이런저런 생각으로 왔다 갔다 시소 타듯 어지럽다. 물 만난 물고기처럼 나의 열정이 다 불태워져서 그럴까?

이제는 딱히 뭘 더 하고 싶다는 생각이 안 든다. 무엇을 이루어야지 하는 다짐도 귀찮고 부담스럽게 느껴진다. 여행이든 그림이든 글쓰기든 집중하면 설레고 고요했던 마음은 어디로 가고 이런지 모르겠다. 그렇게 잘 자던 잠도 새벽에 깨고, 꿈도 기억날락 말락 나를 테스트하는 기분이다.

아무래도 마음의 이 흙탕물이 진정의 시간이 필요한 듯해서 거울 앞에 앉았다. 새 공기가 들어오도록 창을 조금 열어두고, 거울 속의 나에게 물었다. 무슨 생각이 그렇게 많냐고? 하나씩 이야기해보라고 속 시원히. 그런데 또 우물쭈물 특별히 기억나는 것도 하고 싶은 말도 떠오르지 않는다.

그냥 빤히 거울 속에 눈빛만 응시했다. 근데 왜 느닷없이 눈물이 흐르는지. 이건 옛날 명상할 때 이미 많이 했던 것이 아닌가. 이렇게 아무 이유 없이 떠오르는 생각 없이 조용히 흐르는 눈물은 나에게 무얼 말해 주고 싶은 걸까.

그냥 그대로 누워서 느껴본다.
이제는 이런 나의 감정을 난 그대로 따라가고 두고 본다.
그럴 만한 이유가 있을 거니까.
마음이 느닷없이 떼를 부리듯 아무것도 안 하려 할 때
이제는 다그치지 않는다.
지쳤나, 고단했나 그냥 잠시 머물러 있는다.
왜 이럴까 분석하고 따져 보는 건 하지 않기로 한다.

늘 정답도 없던 그것을 다시 할 필요가 이제는 없기에.

누구에게도 물어보지 않는다.

이미 오랜 세월 물어봤고, 이제는 사람들이 내게 물으러 오니까.

온전히 아무것도 안 하고 싶은 그 마음을 허락하고,

그 몸을 그대로 쉬어준다.

이렇게 해주는 것이 가장 이 상태에서 빨리 나오는 지름길이란 걸

이제는 알기에.

그대로 마주한다. 그대로.

그러면 내 묵은 감정은, 또는 순간의 감정은 나에게 몸으로

신호를 보내준다.

심장을 더 뛰게 하거나, 어깨를 뻐근하게 하거나

손에 땀을 나게 하든지.

때마다 다르지만 내가 관심을 주면 늘 어김없이 신호를 보내주었다.

다만 내가 주의를 그것에 두는지 그렇지 않은지에 따라 달랐을 뿐이다.

오늘은 그냥 눈물이다.

가만히 누워서 흘려주고 기다린다.

내가 그토록 바랐던 나의 감정에 대한 무조건적인 긍정의 반응을

내가 해준다.

그랬구나! 오냐오냐. 그럴 수 있지.

그랬겠다. 오죽하면 그랬을까?

나의 감정에 대해 오로지 느끼고 듣는 거다.

온몸을 활용해서 그렇게 있어주면 몸과 마음은 평온해진다.

언제 그랬냐는 듯이 또 가뿐하게 일어난다.

이럴 땐 자연 속으로 가서 걷는다.

하늘도 보고 바람소리도 들으면서 끌리는 대로 있으면 된다.

나의 이 감정수용 프로세스가 누군가에게 도움이 되길 바란다.

다들 비슷한 마음이 아닐까?

이번에 걸린 감기는 3주가 지났는데도 아직 할아버지 소리 같은 기침이 나온다. 일도 덜 하고 시간도 자유롭게 쓰면서 지내도 걸릴 건 다 걸리는가 보다. 노는 것도 지나치게 놀면 무리가 되는 것 같다.

공부하고 일하느라 애쓰고 힘들게 사는 동안에 이런 몸살감기가 오면 긴장이 되어서 미리 약을 먹고 주사를 맞고 했었다. 아프면 일을 못 하고 그럴까 봐서.

그런데 나름 시간 여유를 가지고 해외 여행을 다녀와서 급하게 잡은 겨울바다 여행이 겹쳐서 이렇게 감기가 오래가니까, 실컷 자고 쉬고 하면서 타인과 안 만나도 되는 핑계가 되어 좋다. 좋아하는 책 여러 권 주문해서 읽으면서, 내가 먹고 싶은 거 먹고 싶을 때 만들어 먹으니까 큰 돈이 들지 않는데 만족감은 크다.

오늘은 아침에 알람 소리가 아니라 그냥 눈이 떠질 때 일어나니 7시언저리다. 거의 40년을 6시 전에 기상했던 나로서는 이런 것도 새롭게 다가온다. 이제는 좀 그 자동 프로그램 삶의 루틴에선 나온 건지 하는 마음에 반갑기도 하다.

좀 이제는 그런 틀을 좀 벗어날 땐 벗어난 대로 있고 싶다. 예전에 나는 이런 벗어나는 삶을 원하면서도 두려워하고 반성하기 바빴다.

그것이 습관이 되어서 아직도 그런 게 있나 하는 마음에 이렇게 쓰고 있는 것 같다.

요즘은 이렇게 내 마음, 내 생각이 어떤지 그때그때 들여다보고 아는 것이 좋다. 내가 모르는 내가 참 많았다. 특히 내가 느끼는 감정에 대해서 나는 참 한참 시간이 지나서 곱씹어보면서 알곤 했었기에 이 상담심리학에 이끌리지 않았나 싶다.

어른이 되고 심리학을 공부하면 갈등이 덜하고, 감정 기복이 덜 할 줄 알았다. 그런데 안다고 한들 내가 다 아는 것이 아닐 테고, 내가 살아 있다는 것을 증명이라도 하듯이 감정은 왔다 갔다 한다.

오히려 감정에 대해 알기에 예전에는 몰라서 지나가고, 인식하지 못해서 찜찜하지만 넘겼던 것들을 내 안에서 꼭꼭 씹어 내느라 더 아프고, 세세하게 슬프고 가라앉는다.

어떻게 보면 나의 살아온 과정들은 좀 누군가에게 말하려면 무모하게 들리겠다. 그냥 마음이 끌려서, 그 끌림을 따라 여기까지 왔다고 하면 말이다.

그것도 직진으로 온 것이 아니라, 굽이굽이 돌아 돌아서 왔다. 그래서 길을 걷는 것을 좋아하나 보다.

남규민

어쭙잖은 위로

관계의 온도

관계 미숙아

어쭙잖은 위로

돌아보니 의지할 누구도 없었다. 어디서 뚝 떨어진 별똥별처럼 그렇게 세상에 나뒹굴었다. 인생은 낙엽처럼 바스락거렸고 손가락 사이로 흐르는 모래였다.

'나도 아버지, 엄마의 사랑으로 만들어졌고 축복은 아니어도 태어남을 기뻐했을 누군가가 있었을까?' 한 번도 듣지 못한 나의 탄생 이야기가 궁금해지는 요즘. '나이가 들어가는 이유일까?' 생각하다 피식 웃고 말았다.

오래전 엄마에게서 시집살이 서러움을 들었다. 아궁이에 불을 때던 시절. 쌀이 귀하던 때라 보리쌀을 푹 삶아 밥을 짓던 허기진 시절이었다. 푹 퍼진 보리쌀을 박 바가지에 담아 찬장에 올려두었는데 배고픈 엄마는 숟가락 가득 떠먹었다. 먹어도 먹어도 배고프던 임산부였다. 나를 뱃속에 담고 허기를 참다가 삶은 보리쌀의 구수한 냄새의 유혹에 넘어가버렸다. 미끈거리고 입속에서 빙빙 돌던 보리밥을 꿀꺽 삼켰다.

그 모습을 부엌으로 들어오던 할머니가 보고 말았다. 얼마나 배고팠으면 '보리밥을 퍼먹을까?' 하는 안쓰러움은 처음부터 없었다. 부엌 문턱을 넘어 들어오면서 "야야. 삶은 보리밥 소 죽통에 갔다 쏟아라. 누가 손댄 보리밥으로 밥 못한다"라고 했다. 아직 보리밥 알이 입속에 남아 있던 엄마는 대답을 웅얼거리며 보리밥 바가지를 들고 외양간으로 가면서 눈물이 흘러 앞이 잘 보이지 않았다 했다. '이리 버릴 거 실컷 먹게 하지.' 무심히 외양간 소가 부럽기는 처음이었다고 웃었다.

할머니에게 아버지는 하늘이었다. 갑자기 무너진 하늘을 떠나보낼 수가 있었을까? 남은 것은 서방 잡아먹은 며느리와 손녀 둘이 전부였다. 할머니 세대들은 아들이 죽으면 며느리가 잡아먹었다고 표현했다. 본인도 여자면서 말이다. 그런 할머니에게 나를 보내고 엄마는 한 번도 만나러 오지 않았다. 시간만 나면 대문 밖에서 엄마를 기다리다 지쳐 어느 때부터인가는 그 일도 하지 않았다.

아버지의 작은아버지. 나에게는 작은할아버지였던 그나마 이성적이고 자상하셨던 분으로 기억한다. 엄마에게 아직 젊으니 친정 가서 지내다가 새출발하라며 여비를 챙겨주셨다. 몇 년 후 만난 엄마는 새 가정을 꾸리고 있었고 동생 둘이 생겼다.

임신하면 먹고 싶은 것도 많고 잠도 많이 온다는 것을 결혼 후 알았다. 엄마와 함께 살지 않아서 신부수업이 무엇인지도 몰랐다. 여자로서 배워야 할 것들은 누구에게도 듣지 못했다. 초경을 시작하고 할머니가 천 생리대를 만들어주었다. 까칠한 생리대가 쓰라려서 학교에 가면 움직일 수가 없었다. 그날은 나에게 온몸을 꽁꽁 묶는 형벌이 내려졌다. 배는 왜 그리 아팠는지. 얼굴은 핏기 없이 노랗게 변했고 일주일은 산송

장처럼 지냈다. 그래서 나는 엄마가 아직 밉다.

애정 없는 중매결혼을 했다. 혼기 찬 아들에게 참한 신부를 부탁한다
는 이야기에 엄마 친구는 "딸 중신해도 되나?"라며 신랑 될 사람을 소개
하느라 엄마 혼을 쏙 빼놓았다. 결론은 모월 모시에 청자다방에서 나는
선이라는 것을 봤다. 그리고 맞선 후에 한 달 되기 전 하얀 드레스를 입
고 나는 엄마 되기 연습을 시작했다. 세 아이의 엄마가 되었고 다만 낳
은 엄마 역할만 했다. 한없는 미안함만 남긴 채.

〈질주〉 출처 : 저자 남규민 작성

17년 후 독립을 했다. 그 많은 시간 속에 나는 없었고 여자였던 시간
도 없었다. 세상 엄마들이 그렇게 살았겠지만, 나는 나를 선택했다. '아
이 때문에 이혼 못 한다?'라는 이야기는 핑계라 생각한다. 아직은 애정

이 있는 것이다. 살아 보니 적어도 나의 경험으로는 그렇더라는 것이다. 결혼은 나에게 피난처이자 무덤이었다.

독립 후 확실한 나를 찾았다. 배움에 목마른 나를 발견했고 스스로 해결할 수 있는 능력도 알게 되었다. 혼자 지내며 힘든 시간이 가족과 함께 지내며 외로웠던 시간보다 행복하다는 것도 알게 되었다. 만학의 기쁨은 말할 것도 없다. 늦게 배운 도둑질이 날 샌다는 말을 온몸으로 실천하며 즐기는 중이다. 어찌 어려움이 없을까마는 그 어려움조차 나를 살게 하는 힘이다.

문득 버킷리스트를 알고 난 뒤 따라 해봤다. 하나둘 이뤄가며 성취감도 말할 수 없는 행복이었다. 나도 할 수 있다는 자신감은 말할 것도 없으며 자존감으로 똘똘 뭉쳐진 나를 감히 누구도 건드릴 수 없다고 생각하며 살고 있다. 다시 꿈을 꿔본다. 마지막 버킷리스트를 이룰 수 있을까 하는 기대감과 설렘으로 구름 위를 걷고 있다.

2013년 '사랑의 장기기증 캠페인'에 함께한 인연으로 아직 소통하고 있는 지인이 있다. 초록우산어린이재단 후원자 합창단에 나를 추천했고 합창하며 나눔의 기쁨을 더 알아갈 즈음 합창단이 해체되었다. 그때 막 시작한 '밥 사주는 삼촌'을 지인은 지금도 하고 있다. 단지 밥만 사주는 것이 아니고 이야기를 들어주고 응원해주며 용기와 희망을 전하는 것이다. '그게 될까?' 하던 사람들의 걱정은 그냥 걱정일 뿐이었다. 나 역시 '얼마나 할 수 있을까?' 했으니까. 어느 날 "내가 밥 사주는 이모 하면 어때요? 삼촌이 있으면 이모도 있어도 재미있겠는데"라고 했고, "좋은 생각이지요. 저는 적극 추천해요. 삼촌보다 더 섬세할 수도 있겠어요"라는 대답이 돌아왔다. 그렇게 나의 마지막 버킷리스트가 시작되었다.

'밥 사주는 이모는 허기진 이야기를 들어줍니다. 댓글로 신청하시고 정중히 사절합니다. 다른 분의 밥값을 미리 내준다면 정중히 받겠습니다. 함께하는 여러분이 따뜻한 밥 한 끼로 행복하면 좋겠습니다.'

이렇게 브런치에 글을 남겼고 '밥 사주는 이모'(이하 밥사모)의 첫 시작은 좋았다. 첫 후원금도 들어와 조금씩 모은 돈으로 3명의 밥사모가 되었다. 특별한 사연은 필요 없고 밥 한 끼와 따뜻한 위로가 필요한 사람이면 된다. 아직 떠들썩하게 홍보하지 않아 아는 사람은 많지 않지만 내꿈은 진행형이다. 기다리는 밥사모가 아니고 찾아가는 밥사모가 되고 싶은 나의 마지막 버킷리스트는 야무지다. 밥차를 끌고 다니며 식당 밥이 아닌 갓 지은 뜨거운 김이 모락거리는 밥과 신청인이 먹고 싶은 반찬으로 한 상 차려주고 싶은 것이다. 배고픈 서러움을 알기에 따뜻한 밥과 허기진 이야기를 들어줄 준비는 충분하다.
뱃속에서부터 배고파본 경험 때문일까? 나는 가는 곳마다 식복은 타고난 듯 먹거리가 가득하다. 배고픔과 살면서 경험한 것들로 허기진 마음을 다독여줄 수 있다.

그 마음이 어떤지 나는 안다. 밥 굶어 배고픔보다 마음 고픔이 더 허기진다는 것을 경험했기 때문이다. 홀아비 사정 과부가 더 잘 안다는 말이 무슨 뜻인지 안다는 것이다. 부자가 기부하는 것보다 없는 사람, 사정 아는 사람들이 더 기부를 많이 한다는 것은 모두 아는 사실이다. 가난은 불편할 뿐이다.

"너는 뭘 믿고 자존감이 그리 높냐?"라는 친구들의 질문에 당당히 말한다. "나는 나를 믿는다"라고. "세상에서 나를 가장 잘 아는 것은 나뿐"이라고.

성공할지 실패할지 가장 빨리 아는 것도 나였고, 좋아하는 것과 싫어하는 것도 가장 확실하게 아는 것도 나였다. 그래서 어쭙잖은 위로를 해보려고 버킷리스트를 실천해보려 한다. 아주 대단히 성공한 사람도 아니라 생각할 수 있다. 사실이다. 유명인은 더욱 아니다. 언젠가 나의 꿈을 듣던 분이 성공하고 난 다음에 시작하라고 했다. 성공은 이미 했다. 꿈도 이뤘다. 돈이 많아야 성공했다고 한다면 할 말이 없지만 성공을 향해 어떻게 행동하는가에 무게를 두고 있다. 중요한 것은 나의 의지와 신념으로 목표를 향해 걸어갈 뿐이다. 갈 길은 멀고 완벽게 준비하려면 쉬운 일은 아니겠지만 시작이 반이라고 했으니 이미 절반은 성공했다. 마음은 밥차를 운전하며 신청자를 찾아가는 행복함으로 가득하다.

 몇 해 전 집을 구하지 말고 차를 사 이동하며 지낼까도 생각했다. 그
랬으면 밥차가 바로 생기는 것이었는데. 안정적인 삶을 생각하는 마음
이 큰 것에 잠시 흔들렸던 것이었다. 지금 마음 같았다면 망설임 없이
시작했을 텐데. 늦으면 늦는 이유가 분명히 있을 테니 걱정하지 않는다.
가끔 걱정해주는 지인들의 쓴소리도 이제는 달다.

 "너 살 궁리나 해라."
 "너 앞가림이나 잘해라."
 "다른 사람 걱정하지 말고. 제발."

 한두 번 듣는 이야기도 아니니 그러려니 한다. 그렇다고 나를 편히
살게 전격적으로 도와주거나 대학원 등록금을 내주지 않았다. 모두 내
힘으로 해결해오고 있으니 당당하다. 위로가 필요했던 사람이 누구보
다 위로 방법을 잘 안다.

 "니들이 위로를 알아?"

〈질주〉 출처 : 저자 남규민 작성

〈질주〉 출처 : 저자 남규민 작성

관계의 온도

월 1회 정기적으로 모이는 스터디 모임이 있다. 3년 차 모임이니 애정이 많은 언니, 동생들이다. 자기계발을 위한 각자의 공부법을 나누기도 한다. 정보 공유가 주제인 '율동공원 모임'이다. 6명이 모두 모이기가 쉽지 않다. 2명은 일이 겹쳐 4명이 모였다. 이번에는 이사도 했으니 집들이 겸 우리 집에서 모이기로 했다. 이사한 지 한 달이 안 된 집이다. 과일을 들고 오고, 봉투를 내밀기도 한다. 나는 양배추가 주인공이고 여러 채소 친구를 들러리 세운 샐러드를 준비했다. 치킨과 피자를 주문했다. 피자를 주문해본 적이 오래라 보기에도 4명이 먹기 적어 보였다. 치킨이 있으니 괜찮다는 말에 미안해서 주방에 있던 군것질거리를 내놓았다. 오랜만에 만나 회포를 풀었다. 한참 대화가 무르익던 시간이었다. 휴대전화 수신번호가 불안했다.

"언니. 선해 언니가 갔어요. 일인실로 옮긴다고 해서 보려고 왔는데. 흰 천으로… 덮여 있어서 얼굴도 못 봤어요…."

"뭐! 갑자기 뭐라는 거야? 얼마 전 이사하면 놀러온다고 통화했는데?"

"언니. 저는 병원에 있다가 가려고요. 오늘은 가족들이 있어야 하니까 내일 병원에서 봐요. 선해 언니 불쌍해서 어떻게 해요….”

“그래. 내일 오전 일정 보고 오후에 갈게.”

전화를 받으며 방으로 들어가는 나를 쳐다보는 언니, 동생의 놀란 눈과 마주쳤다. 통화내용을 들었으니 사정 이야기를 전하고 함께 안타까움을 나누었다. 여러 달 만에 만난 이도 있었으나 우리 집에서 모인 2025년 첫 모임은 나의 선해가 먼 길 가는 날이 되었다.

장례식장에서 선해는 활짝 웃고 있었다.

‘뭐가 그리 급했던 거야? 아직 할 일이 많은데? 애들이 걱정되어 어찌 눈 감았을까?’

혼자 중얼거리며 영정에 인사했다.

“나쁜 년. 언니에게 절 받으려고 먼저 갔어?”

“졸업여행도 가야 하는데. 어떻게….”

선해를 똑 닮은 딸을 보니 기가 막혔다. 이제 세상에 없는 엄마를 얼마나 부르며 지낼지 생각하면 가슴이 아프다. 장례식장은 선해를 그리는 마음으로 가득했다. 교수님들, 동기들, 지인들…. 많은 사회활동으로 손님들이 마지막 가는 선해가 외롭지 않게 오셨다. 이제는 진짜 마지막이다. 화장하는 시간을 기다리며 너를 더 안쓰러워하는 지인들과 너의 SNS를 보며 울고 또 울었다. 너를 담은 작은 항아리를 만지며 잘 가라는 인사만 수없이 했다. 여행 좋아하는 네가 답답하겠다는 생각과 함께….

'선해야 잘 가….'

'너와의 관계 온도를 생각하다가 한참을 멍하게 있게 되더라. 과연 우리 관계의 온도는 어떠했을까? 첫 만남을 생각했고 주고받은 문자 메시지 내용을 보니 뜨겁지도 차갑지도 않은 따뜻한 마음을 주고받은 흔적이 고스란히 남아 있네. 너무 뜨거웠으면 누구 하나는 데이거나 상처를 입었겠지. 어쩌면 우리가 따뜻한 관계여서 서로를 걱정해주고 챙겼던 건 아닐까? 그런 너를 이제 볼 수도 없고 쩽한 너의 목소리는 나의 기억 속에서 둥둥 떠다닌다.'

만학으로 늦게 시작한 공부에 대한 열정이 닮았었고. 대학원이란 커다란 틀에 우리를 담던 날 옆자리를 내어주며 환한 웃음까지 선물했었다. 그렇게 시작된 우리 관계는 동기라는 이름으로 자매처럼 붙어 다녀서 오래된 사이냐고 물어보기도 했다. 사회활동 하는 모습이 나를 닮아 응원했지만 돌이켜 생각해보니, '쉬도록 할걸' 하며 후회해본다. 책임감이 강해서 말린다고 듣지 않았겠지만 최소한의 미안함 표현이다. 주 2회 수업 4학기를 다녔으니 2년을 함께했다. 지각할 일이 있을 때 서로 소식을 전해서 출석 체크에 도움이 되었다. 가끔 뚜벅이로 출석한 날은 차 옆자리에 앉아 집 가는 동안 더 알게 된 닮은 우리였다.

어린 시절의 고생스러움은 말해 뭐하냐며 툭툭 내던지는 말에 마음이 아팠다. 힘든 상황을 피하기 위한 수단으로 선택한 결혼이었다고 했다. 사랑 없이 한 결혼은 아니지만 차고 넘치게 이해되었다. 아이가 셋이고 막내가 딸이라며 신기하다고 가까워졌다. 아이들과 친구처럼 지내는 선해를 많이 부러워했다. 그렇지 못한 나를 선해도 마음 아파했었고 그래서 이해하며 생각하는 사이가 되었다고 믿는다. 종일 못 먹고 일보다가 내가 준 절편으로 허기를 면했다는 선해의 글을 한참 뒤에 봤다.

'우리가 추억할 일이 참 많았다 그치? 내가 힘들 때 힘내라며 다정히 부르던 언니라는 소리를 못 듣는다니 속상해. 남한산성 언덕길을 내 차로 오를 때 정말 좋아했는데. 내가 추천한 맛집도 같이 가봐야 하는데.'

가족과 간다는 이야기보다 친구, 지인들과 간다는 이야기를 더 많이 했었다. 미리 혹시 혼자 가거나 함께 할 수 있는 날, 불러달라고 신청해 놓았다. 혼자 간다던 이야기에 내가 말했다.

"나도 가고 싶어."
"그래, 같이 가자. 하루 자야 하니까 준비하고 남한산성 캠프장으로 와."

일정 마치고 신나게 남한산성 길을 올라갔다. 필요한 것이 없냐며 전화했더니, "언니 고기 자를 칼이 없어 사 올 수 있어? 술은 맥주랑 언니

마실 술 사 오면 돼"라고 했다. "칼을 어디서 사? 일단 편의점이 보이니까 있으면 사 갈게. 출발 전에 들었으면 시장에서 사 왔지" 했는데 칼은 팔지 않아 가위를 사고 선해가 좋아하는 커피를 큰 병으로 샀다.

캠프장 입구에서 나를 반겨주는 환한 미소에 나도 덩달아 기분이 환해졌다. 혼자 텐트를 쳐놓은 걸 보니 솜씨가 예사롭지 않았다. '와' 감탄사가 연이어 나왔다. 내가 오면 바로 고기 먹을 수 있도록 고기를 굽고 있었다. 간식거리와 마른안주도 준비했고 암튼 캠핑인다웠다.

배불리 먹고 캠프장 샤워실에서 씻고 와보니 잠자리로 침대가 2개 있었다. 모기향까지 피워놓았다. 야외 텐트인지 집인지 모를 분위기였다. 배터리로 전기도 충분히 사용하니 휴대전화 충전은 기본이었다. 잠자리에 누워 이런저런 이야기를 하며 우리는 좀 더 가까워졌다. 어둑한 새벽에 남한산성을 내려오며 시원한 산 공기가 무척이나 좋았다. 그게 마지막 캠핑이 될 줄 아무도 몰랐다. 캠핑하며 구워 먹던 고기 맛이 아직 기억나는데. 사람과 사람 사이의 진심은 보여주기 위한 큰 행동이 아니라 작고 소소한 관심에서 피어난다. 선해에게서 배운 게 많았다.

하고 싶은 일이 많았고 꿈을 위해 준비하던 선해를 보며 그 나이의 내가 보였다. 항상 밝아보였던 선해를 보며 그 또한 아픔을 포장한 밝음이라는 것도 나는 알았다. 사람은 비슷한 온도여야 전해지는 아픔도 아는 법이다. 살아 보니 그랬다. 선해의 지인들이 했던 아까운 사람이라는 말들이 살면서 두고두고 생각나겠지만, 나는 선해가 재주 많고 아까운 사람이라는 걸 알고 있었다.

"이제 자유롭게 훨훨 날아다니며 아프지 않은 곳에서 지내길 바라. 선해야 사랑해."

아버지를 비롯해 긴 이별을 많이 경험했지만 어른이 된 후 이별이라 특별하다. 슬픈 예감은 빗나가지 않는다. 1월 2일 통화가 마지막 통화가 될 줄 몰랐지만, 통화하면서 가슴이 철렁 내려 앉았다.

"이사 오면 놀러 온다더니 안 오냐?"
"가야지. 근데 언니, 병원에서 못 나가고 있어."

말끝이 흐려진 선해의 목소리에 머리카락이 곤두서서 머리를 절레절레 흔들었다. 1월 18일 세상 소풍을 마쳤으니 그리 순식간에 떠난 너를 아직 마음에서 털어버릴 수가 없다. 내가 이런데 가족은 오죽할까? 이번 설날은 엄마 없이 보냈을 아이들을 생각하니 괜히 서글퍼졌다. 빠르게 진행되는 장례 절차에 밝고 흥 많던 너는 한 줌 가루로 돌아와 허무하기까지 했다. 살아가는 동안 수없이 만나는 사람들과의 관계 온도를 깊이 생각하는 시간이었다.

우리는 관계를 통해 서로에게 빛이 된다. 여러분도 자신에게 소중했던 관계를 한 번쯤 떠올려보는 시간이 되었으면 좋겠다. 지금 곁에 있는 사람들을 더 사랑하고, 떠난 사람의 흔적을 감사히 간직하며, 관계의 온기를 느끼는 하루, 하루를 보내기를 바란다.

먼저 간 이가 그토록 원했던 내일을 살아가는 오늘. 얼마나 많은 오늘을 살아내야 내일을 만날 수 있을지. 세상을 살다 보면 우리는 수많은 사람을 만나고, 또 헤어진다. 어떤 관계는 잠깐 스쳐 지나가지만, 어떤 관계는 마음 깊숙이 자리 잡아 평생을 함께한다. 뜨겁지도, 차지도 않았던 우리 관계의 온도가 시간이 지나면 식기도 하겠지만, 쉽게 잊을 수 없는 이별을 잊지 않으려고 너와 나를 그린다.

출처 : 저자 남규민 촬영

내 짝꿍 선해에게

내일이면 네가 떠난 지 한 달이 되는 날이네.

거긴 어때? 지낼 만해? 이제는 아프지 않아서 좋아? 그거 알아? 넌 똑똑한 바보였어. 몸이 아프면 빨리 병원도 가고 항암 할 때 쉬기도 했었어야지. 그렇게 평소처럼 빨빨거리고 다녔으니 먼 길 혼자 훌쩍 가버렸잖아. 입버릇처럼 언니 건강 챙기라며 아프면 안 된다더니. 네가 이리 먼저 갈지 몰랐지?

선해야.

난 말이야. 누구보다 나를 사랑해. 왠지 알아? 세상은 내가 있어야 존재하거든. 너도 알고 있었지? 그렇게 하고 싶었지만 나보다 가족이, 아이들이 먼저였을 테니까. 이해해. 세상 엄마들이 모두 그렇지. 이제는 그러지 말고 너부터 챙겨 알았지? 그리고 네가 좋아하는 아이스아메리카노 아직 마셔? 따뜻한 커피로 바꿔. 건강에 좋지 않다더라. 난 요즘 별 다방에 못 가고 있어. 별 다방 커피를 유난히 좋아하던 네가 생각나서 그 앞을 후다닥 지나가. 선물 받은 쿠폰은 다른 사람 줘야겠다. 이럴 때 네가 있었으면 둘이 함께 별 다방 가서 커피 마시며 이번 학기 과목은 뭘로 정하지? 고민도 나눌 텐데. 곧 대학원 마지막 학기 시작해. 강의실이 허전해서 어쩌지? 걱정하지 마. 잘 견디고 네 몫까지 씩씩하게 하고픈 일 하다가 갈게. 그때 모른 척하기 없기다. 지금처럼 따뜻한 위로 나누자.

　너를 통해 알게 된 〈나는 반딧불〉 노래 많이 듣고 있어. 그렇게 넌 정말 별이 되었네.

나는 내가 빛나는 별인 줄 알았어요.

한 번도 의심한 적 없었죠.

몰랐어요. 난 내가 벌레라는 것을

그래도 괜찮아. 난 눈부시니까.

(중략)

한참 동안 찾았던 내 손톱

하늘로 올라가 초승달 돼버렸지.

누가 저기 걸어놔서 누가 저기 걸어놨어.

출처 : 저자 남규민 촬영

출처 : 저자 남규민 촬영

관계 미숙아

누구나 축복 속에서 태어난다.

생명은 소중하고 신비롭다고 보고 듣고 해서 그렇게들 알고 있다.

세상에 오는 날을 알고 오거나 오고 싶어서 오는 사람이 있을까? 있다면 우리가 아는 신이겠지. 원해서 온 세상이 아닌데 삶은 마치 차려진 밥상 같다. 상 위의 국과 찬들을 입에 맞는 것으로 바꿔 먹어야 한다. 맛있게 보이는 반찬이 입맛에 맞지 않을 수도 있다. 선택의 오류로 입맛을 잃을 때도 있다. 눈이 휘둥그레지는 근사한 식탁에서 받는 밥상이 있을 것이고, 신문을 펴놓고 밥상을 대신하는 단출하고 밥 먹기 불편한 밥상도 있다. 태어날 운명은 각양각색 삶으로 세상에 던져진다.

"밥은 먹었어?"

어릴 때부터 수없이 들었던 인사말이다. 그런데 나는 이 말이 참 낯설었다. 누구에게서 따뜻한 식사를 챙김받거나, 함께 둘러앉아 밥을 먹었던 기억이 많지 않아서다. 식탁에 앉아 자연스럽게 나누는 대화 속에서 관계가 자란다고들 하지만, 내게는 그런 시간이 부족했다.

어쩌면 그래서일까. 나는 사람들과 관계를 맺는 게 어색했고, 누군가와 친밀한 사이가 되는 게 쉽지 않았다. 어릴 때 놓쳐버린 밥상머리의 시간을, 이제 와서야 조금씩 되찾아가는 연습 중이다.

밥상으로 시작하는 이유는 밥상머리 교육의 부재로 위, 아래가 없어진 요즘이다. 바쁜 일상생활에서 가족들이 모여 아침 먹을 시간이 없다는 현실을 이해는 한다. 하루 한 끼는 가족 모두가 밥을 핑계로 소통하는 시간을 가졌으면 좋겠다. 모두가 각자의 목표를 향해 달리다 보니 함께할 시간이 부족한 이유로 관계 소통법은 미숙할 수밖에 없다.

살아가면서 느끼는 밥상머리 교육의 부재는 절실하다. 가족 전체가 모여 밥 먹은 기억이 없다. 외갓집, 이모 집으로 돌아쳤다. 아버지의 직업 특성상 가족이 함께할 상황이 아니었다고 들었다. 엄마는 아버지의 밥과 의처증 때문에 어쩔 수 없이 아버지 따라갔어야 했고, 나와 동생은 외갓집에서 자랐다. 나는 외할머니의 첫 외손녀였다. 덕분에 잠시 공주로 지냈다. 살면서 그렇게 호강스러운 적은 없었다. 외할머니의 사랑으로 평생 그렇게 사는 줄 알았다. 결혼 후 아이가 없던 큰이모의 집에서 딸처럼 살던 때도 있었다. 외갓집 가족으로 살 때는 그 세상이 전부인 줄 알았다. 이모의 사랑도 외삼촌들의 따뜻함도 아직 온기가 가득하다. 정작 가족의 사랑은 한 번도 받아본 적이 없다. 아버지 돌아가신 날 동생과 만났으니 말해 뭘 할까? 밥상 소통 부재로 급기야 나도 관계 미숙아가 되었다.

어려서부터 가족과 함께하는 시간이 많지 않았다. 따뜻한 밥상, 잔소리 섞인 안부 인사가 낯설었다. 그러다 보니 사람들과 친해지는 방식도 몰랐다가 친밀함이란 것이 무엇인지조차 어색했다. 관계 맺는 법을 자연스럽게 배우지 못하고 나만의 방법으로 다가가면 왠지 모를 섞이지 못하는 물과 기름 같았다.

타인과의 거리 조절이 어려웠던 순간들이 영화 필름처럼 지나간다. 일반적으로 우리는 '좋은 게 좋은 거지'라는 안개 같은 말로 두리뭉실 넘어가는 위험한 실수를 한다. 편안함에 안주하려는 인간 본능이라고 생각한다. 나 역시 친절한 사람은 온전히 내 편이라 생각했다. 속을 바닥까지 보여주고 약점이 되어 돌아온 독화살에 아팠던 일이 많았다. 사람이 그리웠던 것을, 정이 고팠던 것이라는 것도 나이가, 세월이 가면서 차곡차곡 쌓여 알아가고 있다. 정에 허기진 나는 조금의 친절과 관심에 흔들렸다. 마음을 줬다가 상처받기를 반복하다 이제는 감정이 한여름 논바닥 갈라지듯 쩍쩍 갈라졌다. 무엇으로 갈라진 마음 틈을 채울 수 있을까? 흔히 위로의 말을 한다. 사람으로 다친 마음은 사람으로 치유해야 한다고. 그러다 더 많은 상처를 안고 살아간다.

혼자 살아가는 사람의 특징은 두 가지로 분류된다. 숨든가 나타내든가. 온라인으로 안 되는 것이 없는 세상이니 숨는다 해도 생활이 되지 않을 수 없다. 앉아서 주문과 결제를 할 수 있는 은둔자들의 세상인 듯

하다. 성향이 활동형인 나는 은둔자는 하고 싶어도 할 수가 없다. 어쩌다 쉬어야겠다는 마음으로 은둔자 따라 하기를 하려면 꼭. 반드시 일이 생긴다. 세상 속으로 사람 사이로 또 달려간다.

'사랑?'
'그건 나랑 안 어울리는 거 맞지. 맞아.'

나에게 수없이 질문하고 대답했던 대화다.

결론은 내가 사랑이 아주 많이 간절하고 필요한 사람이라는 것이다. 사랑받는 사람의 마음은 어떤 걸까? 그런 기분이 들 만큼 사랑해봤나? 단순히 육체적인 사랑이었나? 남자를 만나지 않았다는 거짓말은 하기 싫다. 믿기나 할까? 나름 남자들이 끌리는 외모에 안으면 품에 쏙 들어오는 사이즈라는 말을 많이 들었다. 그런 나의 허무맹랑한 '안 사랑' 타령을 믿겠냐고? '사람을 만난다는 것은 그 사람의 인생과 같이 만나는 것이다'라는 명언을 듣고 무릎을 아프도록 때린 적이 있다. 사랑을 받아봤어야 사랑을 줄 수 있다는 명언은 누가 만든 걸까?

사랑 없이 결혼했다면 믿지 않는다. 그런데 애가 셋이야? 젊은 남녀가 애 셋 만들기가 뭐 어렵다고 놀라고 난리인지. 이른 나이에 선을 봤고 어느샌가 결혼식장에 하얀 드레스를 입고 눈부신 미소로 서 있었다. 선을 보고 일주일 뒤 중매한 분의 이야기로 신랑 될 사람은 좋아 난리가 났는데 형수가 말하기를.

"삼촌이 뭐가 아쉬워 그리 가난한 각시 만나? 처가가 잘살아야지"라고 했다고 전했다. 선 본 남자에게 전화했다. "내가 다리를 절어요? 말을 못 해요? 부자 처가 만나려면 선 자리에 나오지 말던가. 미리 정보 듣고 나왔을 텐데. 그 집은 얼마나 부자냐고요?" 그날 그 집은 전쟁을 치르고 형수는 욕을 배 터지게 들었다고 엄마는 내게 전했다. 그 형수, 그러니까 형님 이야기를 들었어야 했다. 부자가 아니라 가족의 사랑을 받고 자랐는지를 물어보거나 중매한 분에게 물어봤어야지. 첫 번째 남자는 그렇게 만나 결혼했고 알콩달콩 신혼은 드라마에서나 봤고. 그렇게 무덤덤하게 세 아이의 엄마가 되었다. 관계 미숙에서 벗어나지 못한 채로 엄마가 되었다. 사는 게 고달프고 힘들어 퇴근 후 안기는 아이들을 한 번도 따뜻하게 안아준 기억이 없다. 아이들이 받았을 상처가 이제야 생각나고 미안한지.

사람이 많이 모인 자리에서 모두가 예스 할 때 나는 노라고 말한다. 뾰족한 말투, 변화에 민감한 표정, 감정이 얼굴로 온몸으로 전달되는 나를 나도 알고 있다. 속마음은 그렇지 않은데 말은 언제나 아프다. 예쁜 말로 표현하는 것도 배울 수 있는지. 생각해보면 엄마의 말투를 닮았다. 가끔 거울 속에서 만나는 엄마를 거부할 수 없다는 세월을 어찌할꼬. 반가운 인사를 어색해하는 나란 존재. 반가워지려면 5분에서 10

분쯤 지나야 분위기가 편해진다. 모두 나에게 속고 있는 거다. 짧은 시간에 분위기 파악과 어떤 말을 해야 하는지 계산하는 것이다. 쉽게 말하면 눈치를 보는 중이다. 파악된 분위기는 이제 시동을 걸고 분위기 잡아가기 시작이다. 다른 사람이 하고픈 이야기를 대신해주다가 똥바가지를 맞을 때도 있었다. 오해가 오해를 부르고 주변 사람들과의 사이도 멀어지고. 아까운 시간만 낭비하는 게 속상해 내가 먼저 손 내밀어 오해를 풀었다. 풀고 나니 이리 편한걸. 마음의 빗장이 더 채워지기 전에 풀어 다행이다. 나에게도 사랑은 넘쳐난다.

관계 미숙아. 그런데도 우리는 살아간다.

관계라는 것을 배우지 못한 채 세상에 던져진 사람이었다. 누군가와 친밀해지는 방법을 몰랐고 타인의 감정을 읽는 법도 서툴렀다. 사람들은 나에게 "너는 마음을 잘 열지 않는다"라거나 "조금 더 솔직해져봐"라고 말했지만, 나는 그 말이 정확히 무엇을 의미하는지조차 알 수 없었다. 그러다 보니 인간관계는 늘 숙제 같았다. 가까워지고 싶지만, 가까워지는 법을 모르는 상태로 살아왔다. 그렇다고 관계를 아예 포기했던 것은 아니다. 나름의 방식으로 애썼고, 노력했으며, 관계 속에서 상처받기도 했다. 그러면서도 나는 자주 자신을 스스로 원망했다. '왜 나는 이토록 서툴까?', '왜 나는 관계 앞에서 위축될까?' 같은 질문을 하며 속상해했다.

살아가면서 깨달은 것 중 하나. 관계는 타고나는 것이 아니라 배우고, 익혀야 하는 것이라는 점이었다. 물론 어떤 사람들은 선천적으로 관계를 맺는 능력이 뛰어날 수도 있다. 타인과 자연스럽게 소통하고, 갈등을 지혜롭게 해결하며, 친밀함을 만들어가는 사람들이 있다. 나는 그런 사람들을 부러워했고, 때로는 질투도 했다. 하지만 생각해보면 관계는 결국 선택과 노력의 결과다. 우리는 태어나면서부터 관계의 기술을 선물처럼 받지 않는다. 가족, 친구, 연인, 동료들과의 경험을 통해 점점 익혀나가는 것이다. 마치 언어를 배우듯이, 시행착오를 겪으며 관계를 배운다. 문제는 어떤 사람들에게는 그 과정이 더디고 어렵다는 점이다. 나는 그 어려운 길을 걸어왔고, 아직도 걸어가고 있다.

관계에 서툴렀던 나는 이제 어떤가? 완전히 달라졌을까? 아니, 여전히 나는 관계 앞에서 긴장하고, 때로는 실수한다. 하지만 예전과 달라진 점이 있다면, 이제는 서툰 나 자신을 미워하지 않는다는 것이다. 관계에 익숙하지 않은 사람들은 종종 자신을 자책한다. '내가 문제인가?', 나는 원래 이런 사람인가?'라고 생각하며 관계를 멀리하거나 아예 포기해버리기도 한다. 하지만 돌이켜 보면, 관계라는 것은 완벽할 필요가 없다. 다만, 포기하지 않고 한 걸음씩 나아가는 것이 중요하다.

나는 여전히 인간관계가 어렵다. 어떤 사람과의 거리를 어떻게 조절해야 할지 고민하고, 갈등이 생기면 어떻게 풀어야 할지 망설인다. 하지만 그런데도, 나는 관계를 계속 시도하고 있다. 누군가에게 먼저 안부를 묻고, 나의 감정을 솔직하게 표현하고, 때로는 사과할 줄도 알게 되었다. 아주 작은 변화일지 모르지만 이런 변화들이 모여 나를 성장하게 만든다.

모두가 관계 미숙아일지도 모른다.

가끔은 이런 생각이 든다. 어쩌면 우리는 모두가 관계 미숙아가 아닐까? 다만, 정도의 차이가 있을 뿐, 누구나 관계 속에서 실수하고, 후회하고, 상처받고 때로는 관계를 놓치기도 한다. 인간관계가 쉬운 사람은 없다. 오히려 관계를 잘 맺는 사람들은 그만큼 많은 시행착오를 겪었고 스스로 단련해온 사람들이 아닐까? 그러니 나처럼 관계에 서툴다고 해서 너무 좌절하지 않아도 된다. 누구나 처음에는 미숙하고 부족하다. 중요한 건 그 미숙함 속에서도 관계를 놓지 않으려는 마음, 그리고 조금씩이라도 나아지려는 노력이다. 한 걸음 더 다가가려는 용기다.

나는 여전히 관계의 정답을 모른다. 하지만 이제는 먼저 안부를 물어본다. '어떻게 지내?'라는 말이 어색하지 않고, '미안해'라고 말할 용기도 생겼다. 천천히 그러나 분명히 변화하고 있다.

〈마음을 자작인다〉 출처 : 저자 남규민 작성

←비상구→

출처 : 저자 남규민 촬영

박건우

답장은 하지 않았다
관계 여백이 주는 위로
반농담으로 피운 향

답장은 하지 않았다

지난해 겨울 어느 날 저녁 모임을 하고 술 한잔 살짝 취해 전철을 타고 귀가하던 중 뒤에서 귀에 익은 목소리로 "형" 하고 부르는 소리에 뒤를 돌아보니 H라는 동생이 무지 반가운 눈으로 나를 바라보고 서 있었다.

몇 년 만에 보니 나도 순간 반가운 마음에 "H야. 잘 지냈냐? 진짜 오랜만이다" 인사를 나누는 와중에 속으로는 오만가지 생각들이 빛의 속도로 지나쳐 갔다. 그러고는 왠지 기쁘지만은 않은 감정들이 나를 사로잡으며 얼굴색이 편치 않은 모습으로 변해감을 느꼈다. 일단은 반가운 마음에 속사포처럼 자기 이야기를 하는데, 가족들 모두 이곳을 떠나 살고 있으며, H는 홀어머니만 이곳을 떠나기 싫다고 하시니 다니러 오는 길이라 이야기했다. 지금은 영등포 어디에서 산다고 어머니 뵙고 올라가는 길이라면서 그동안 내가 무지 보고 싶었다는 등 너스레를 떨었다. 그동안 더는 상종하고 싶지 않은 마음이 훅 치받으면서, 전철 들어오는 소리를 이유 삼아 "다음에 보자" 하고 돌아서서 플랫폼으로 향했다.

한가롭게 들어오는 전철을 타고 앉자마자 휴대전화 문자 메시지 알림 소리가 '띠링' 울린다. 뭐지 하면서 휴대전화를 열어보니 좀 전에 만났던 H란 녀석이 그새 많은 양의 글을 보낸 것이다. "형, 전화번호 그대로지?" 하며 그동안 형한테 미안한 마음이 컸다는 둥, "다시 전처럼 자주 통화하고 만나고 하면 안 되겠냐, 형은 아직도 그대로네 등 결론적으로 꼭 다시 보자며 전화하면 받아주라. 형" 하면서 문자 메시지가 끝났다. 다 읽고 나니 긴 한숨이 푹 쉬어지며 여러 감정이 교차하면서 기분이 썩 좋지 않았다.

역에 내려 환승해 버스를 타고 집에 돌아올 때까지 내내 심드렁한 느낌을 지울 수가 없었다.

그 H는 아버지가 의사이셨고 밑에 남동생 M이 있다. 중고등학교 시절에는 부잣집 아들들이라 고생을 모르고 성장했고 자기들 딴에는 고생을 많이 했다고는 하나 내가 보기에는 그 정도는 고생이라 하기는 좀 아니지 않나 싶었다. 그 두 친구와 한 동네에서 형 동생 하며 지낸 나의 친구 이야기에 의하면 아버지는 의사시고 어머니는 식당을 크게 하시니 늘 바쁘셔서 아이들 교육을 등한시하셨다. 동네에서 제일 부자다 보니 늘 용돈은 넉넉히 주셨는지 고등학교 때부터 당구장에서 살다시피 하면서 친구가 봤을 때는 동네 양아치 짓들을 해서 별로 좋게 이야기하지 않았다고 한다. 나중에 들은 이야기다.

진즉 가까이하지 말아야 할 친구들이란 사실을 알았다면 좋으련만 운명의 장난인지 그들을 만나게 되었고 겉모습과 가식적 행동에 홀딱 속아 앞으로 전개될 구렁텅이에 빠지게 되었다.

H는 어떤 관계의 친구인지는 모르지만, 한때 시끌시끌했던 재벌가 사위가 친구여서 그 덕에 큰 사업권을 따내 제주도에서 크게 성공했다. 큰돈을 벌어 몇십억짜리 호화요트에 5만 원권 묶음을 서재에 꽂아놓고 뽑아 쓸 정도로 돈이 많았다고 한다. 그러나 같이 사업에 참여했던 남동생 녀석이 어수룩한 H 모르게 자금 횡령에 전횡을 일삼다가 발각되면서 사업은 중단위기를 맞았다. 가뜩이나 재벌가 사위도 견제받다 보니 덩달아 곤란해지면서 아마도 내 생각에는 그래서 파경을 맞은 건 아닌지 의심된다. 그리고 그 사업이 중단되면서 먹고 떨어지라고 감당도 못 할 호화요트 한 척만 덜컥 받아 이곳으로 오게 되었다.

왜 그렇게 이야기하냐면 나는 H와 M이 흥청망청 써대다가 거의 망해서 몇십 억대 요트를 헐값에 처분하고 빚잔치를 할 무렵에 알게 된 사이기 때문이다.

나는 H가 겉으로는 잘하는 구석이 있어서 좋은 동생이려니만 했지, 속사정이나 성격들까지, 알지는 못했다. 자기들이 스테이크집을 할 테니 도와달라기에 그렇게 일은 시작이 되었다. 나는 변변한 대가도 바라지 않고 프로방스풍으로 멋지게 인테리어도 해주고 갤러리까지 만들어서 그림 전시도 하는 문화공간 같은 식당을 열게 되었다.

처음에는 H도 주방에서 열심히 고기도 굽고 동생 M도 열심히 일하는 듯했으나 제 버릇 남 못 준다고 자꾸 이상한 짓들을 했다. 흥청망청 쓸데없는 사람들 들락거리고 변태 같은 정치인들이 들락거리고 이상한 여자들도 꼬이고 점점 이상해지기 시작했다. 돈은 안 벌리고 쓸데는 많고 나중에는 심지어 고기 살 돈도 없어서 장사할 수 없는 지경에까지 이르렀다.

나에게 약속했던 대우와 빌려준 대금은 고사하고 직원들 월급마저도 줄 수 없게 심각할 지경에 빠져서도 정신을 못 차리고 아들과 유럽여행을 가는 등 알 수 없는 행동들을 해댔다.

20살밖에 되지 않은 H의 아들은 고등학교 학생회장 출신인데 서울대를 지원했으나 떨어지고 재수를 시작했다. 가게 일을 도와준다고 나와서는 가게에 전혀 도움 안 되는 일을 벌였다. 가만히 지켜보니 아이를 어떻게 키웠는지 예의도 없고 오냐오냐하니까 나한테까지 가르치려 들었다. 그걸 또 자기 아들이 똑똑해서 그러니 자랑스러워하는 H. 점점 이상한 사람들이 되어가는 과정을 지켜보며 뭔가 크게 잘못된 것을 느꼈다. 그들을 도와주려고 했던 나의 생각이 크게 잘못되었다는 것을 깨달았을 무렵 은퇴한 의사셨던 H의 아버지를 자주 뵈었다. 집안 돌아가는 꼴이 이상하니 자식들한테는 어쩌지 못하시고 나에게 하소연하셨다. 당신께서 먹고사는 데 급급하느라 자식들 교육을 잘 못 한 것을 후회하고 계셨다. 당시에 직장암 말기로 몸 상태가 좋지 않으셨는데 가족들 만류에도 매일 소주를 하루 2병 이상 드시면서 살기 싫으니 말리지 말라셨다. 돌아가시기 전 나의 손을 꼭 잡고 "내 아들로 인해 정말 미안하다"라며 눈물을 흘리셨다. 장례를 치를 때는 전남 장흥 장지까지 자식처럼 따라가 함께 했는데, 그리고 아무것도 해결되지 않은 채 이렇게 세월이 훌쩍 지나고 만나게 된 것이다.

분명 답장을 기대할 텐데 '답장을 안 하는 게 맞겠지', '립서비스 차원으로 그냥 알았다 해줄까?', 그 두 가지 생각이 한 3일 동안 머릿속에서 천사와 악마가 서로 싸우듯이 고민했다.

결론은 답장하지 않았다. H도 그 뒤로 전화도 없었고 문자 역시 오지 않았다. 그 지점에서도 사실 화가 난다. 그렇게 피해를 끼치고 나를 힘들게 만들었는데 사람 간보는 것도 아니고 다시 연락조차 시도해보지 않는 H. 역시 그 정도밖에 되지 않는 인간이란 생각이 답장을 안 하길 잘했다는 생각이 든다. 내가 지금도 마음 한구석에 정말 괘씸한 생각이 남아 있는 건 그 친구의 어린 아들 녀석이 나에게 한 행동을 상기시켜본다.

나를 끌어들여 동업으로 스테이크 장사를 시작했는데 빚으로 가게를 개점하다 보니 고기 살 돈도 없어 전전긍긍하던 어느 날이었다. 내가 없는 자리에서 가족들끼리 무슨 이야기들을 했는지 인사도 하지 않고 인상이나 쓰던 녀석을 '저런 녀석이 아닌데 왜 저럴까?' 의아해하며 본 것이 마지막이다.

가세가 기우니 H는 자격지심에 남 탓을 자주 했다. 내가 판단할 때는 H가 잘못 처신했는데도 가족들 앞에서는 남이 문제가 있다고 쌍욕을 하는 모습을 자주 보였다. 나는 일적으로나 심적으로 다시 재기하면 저러지 않겠지 하며 그저 지켜봤다. 그러나 돈 문제가 심각하게 조여오니 그런 행동이 극에 달해 결국은 그 탓이 나에게까지 미쳤다. 나에게 갚아야 할 돈마저도 해결할 수 없으니 엉뚱한 행동으로 좋지 않은 모습을 보였다. 나를 몹시 불편해하기 시작했고 내 탓까지 하기 시작한 모양이다.

내 앞에서 철철 울며 형 나 좀 살려 달라고 하며 도움을 요청하던 H이기에 나는 정말로 도와주고 싶은 마음에 사심 없이 일해주고 남의 돈까지 빌려다주고 진심으로 도와줬다.

더 이상 같이 할 수 없다는 걸 깨닫고 가게를 정리하는 시점에 H 부인과 20살 아들이 거울처럼 H의 이중적인 모습을 비춰준 것이다. 결국 가게는 문을 닫았고 돈도 떼먹혔고 실망감에 인연을 끊게 되었다. 이후로 해결할 것도 많았고 정말 힘들게 극복했다.

내가 오지랖이 넓었고 사람을 믿은 것이 잘못이었으며 좋은 마음만으로 남을 돕는다는 건 오만이라는 결론이었다.

그림에 고기 한 마리는 작은 웅덩이에서 필사적으로 몸을 비틀어가며 새로운 세상으로 나아가려고 몸부림치던 나를 기억하면서 그린 것이다.

자세한 이야기까지 설명하자니 내가 오만한 바보였고, 저 H란 녀석은 소시오패스였다는 것으로 짧게 이해해주길 바란다. 인생을 살면서 그저 사람을 믿고 의지하고 기대하고 의심하지 않은 나를 반성한다. 우연히 그런 상대를 다시 만나 또다시 그 고통스러운 인간들의 세계에 또다시 발을 들여놓지 않겠다는 의지로 답장하지 않는 것으로 나의 소극적인 방어권을 어필해본다.

두 번 다시 저 웅덩이에 다시 빠지지 않기를.

포르티아 넬슨(Portia Nelson, 미국, 1920~2001)의 시적인 자서전을 인용해본다.

1장

난 길을 걷고 있었다.

길 한가운데 깊은 구덩이가 있었다.

난 그곳에 빠졌다.

난 어떻게 할 수가 없었다.

그건 내 잘못이 아니었다.

그 구덩이에서 빠져나오는 데 많은 시간이 걸렸다.

2장

난 길을 걷고 있었다.

길 한가운데 깊은 구덩이가 있었다.

난 그걸 못 본 체했다.

난 다시 그곳에 빠졌다.

똑같은 장소에 또다시 빠진 것이 믿어지지 않았다.

하지만 그건 내 잘못이 아니었다.

그곳에서 빠져나오는 데 또다시 오랜 시간이 걸렸다.

(중략)

5장

난 이제 다른 길로 가고 있다.

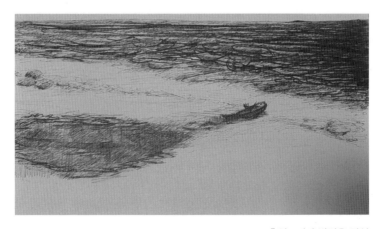

출처 : 저자 박건우 작성

관계 여백이 주는 위로

10년 전으로부터 시작된 일인데 어찌 보면 그보다 더 긴 40여 년 전부터라고 할 수 있는 인연에 대한 이야기다.

10년 전 어느 날 초등학교 동창들로부터 너무나 반가운 소식을 받게 되었는데, 6학년 때 담임 선생님을 찾았다는 놀라운 소식이었다. 그것이 왜 놀라운 소식이냐면 몇 분 선생님을 제외하고는 이미 돌아가셨거나, 찾고 싶어 하지 않는 선생님이라 잊혀졌고 우리 반 담임 선생님은 그리워했지만, 행방을 몰라 너무나 궁금하던 차였기 때문이다.

특히 우리 반 친구들은 6학년이던 그해에 우리가 받았던 선생님의 깊은 제자 사랑을 잊을 수가 없었다. 가끔들 모이면 그 당시 있었던 수많은 에피소드를 서로의 기억을 더듬어 가며 추억하는 일이 많았다. 모든 학창 시절을 통틀어 유일하게 나의 인생관에 영향을 미치고, 나 개인을 떠나 우리 반 친구들 모두에게도 커다란 영향을 주신 선생님이다.

모두의 기억에서 잊히지 않고 남아 있는 사건 하나가 우리를 아련하게 했다. 개학 초 어느 날 수업 중에 두 녀석이 서로 싸움하면서 교실이 아수라장이 되었다. 선생님은 칠판에 열심히 수업내용을 적다 말고 힘이 장사 같던 두 놈을 뜯어말렸다. 그런데 그 두 녀석은 등교할 때부터 신경전을 벌이다 급기야 선생님이 등을 보이는 사이 뭔가를 던졌는지 책상 위로 뛰어 바로 걷어차고 주먹다짐했다. 선생님은 싸움을 말린 후 두 놈을 교단에 세워두고 당신의 종아리를 걷었다. 우리는 벌어지는 상황에 경악을 금치 못했다. 회초리로 당신의 종아리를 스스로 내리치시며 체벌을 멈추지 않으니 아이들은 소리를 내 울었다. 교단의 두 녀석도 잘못했다고 싹싹 빌었다. 급기야는 선생님께 달려들어 회초리를 든 손을 붙잡고 다시는 싸우지 않겠다고 엉엉 울며 그러지 마시라고 했다. '내가 잘못해 너희들이 싸우니 벌을 받는 것'이라 말씀하시고는 다시는 싸우지 않겠다는 약속과 화해의 악수와 포옹으로 이끌어주셨다. 덕분에 그 두 녀석은 아마도 방치했다면 동네 깡패로 성장했을 텐데, 다행히 건실한 가정을 이루고 장사 잘하는 친구들이 되어 모임에도 잘 나오고 있다.

선생님은 80여 명이나 되는 아이들 얼굴만 보고도 일일이 이름을 불러주실 정도로 성의를 보여주셨다. 담임의 임무로 1명도 빠짐없이 가정방문을 하시면서 부모님들께 아이의 장점을 칭찬해주셨다. 담임으로서 잘 가르치시겠다는 약속을 하시며 촌지가 흔하던 시절인데도 일절 사양하실 정도로 청렴하셨다. 아이들 누구 하나 소홀함이 없도록 섬세하게 관심을 가져주셨다. 가난한 아이들이 기죽지 않도록 보이지 않는 선행들도 베풀어주셨다. 학업 성취를 느끼게 해주시려고 일일이 도장 딱지 만들어 뭔가 칭찬받을 일이 있을 때마다 정도에 따라 몇 개씩 나눠주시고 나중에 모아가면 학용품도 선물로 주셨다.

봄, 가을 소풍 때는 그 귀한 개인 카메라로 촬영해 인화한 후에 나눠주셨다. 이 아이들의 소중한 모습을 30여 년이 지난 지금도 그것들을 간직하고 계신 사실을 알게 되었다.

자, 그럼 처음으로 돌아가서 30여 년이 지나도록 선생님은 어떻게 살고 계셨을까? 지금 선생님이 계신 곳은 남양주 성베네딕도회 요셉수도원이었고, 이수철 프란치스코 원장 신부님으로 재직 중이셨다. 이후로 또 10년이 지난 지금은 원장님은 물러나시고 수도원 원로로 미사 집전과 집무실에서 집필과 고해성사와 상담 그리고 불암산 바로 밑 수도원 먹골배 농사를 지으시며 생활하고 계신다.

우리 반 동창들은 당장 선생님을 뵙기 위해 모였고 요셉수도원으로 달려갔다. 미리 연락받고 선생님도 기다리고 계셨고 드디어 선생님을 만났다. 많이 늙으셨지만 30년 전 그 인자했던 모습은 그대로 변하지 않으셨고 희한하게도 우리들의 이름을 잊지 않고 기억하시며 불러주셨다. 그날 우리는 초등학교 때 부르던 스승의 은혜, 당시 김공선 교장 선생님이 작사·작곡한 과수원길 등 선생님과 그 시절로 돌아가 다 같이 동요도 부르고 맛있는 점심도 나누며 그동안 다하지 못했던 많은 이야기들을 나눴다. 그러면서 알게 된 사실은 선생님께서 교편을 잡으신 시간은 불과 4년이었고, 우리가 첫 담임으로 맡았던 첫 아이들이었으며 우리가 졸업 후 3년을 더 하시고 교사를 그만두고 신부님이 되셨다는 것이다. 평생을 왜관에 있는 베네딕도수도원을 거쳐 이곳 남양주 베네딕도회 요셉수도원에서 수도승으로 살아오셨으며 당시 선생님의 나이가 27살이었다는 사실도 새삼 알게 되었는데 우리와는 불과 13살 차이밖에 나지 않음도 알 수 있었다.

그리고 그날, 잠시 기다리라고 하시고는 무언가 주섬주섬 가지고 오시는데 앨범 한 권과 책 보따리를 펼쳐 보여주셨다. 놀라운 건 우리도 가지고 있던 흑백사진들이 그 앨범에서 또 나오지 않는 것 아닌가. 그 사진들을 같이 보며 그 시절을 회상해보니 선생님께서는 2장씩 인화를 하셔서 1장은 그 당시 나눠주시고 여태까지 고이고이 간직하고 계셨다.

책 보따리에는 누렇게 변해버린 원고지들도 잔뜩 담겨 있었다. 우리가 졸업할 무렵 6학년을 마치며 라는 글을 내라고 하셨는데 물론 우리의 기억에서는 잊었지만, 연필에 침 묻혀가며 썼던 그것들을 여태까지 소중히 간직하고 계셨나 보다. 그날 참석했던 우리들의 이름을 찾아 읽게 하시고 우리는 그때로 돌아가는 환상을 느낄 수 있었다. 이제는 원고지가 삭아서 연필 글씨도 흐릿하고 부스러지는데도 불구하고 그렇게 신선한 감동은 그 어디에서 느끼지 못할 일이 아닌가 싶다. 더 놀랄 일은 선생님의 짧은 교직 생활, 그리고 열정을 다한 노력 때문인지 그 당시 우리들의 소소한 일상들까지 다 기억하시면서 이야기해주신 것이다.

얼마나 우리를 진심으로 대했는지 알 수 있는 대목이다.

또한 우리와 지내셨던 소중한 결과물들을 하나도 버리지 않으시고 고이고이 간직하고 외롭고 힘들 때 그것들을 꺼내 보시면서 위로받으셨을 선생님을 생각하니 눈물이 앞을 가린다. 우리는 그 원고들과 사진들을 각자 자기 것들을 찾아 휴대전화에 담아두고 일부는 주시기도 해서 챙겨오기도 했다.

그리고 우리 하나하나 어떻게 살았는지, 부모님은 여전하신지, 결혼은 했는지, 아이들은 몇인지 물으셨다. 당신께서는 여전히 우리를 13살 국민학교 6학년 소년소녀 제자로 보시며, "그래, 너는 아주 성실했지. 그래, 너는 예뻤지. 너는 노래를 잘했지" 하시면서 그 6학년 교실 속으로 생생하게 되돌아가는 착각을 일으킬 만큼 놀라운 시간이었다. 그리고 선생님은 신부가 되어 평생직장에 있으니 본인 스스로 참 잘한 일이라 말씀하시며, 지금처럼 어려운 세상에 죽을 때까지 보장받는 신부라며 웃으시는데 무척이나 행복해보이셨다.

그리고 헤어질 때는 하나하나 머리에 손을 얹으시고 그동안 잘 살아와줘서 고맙다고 축성까지 내려주셨다. 유명한 먹골배즙과 수도사님들과 수녀님들이 만드신 소시지도 한 꾸러미도 나눠주셨다. 그날 하루는 비행기 안에서 세상과 단절되어 혼자인 듯한 또는 그림의 여백이 주는 감동과도 같은 하루였다.

이후 우리는 조촐하게 식사만 했지만, 선생님의 칠순 잔치도 해드렸다. 10년째 해마다 5월 15일 스승의 날에는 꼭 선생님이 계신 수도원에 음식들과 악기까지 준비해가서 동요도 불러드리며 잘 지내고 있다. 가을에는 십시일반 돈을 모아 수도원으로 햅쌀을 보내드린다. 이제는 선생님 사랑을 이렇게라도 되갚아야 한다는 의견이 모아져 살아 계시는 동안에는 꾸준히 지속될 예정이다.

선생님께서도 젊은 시절 짧았지만, 열정을 다했던 제자들이 뜻밖으로 이렇게들 찾아와 운우지정을 나누는 것을 같이 계시는 수사님들과 신도들에게 자랑하는 재미로 요즘은 너무 행복해하신다.

그런데 선생님이 우리 학교에서 2년, 옆 동네 학교에서 2년 교직을 하신 터라 어느 날 보니 우리보다는 한두 학년 아래 친구들도 선생님을 찾아내고, 우리처럼 선생님을 찾아뵙고 있는 모양이다. 짧은 교편생활이지만 정말 진심으로 아이들을 키워냈던 결과물이 아닌가 생각된다.

교권이 땅에 떨어지고 스승이란 이름이 무색해진 지금 세상을 생각해보면 좋은 귀감이 되지 않을까 싶다. 영화 〈죽은 시인의 사회〉의 키팅 선생님처럼 제자들을 열정과 진심으로 가르치고 선한 인생을 살도록 했던 참교육을 이미 40년 전에 6학년 담임 선생님을 통해 누렸다. 우리 반 친구들은 그 고마움에 답하듯 참 살고 있다.

이 세상을 살아가다 보면 힘든 일도 있고 극복해야 할 일들도 있고 즐거운 일, 슬픈 일들을 겪고 살지만 다 사람들 속에서 관계 맺고 더불어 살아가는 법이다. 하지만 때로는 그 어떤 것과도 바꿀 수 없는 우리만의, 아니면 나만의 소중한 그 무언가가 필요할 때가 있다. 그 소중한 것은 모든 것을 제쳐두고라도 기억할 수 있는 우리 선생님 같은 분과의 만남, 그 시간이 아닐까 한다.

1년에 한 번뿐이지만 선생님을 찾아뵙는 그 시간은 정말 행복하고 잠시 휴대전화를 꺼두고 비행기를 탄 듯 잠시 잠깐 일상에서 벗어나 상처를 회복하고 위로받는 시간이 아닐까 싶다.

선생님, 고맙습니다. 이렇게 살아계셔주셔서.

출처 : 저자 박건우 작성

반농담으로 피운 향

내가 참 좋아한 형님이 한 분 계셨다. 지금은 고인이 되어 이 세상에 없지만 나에게 많은 것을 남겨주고 아쉽게도 뭐가 그리 급한지 60살에 저세상으로 가셨다.

형님은 50년생으로 6·25가 한창일 때 태어나 전쟁통에 부모님을 다 여의고 고향이 어딘지도 모르고 부산의 어느 보육원에서 20살 정도까지 성장하다 세상으로 나왔다. 형이 있었다는데 보육원에서 어릴 때 입양을 가버리고 형과의 인연은 그것으로 끝. 그냥 잊고 지냈다고 한다.

나와의 인연은 우리 집이 세를 놓았는데 형님이 같은 보육원 출신 형수와 막 결혼해서 신혼부부로 세를 들어 살면서다. 그 당시 나는 어릴 때라 그 형님이 세 산 것에 대한 기억조차 없었다.

내가 성인이 되어 인테리어 사업을 하던 때 부모님께서 그 형님이 인사를 왔다. 직업이 설비업자라면서 필요하면 불러주라고 하시기에 알았다, 하고는 전화번호만 저장해놓았다.

그렇게 시간은 흘러 잊고 있던 어느 날 강남 쪽에서 공사를 하고 있었는데 그만 지하에서 물이 터져 마구 차오르고 상황이 심각해졌다. 갑자기 그 형님 생각이 퍼뜩 나는 것이었다. 전화번호를 찾아 전화했더니 전화를 딱 받는데 나는 낯설었지만, 아버지 이야기를 하니 대번에 알아보셨다. 자초지종을 설명했더니 한걸음에 달려와 그 물난리가 난 지하를 어찌어찌하더니 바로 물을 빼고 원인을 찾아서 조치해줬다. 전화해줘서 고맙다고 하고는 공사비도 저렴하게 받으면서 시원시원하게 큰 도움을 받은 일이 있었다.

그 뒤로 그 고마움에 설비 관련한 일이 나오면 그 형님을 늘 불러 같이 일을 하게 되었다. 정말 상남자고 일도 정말 잘해주니 나의 일에 있어 천군만마를 얻은 듯 기분 좋은 관계가 되었다.

일로 만나면 마치고 술도 한잔하고 친하게 지내면서 형님이 보육원 나와서 여태까지 부모 없이 산전수전 살아온 인생 이야기도 들을 수 있었다. 그러면서도 조그만 설비가게 하나 차려 인생을 열심히 살았고 가족을 몹시 소중하고 애틋하게 생각하는 마음도 읽을 수 있게 되었다. 어찌 안 그렇겠나. 혈혈단신 혼자 이룩한 가족인데 존경스럽다.

형님이 부산의 보육원에서 입양 가는 바람에 잃어버린 형님을 찾았다고 무척 좋아한 일이 있었다. 찾았다는 그 형님이 내가 사는 안산에서 유명한 식당을 하시는 분이었다. 시청 앞에서 큰 고깃집을 하며 곧 빌딩도 짓는다고 할 정도로 돈도 많은 형제로 만나게 된 것이다. 형님은 반가운 마음에 그 형제에게 달려갔으나 생각과는 다른 잃어버렸던 형님의 태도에 다시는 만나지 않은 것으로 기억한다. 형님 말로는 그렇게 찾아 나타난 동생이 반가워하기는커녕 돈 구걸하러 온 거지 취급을 하더란다. 피를 나눈 형제지만 정말 그럴 줄 미처 몰랐다면서 그 뒤로 아예 인연을 끊어버렸다. 형님은 두 번 다시 친형 이야기는 하지 않았는데 이웃만도 못한 형제는 필요 없다면서 술잔을 기울이곤 했다.

그러던 어느 날 무역회사 다니는 큰딸이 곧 시집을 갈 거 같은데 큰딸이 마음에 안 들어 괴롭단다. 왜 그러시냐고 물으니 사장하고 눈이 맞아 결혼하겠다는데 사장 나이가 형님보다 5살 아래로 20살이나 차이가 난다고 했다. 하필 골라도 그런 사람을 골랐다면서 인사를 왔는데 자기랑 비슷하게 늙은 사람이라면서 몹시 서운해하셨다. 어쨌든 결혼식은 했고 진짜 가보니 딸은 새파란 아긴데 늙수그레한 사람이 신랑이니 참 보기는 좋지 않았다. 하지만 무역회사를 경영하는 사위는 형님한테도 잘했고 수십억 원씩 돈도 잘 버니 집도 사 드리고 트럭도 바꿔줬다. 처음에 우려했던 것보다는 사위와도 원만하고 예쁜 손녀도 낳으니 형님 부부는 이제는 좋아하신다. 아무튼 형님과는 종종 일로도 만나고 경사로도 만나고 만날 때마다 "형님, 내가 향 피울 때까지 잘 모실게요" 반농담으로 이야기하곤 했다.

그 말은 늙어 죽을 때 '내가 장례도 잘 치러주고 평생 형님으로 잘 모실게요' 하는 좋은 뜻이었다. 형님 역시 "그래 고맙다 너밖에 없다"라고 할 정도로 매우 돈독한 사이로 잘 지내고 있었다. 이렇게 서로 너무 좋으면 저런 농담들도 주고받으며 평생 같이 잘살아보자는 맹세를 하고는 하지 않는가.

형님의 사위가 사업이 더욱 번창해 아예 중국의 북경으로 사무실을 내서 딸네가 북경으로 이사를 가게 되고 잘 사는가 싶은데 문제가 생겼다는 소식이 들려왔다. 사위가 조선족이다 보니 중국 공안에 꼬투리가 잡혀 소리 소문 없이 행방불명이 된 것이다. 당장 딸과 갓 태어난 손녀까지 불안정하다 보니 형수께서 같이 있으면서 사위가 돌아오기를 기다리기로 하고 북경으로 떠나게 되었다. 형님은 졸지에 혼자 남아 가족들 소식을 기다리는 신세가 되었다. 거의 1년 만에 사위는 가족 품으로 돌아왔고 특별한 이유도 없이 감금 생활을 하다 풀려났다고 했다. 1년씩 사업을 방해받으면 웬만하면 망하기 때문에 경쟁 관계의 다른 중국인들에 의해 이런 일이 생긴다고 한다. 아무튼 무사히 돌아왔으니 다행이라고 하고 있었다. 그런데 그 일로 딸이 너무 불안해하니 형수가 귀국할 생각을 안 하고 북경에서 딸과 손녀를 봐주느라 정작 형님을 독수공방하게 만든 것이 문제였다. 형수가 귀국을 않으니 형님은 매번 전화로 부부싸움을 하게 되고 급기야 이혼한다고 난리였다. 그 시간이 차일피일 미뤄져 내 기억으로 4~5년이 흘렀다.

그사이 형님은 그 스트레스로 인해 갑자기 건강이 나빠지기 시작했고 청천벽력으로 위암에 대장암까지 동시에 진단이 나오면서 일단 위암 수술을 진행하고 항암 치료가 끝나자 바로 대장암 수술까지 받고 설비

일을 하고 다닌 모양이다. 물론 형수는 형의 암 소식에 귀국해 형을 돌봤지만 좀 더 빨리 귀국했더라면 좋았겠다는 생각도 들었다. 어찌해 일이 있어 조심스럽게 전화를 드렸더니 굳이 일을 하겠다고 나오셨다. 그래서 만났는데 상태가 말이 아니었다. 본인도 괴롭고 보는 나는 더 안타까웠다.

"형님, 이제는 일 그만두시고 몸을 돌봐야지요" 하니 뜬금없이 "내가 지금 3,000만 원 가지고 있는데 요양할 땅을 살 테니 네가 집 좀 지어줄래?" 하시는 거다. 그러면 일 그만두겠다고 해서 나는 "당장이라도 지어줄 테니 일 그만하셔요"라고 강하게 이야기했다.

한두 달 후에 전화가 왔다. 땅을 샀으니 같이 가보자는 거다. 내 말을 약속 삼아 땅을 사겠다고 150만 원을 주고 중고 오토바이를 구입하고는 3,000만 원에 구할 땅이 없어 전국을 돌아본 모양이니 정말 어이가 없는 형님이다. 그 낡은 오토바이를 타고 그 몸 상태로 여행을 다녔으니 우리 형님은 진짜 열혈남아다 싶다.

형님을 만나 간 곳은 경상북도 청송에 깊은 산골짜기 사과를 키우는 밭들 사이 500평을 보여주는데 마을만 내려다보일 뿐 특별한 것도 없는 밭뙈기였다. 몇 달간 동해로 남해로 돌아다니는데 이 땅이 눈에 딱 들어오더란다. 죽기 전에 소원이라는데 나도 더 이상 토를 달지 않기로 했다.

그날부터 준비를 시작했다. 청송이 멀어 들락거릴 수도 없고 모든 것을 한꺼번에 준비해 텐트를 쳐놓고 집을 짓기 시작했다. 한 달 만에 준공하고 입주시켰다. 물론 공사비는 없었다. 그냥 나도 풍찬노숙하면서 약속을 지켰다.

청송을 떠나오던 날 좋아하는 형님과 형수를 남겨두고 돌아오는 마음이 어찌나 무겁던지 이미 형님의 상태는 '9회 말 2아웃' 상태라서 과연 얼마나 살 수 있을지 장담할 수도 없어 보였다. 그리고 정확하게 6개월 후 형님을 서울의 병원 영안실에서 다시 만났다. 산 자와 죽은 자로.

형님 부부가 고아다 보니 장례식장은 조촐했다. 나이 많은 사위가 유일한 남자라 상주가 되었고, 딸 둘과 형수 그리고 철없이 뛰어노는 손녀가 있었다. 그러나 그 어느 장례식장보다 가족들은 밝았고 분위기도 따뜻했다.

상태가 위중해져 서울의 병원으로 급히 올라와 입원해 있을 때 형님은 형수를 용서했다. 딸들과도 그동안 살아오면서 가족들이 겪었던 좋은 추억들 기억하면서 서로서로 용서하고 격려해주고 서로 사랑한다고 안아주었다고 한다. 부디 잘 가시고 편한 곳에서 쉬라고 이야기하고, 내가 가더라도 잘들 지내라고 일일이 손 꼭 잡고 아주 편안하게 돌아가셨단다. 형님의 빈소에 분향하고 서로 안부를 묻는데 그렇게 반갑고 편안할 수가 없었다. 놀라운 경험이었다. 같이 일할 때도 보면 정말 상남자

답게 시원시원하게 일을 했는데 저세상 갈 때도 멋지게 되돌아가셨다. 앙금 없이 훌훌 잘 털고 상처 하나 안 남겼다. 장례식장에 손님이라고는 몇 명 되지 않아 썰렁할 법도 한데 내가 느끼기에는 그 어느 장례보다도 경건했고 부족함이 없었다. 형수나 딸들도 무척이나 행복해 보였다. 형님이 숨을 거두기 전까지 가족들과 시원시원하게 정리하신 모양이다. 문상을 간 나에게도 진짜 고마워했다고 전해주라고 형수께서 반갑게 맞아주며 전언하니 이상하게도 그렇게 기분이 좋을 수 없었다.

그렇게 감사한 마음으로 장례는 잘 치렀고 얼마간 지난 후 형수에게서 전화가 왔다. 나를 삼촌이라 부르시는데 "삼촌 시간 좀 내서 청송을 한번 내려오세요. 드릴 게 있으니" 하시기에 "알겠다" 하고 청송을 내려갔다.

먼 길을 달려 도착하니 형수 혼자 청송에서 당분간은 살기로 하셨다는데, 집은 부동산 중개사무실에 내놓았다고 하시는 거다. 워낙 시골이라 매매가 이루어질지는 장담 못 하고 형수도 마을 사람들과는 잘 지내고 계셔서 무계획으로 사실 생각이시란다. 마침 도착했을 때도 더위를 피해 마을 할머니들이 거실에 여럿이 모이셔서 쉬고 계셨는데 집이 맞창을 크게 내서 바람이 잘 통하니 시골집들이 더운지라 전부 형님 집으로 피난을 오신단다.

한편으로는 형님 떠난 빈자리가 어쩌나 허전한지 많이 아쉬웠고 앞으로 형수는 어찌 사시려는지 걱정스러웠다. 본론으로 돌아가서 형수가 나를 오라고 한 이유는 형님이 유언으로 자기가 설비 일을 하면서 사용하던 기계들, 비싼 공구들을 나에게 전부 주라고 하셨단다. 그러니 삼촌이 필요한 거 있으면 잘 챙겨가라고 부르셨단다. 사실 같이 일할 때 한 개에 몇백만 원씩 하는 공구들 자랑을 많이 하셨는데 돌아가시면서 그것들을 나에게 주고 싶으셨는가 보다. 이상하게도 거부하고 싶지는 않았다. 그렇게 그 많은 공구와 쓸 만한 연장들을 한가득 받아서 돌아왔다.

멀쩡할 때 반농담으로 "형님, 돌아가시면 향 피워 드릴게" 했던 일이 현실이 되었다. 시골집을 지어드렸고, 형님 또한 "그럼 내가 큰마음 먹고 장만한 비싼 기계공구 너 다 줄게" 했던 약속이 완성된 셈이다. 지금도 형님의 손때가 묻은 그 기계들을 잘 쓰고 있고 그것들을 만지고 사용할 때마다 형제보다 친했던 그리운 형님을 늘 생각하곤 한다.

출처 : 저자 박건우 작성

백지상

엄마가 눕는다
배반의 장미
해피! 백조양방

엄마가 눕는다

엄마가 눕는다.

누워서 언덕이 된다.

엄마의 얼굴은 사라지지만

엄마는 누워서 커지고

퍼져서 하늘이 되어간다.

– 작가 노트 중에서 –

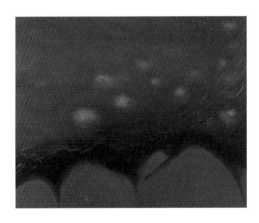

〈엄마가 눕는다〉
출처 : 저자 백지상 작성

앞의 그림은 〈엄마가 눕는다〉라는 제목의 작품이다. 2020년 봄, 코로나19가 전국을 휩쓸면서 모두가 공포에 휩싸여 있을 시기에 엄마가 갑작스러운 낙상사고를 당했다. 고관절 골절로 진단받고 엄마는 인공관절 삽입 수술을 받게 되었고, 수술 후 회복이 더뎌서 어쩔 수 없이 요양 병원에서 요양하게 되었다. 당시는 코로나19가 막 발생해 모든 병원에서의 외부 출입이 철저히 관리되던 시기였다.

그래서 나는 가족에게서 떨어져 혼자 격리된 엄마가 사고와 수술의 충격과 후유증으로 섬망 증상이 치매로 심화되어가는 과정을, 격리된 유리창 먼발치서 지켜볼 수밖에 없었다.

유일한 딸이자 주 보호자로서 나는 엄마에게 무슨 일이 생길 때마다 달려가야만 했다. 응급실을 오가면서, 또한 병동에서 엄마의 대소변을 받아내고 간병하면서 말로 표현할 수 없는 아픔을 느꼈다. 나 또한 딸을 둔 엄마지만, 엄마로서 해야 할 역할을 잠시 제쳐 두고 딸로서 엄마를 간병하기 위해 병원에 동반 입원하기도 했었다.

엄마란 우리에게 어떤 존재일까? 엄마는 우리가 맨몸으로 나약하게 세상에 태어나 의지할 수 있는 가장 온전하고 강력한 사람이다. 엄마란 그렇게 보다 깊은 복합적 의존의 대상이기 때문에, 내게 그 대상이 사라져가는 느낌으로 인한 상실감이 무척 컸다. 집안의 기둥으로서 언제나 합리적 결정을 해오시던 엄마는 사고와 수술과 요양을 거치면서 불과

1년도 안 되어 딸조차도 알아보지 못한 채 이런저런 튜브를 꽂고 신체적 고통만을 아이처럼 호소할 뿐이었다.

나는 상담심리사로서 20년 넘게 수많은 사람의 고통을 들으며 케어해왔다. 하지만 정작 개인적인 아픔은 솔직히 털어놓을 데가 없고 풀기가 어려웠다. 그럴 때 그림은 나의 유일한 경청자이자 동반자가 되어주었다. 그래서 나는 내 그림에 '반려화'라는 명칭을 사용한다.

작품에 몰입할 때 나의 생각과 감정은 사라지고 캔버스와 붓과 색채만 남는다. 몰입할 때 붓은 스스로 길을 찾아간다. 〈엄마가 눕는다〉라는 작품 또한 그렇게 해서 완성된 작품 중 하나다. 즉, 나의 자기치유 과정이 적나라하게 드러나 있다. 고관절이 골절되어 일어나지 못하고 누워 있는 엄마, 엄마의 기억이 사라져가므로 엄마의 얼굴이 사라진 것 같은 느낌, 땅으로 서서히 엄마를 돌려보내는 것 같은 느낌들이 모두 그림에 표현되어 있다. 그러나 작업을 마무리하는 과정에서 붓길을 따라 하늘로 올라가는 빛들을 작업하면서 엄마에 대한 상실감이 승화되는 과정 또한 일어났다. 작품에 몰두하게 되면 저절로 승화가 일어난다. 즉, 심리적 고통에 대한 표현, 몰입, 그리고 드러남은 그 자체로 승화인 것이다. 작품의 결과보다 작품에 몰입하는 과정을 통해 나는 많은 위로를 받았다.

그리고 엄마가 다치고 나서 약 3년 만에 나는 엄마와 영원한 이별을 했다. 어릴 때는 어른은 부모를 보낼 때 슬프지 않은 줄 알았다. 어릴 때 친가든 외가든 조부모의 장례식장에서 마주한 어른들은 대체로 잘 웃고, 잘 드시고, 잘 떠들었기 때문이다. 실은 나도 장례를 치를 때 잘 웃고, 잘 먹고, 조문객들 사이에 앉아 수다도 곧잘 떨었다. 그러나 오히려 결혼도 해보고 아이도 낳아 길러보며 부모의 마음을 어느 정도 헤아리게 된 상태에서의 이별은 오래 끓인 국처럼 더 진하게 슬펐다.

어머니의 투병 과정이 잔혹했기에, 또한 주 보호자로서 그 모든 과정을 지켜보고 중요한 결정을 해야 했던 과정도 만만치 않았기에, 나는 어느 순간부터는 엄마의 고통이 해소되어 평안하시기를 기도해왔다. 임종을 지키던 순간에도 귀에 대고 속삭인 말은 뒤도 돌아보지 말고 빨리 가시라는 말뿐이었다. 그런데도 엄마와의 이별은 먹먹했다.

부모와의 이별은 좋은 기억, 나쁜 기억, 애증의 순간을 다 포함할 뿐만 아니라 한 인간으로서의 무의식적인 심리적 의존과의 근본적 이별을 의미한다. 삶이 아플 때, 힘들 때, 지칠 때 대놓고 투정을 부리며 의지할 수 있는 대상은 대체로 부모뿐이므로, 진정한 의존 대상을 잃어버리고 의존 대상으로서만 존재해야 한다는 사실이 무겁게 다가왔다.

그런데 사랑하는 이와의 이별은, 뜻밖에도 평상시에 큰 관심을 두지 않았던 미지의 세계에 대한 관심과 연결을 가져온다. 즉, 영혼과 죽음 이후의 세계, 그리고 신에 대한 진지한 관심이다. 죽는 것을 '돌아간다'

라고 표현하는데 누가 어디로 돌아간다는 말인가? 무심코 대부분의 사람이 '하늘로 간다'라고 하는데, 그 '하늘'이란 과연 그저 상징인가? 지인의 부고를 듣고 누구나 하는 '삼가 고인의 명복을 빕니다'라는 말에는 고인의 죽음이 끝이 아니고, 죽음 이후의 세계가 있으며 영혼의 길에도 길흉화복이 있을 거라는 믿음을 전제로 한다. 그러니까 영혼과 사후세계의 존재에 대한 인정을 그 누구나 무심코 말로 하고 있는 셈이다. 그러한 가볍고 무심한 인정이, 사랑하는 이와의 이별 이후에는 진정한 관심과 인정으로 이어지게 된다.

> 이별을 배웅하다가 마주친 벽,
> 벽은 문을 담고 있다.
>
> 문을 열고 나간 이의 흔적을 쫓아
> 벽 너머 미지의 세계를 그리다.
> – 작가 노트 중에서 –

다음 작품은 2017년 필자의 화실 선생님이었던 분의 모친상 소식을 듣고 떠오른 심상을 그림으로 표현한 것이다. 어머님이 돌아가시던 그날 새벽 화장실에서, 스승님은 언뜻 어둠 속에서 별들이 흩뿌려진 이미지를 환시처럼 보셨고 모친의 죽음을 직감했다고 하셨다. 그 당시만 해도, 엄마의 죽음이란 내게는 먼일처럼 여겨졌다. 하지만 남의 일 같지 않은 뭔가 묘한 감정이 느껴졌고, 돌아가신 분의 영혼에 대한 명복을 작품으로나마 빌게 되었던 것이다.

〈미지와의 조우〉 출처 : 저자 백지상 작성

죽음이 끝이 아니고 또 하나의 태어남이라면, 우주의 자궁과 같은 붉은 산이 있고, 영혼을 담은 흰 나무들이 자라나고 있으며, 죽음의 탄생을 축복하는 우주의 별들이 빛나는, 그러한 알지 못하는 세계를 잠시 스쳐 지나가듯 떠올려봤던 것이다.

몸을 벗은 영혼이 있다면, 엄마의 영혼은 어디로 가신 걸까? 엄마의 영혼에도 저렇게 빛나는 별들이 반가이 맞아주는 또 다른 세계가 있는 걸까? 그렇다면 언젠가 벽을 넘어 우리가 만날 수 있으며, 이미 보낸 사람들 또한 그곳에서 만날 수 있는 걸까?

사랑하는 이와의 이별은 이렇게 우리의 삶에서 지극히 중요하고 익숙하지만, 한 번도 깊고 진지하게 답해보지 않았던 질문을 우리에게 던진다.

'우리는 누구이며, 어디로부터 와서 어디로 돌아가는가?'

배반의 장미

왜 하필 나를 택했니

그 많은 사람들 중에서

그냥 스칠 인연

한 번도 원한 적 없어

– 가수 엄정화의 노래, 〈배반의 장미〉 중에서 –

나의 MBTI 유형은 INFP다. '관계에서의 이상주의자'로서 늘 깊이 있고 신뢰하는 관계를 꿈꾸지만, 현실은 오히려 종종 이용당하고 오해받고 배신당하는 쪽에 가까웠다. 사람을 있는 그대로 받아들이고 싶었지만, 때로는 그 믿음이 나를 더 크게 다치게 했다고나 할까.

오죽하면 오래전 한 동료가 나를 두고 '누구나 코 베어 갈 수 있는 사람'이라고 표현했을까. 그 말을 들었을 때의 충격은 아직도 생생하다. 나는 정말 그런 사람이었을까? 아니면 그런 사람이 되고 싶지 않아서였을까?

국어사전을 찾아보니 '배신'은 믿음이나 의리를 저버리는 것이고, '배반'은 거기에 돌아선다는 의미까지 더하는 단어였다. 돌이켜 보면 내가 배신을 먼저 당한 후 서로 돌아서는 경우가 많았다. 그러니 나의 인간관계 역사를 관통하는 키워드는 '배반'이라는 단어가 더 적절할지도 모르겠다.

살면서 크고 작은 배반을 많이도 겪었다. 예전에 한 조직에서 신입을 발탁해 열심히 가르치고 있었는데, 알고 보니 그는 나를 딛고 올라서려는 계획을 세우고 있었다. 후배들은 내가 잘나갈 때는 입안의 혀처럼 굴다가, 내가 위기에 처하자 갈아타듯 등을 돌렸다. 그런데 사실 이런 일들은 사회생활을 한다면 누구나 한 번쯤 겪는 일일 수 있다. 다만 나의 사람에 대한 믿음과 집착이 지나쳐서 내상을 더 크게 입은 것이었을 것이다.

상담심리사로서 상담센터를 운영하며, 또는 제자를 양성하며 나의 '호구' 지수는 더욱 높아졌다. 나만의 이상주의가 작용해서, 내가 배우고 가진 것을 이유 없이 퍼주고 싶어졌기 때문이다. 내가 창안한 프로그램을 허락도 없이 베껴가는 일이 비일비재했다. 하지만 정작 내게 가장 큰 전환점을 안겨준 일은 동갑내기 친구와의 동업이었다.

박사과정에서 만난 Y와 함께 상담센터를 운영하기로 했을 때, 나는 그녀가 좋은 친구라고 믿었다. 하지만 동업을 시작하자 그는 철저히 자신의 이익을 우선으로 움직였다. 심지어 나와 상의 없이, 내 내담자들을 자신의 고액 프로그램으로 유도하기까지 했다. 윤리적으로 문제가 있다는 생각에 조용히 이야기하고 넘어갔지만, 그녀는 이후로 동업자로서 공동으로 부담해야 할 임차료나 관리비 등을 미루거나 건너뛰거나 대놓고 안 내기 시작했다.

그러던 어느 날, 나는 출근했다가 경악할 만한 장면을 목격했다. 내 모든 자료가 담긴 컴퓨터, 대기실의 소파와 상담실의 가구들, 한여름에 필수인 에어컨까지 사라졌다. 그녀가 밤사이 모든 것을 싣고 가버렸다. 덕분에 나는 한여름에 돗자리를 깔고 에어컨도 없이 임시로 상담해야 했다. 방문한 내담자들에게 얼마나 죄송하고 부끄러웠는지 모른다. 다행히 내담자들이 그동안 소파나 에어컨을 보고 온 게 아니라 나를 보고 상담을 온 거니 괜찮다고 말해주어서 간신히 버틸 수 있었다. 그전까지의 나였다면, 그런 상황에서조차 '그냥 먹고 떨어져라'라며, 좋은 게 좋은 거라고 싸움을 회피했을지도 모른다. 하지만 이번에는 달랐다.

그녀가 이전에도 비슷한 방식으로 동업한 적이 있었고, 당시의 동업자도 나와 유사한 일을 겪었다는 사실을 알게 되면서, 나는 고민 끝에 형사 고소를 결심하고 경찰서를 찾아갔다. 당시의 내게는 죽었다 깨어날 만큼의 큰 용기가 필요한 결심이었다. 부탁하는 걸 어려워하던 나 자신을 딛고, 주변의 지인들에게 관련 조언을 구하고, 데스크 직원에게 진술서를 부탁했다. 그 직원은 고민 끝에 내 편으로 진술서를 써주면서 말했다.

"저는 백 소장님 같은 분을 존경하지만, 사실 이 사회에서는 Y 소장님 같은 분이 더 성공할 것 같아요."

충격이었다. 내가 이 젊은 친구의 눈에 어떻게 비쳤던 것일까?

경찰 조사가 진행되는 동안, 상대는 변호사를 선임했고, 담당 형사는 처음에는 오히려 나를 의심하는 듯했다. 하지만 내가 준비한 증거들과 직원의 진술서를 보고, 형사의 태도는 어느 순간부터 바뀌었다. 진실이 통하는 순간이었다. 그리고 형사는 마지막으로 Y에게 말했다.

"배우신 분이 왜 그렇게 사십니까? 부끄러운 줄 아세요."

그날 이후, 상대측에서는 다급해졌는지 선임한 변호사의 사무장을 보내 무릎까지 꿇으며 합의를 요청했다. 돈을 몇 배로 주겠다는 회유도 했다. 하지만 나는 합의금이 아니라, 내 자료와 내 몫의 물품을 돌려받

〈장미가 날다〉
출처 : 저자 백지상 작성

는 것 그리고 그녀가 이 업계에서 같은 일을 반복하지 않겠다는 각서를 받는 것을 택했다.

그 후로 10여 년이 훌쩍 지났지만, 이 일은 지금 돌아봐도 나의 인간관계 방식에 중요한 전환점이 되었던 것 같다. 그 일을 통해 관계에서 최소한의 방어 능력을 갖추지 않으면 상대의 악을 끌어낼 수 있다는 것을 알게 되었다. 그리고 좋은 이미지의 사람이 되고자 했던 '호구'로부터 벗어나면서 소중한 사람들을 더 잘 지키는 방법 또한 배웠다.

배신이란 절대적인 것이 아니다. 각자의 믿음이 다르기에, 어떤 이에게는 배신인 것이, 어떤 이에게는 배신이 아닐 수도 있다. 그런 면에서, 나 또한 의도하지 않았더라도 수없이 배신하고 배반해왔을 수 있다. 상대가 원하는지 아닌지 확인하기 전에 내가 다 퍼주고, 상대가 갚지 않는다고 원망할 수는 없는 일이다. 그 또한 또 다른 방식의 배반이다. 억울해하지 않으려면 처음부터 자신이 줄 수 있는 만큼을 주고, 관계를 천천히 쌓아가야 한다.

배반의 경험을 통해 나는 단순히 타인을 믿는 것이 아니라, 나 자신을 믿고 보호하는 것이 얼마나 중요한지 깨달았다. 그때나 지금이나 사람을 향한 마음은 여전하지만, 이제는 경계를 단단히 세울 줄도 알게 되었다. 그리고 소중한 인연을 더 잘 지키기 위해, 서두르지 않고 천천히 신뢰를 쌓아가는 법 또한 알고 있다. 관계란 결국 서로에게 신뢰를 주고받는 균형 속에서 꽃을 피우는 것이니까.

해피! 백조양방

나에게는 자주 어울리는 동네 동생들이 있다. 처음에 학부모로서 만나서 지금은 아이들 양육과 무관하게 그냥 친구처럼 어울리게 되었고, 각자의 성을 따서 '백조양방'이라는 모임명으로 만나고 있다. 만난 지 10여 년의 세월이 흐르면서, 지금은 늦은 밤 산책을 하고 싶다거나, 스트레스를 받아서 수다가 필요하다거나 할 때 갑자기 불러내어도 만날 수 있고 속 이야기도 마음 편히 털어놓을 수 있는 사이가 되었지만, 처음부터 그랬던 건 아니다.

나는 건강상의 이유로 처음이자 마지막 출산을 매우 늦은 나이에 하게 되었고, 그 결과 아이가 최초의 단체생활인 어린이집에 입소하고 보니 평균적으로 열 살 정도 어린 엄마들과 함께 어울려야 하는 상황이 되었다. 십 년이면 강산도 변한다더니 실제로 마주한 신세대(?) 엄마들의 모습이 내게는 너무 생소하게 다가왔다. 뭐라고 딱 꼬집어서 차이를 말하기는 어렵지만, 전반적으로 양육 방식이 나와는 너무 달랐고, 문화적 차이도 컸다.

그 일례로 나는 워킹맘이지만 낯가림이 심한 딸이 다른 친구들과 잘 어울릴 수 있도록 돕기 위해, 엄마들과 아이들을 집으로 자주 초대해서 밥을 해서 먹였다. 또는 밖에서 만날 때에도 나이 많은 엄마인 내가 자주 지갑을 열었다. 솔직히 내가 다른 엄마들에 비해 경제적으로 여유가 있었던 것도 아니었고, 하루 종일 일하고 퇴근하자마자 음식을 차려내고, 온통 어질러진 집을 치우기가 쉽지는 않았지만, 어떤 식으로든 젊은 엄마들과 섞이려고 노력해야 한다고 생각했다.

그런데 그러한 노력이 오히려 역효과를 불러왔다. 어느 순간부터 나에 대한 엄마들의 뒷담화가 들려오기 시작했다. 우리 집으로 초대받았을 때, 어떤 엄마는 설거지라도 도와야 할 것 같은 부담감이 들어 마음이 불편했다고 했다. 또한 내가 자주 밥이나 차를 사면 돈 자랑을 하는 건 아닌지, 의도가 뭔지 의심을 하는 엄마도 있었다는 것이다. 그렇게 나의 의도가 왜곡되어 전달되었다는 사실이 매우 충격으로 다가왔다.

하필 그 무렵에 아이가 어린이집에서 따돌림과 폭력을 당하는 일이 생겼고, 그 일을 되도록 좋게, 아무도 상처받지 않도록 해결하려고 하던 상황에서 또 한 번 젊은 엄마들의 이해할 수 없는 모습과 마주해야만 했다. 되도록 관여하지 않으려는 그들의 모습들이 내게는 개인주의적이고 이기적으로 보였다. 아이도 나도 어떤 낯선 섬에서 고군분투하는 느낌이었다. 분명한 건 아이도, 나도 뭔가 그들과는 달랐다. 그 점이 아이가 어린이집에서 적응하는 데 어려움으로 작용했고, 따돌림이나 폭력을 당하게 된 원인 중 하나가 되기도 했을 것이다. 나이 많은 엄마의 스타일로 예쁜 옷보다는 춥지 않게 옷을 너무 많이 껴입히기도 했고, 체력이 부족해서 주로 가만히 앉아서 하는 놀이만 해주다 보니, 딸 또한 다른 아이들과의 바깥 놀이에서 잘 움직이지 않으려는 모습이 보이기도 했다. 그렇게 늦둥이 딸의 학부모가 되어 평균 십 년 정도 젊은 엄마들의 사회에서 적응하느라 고군분투하면서, 처음으로 나와 다른 세대에 대해서 보다 진지한 관심을 가지게 되었다.

'그들은 왜, 아이들 밥을 집에서 해 먹이지 않을까? 그들은 왜 서로 사소한 걸로 비교하고 경쟁할까? 그들은 왜 어린이집 버스 기사님이나 베이비시터들을 아랫사람 부리듯 하대할까? 그들은 왜 아이들을 학원 뺑뺑이를 돌리면서 정성이 아닌 돈으로 양육할까?'

그동안 속으로만 중얼대던 나의 의문들 속에는 그들의 문화는 틀렸고 내가 옳다는 이른바 꼰대로서의 판단과 편견이 포함되어 있었다. 교사로 근무하는 친구들로부터 "요즘 엄마들 정말 이상해"로 시작하는 말들을 많이 들었고, 교사에게 존경은 없고 요구만 많다는 둥, 심지어는 방과 후 교사에게 자신의 아이를 픽업해서 집에 데려다 달라는 요구를 당당하게 하는 엄마들도 있다는 둥 여기저기서 들은 이야기들이, 나도 모르게 편견으로 자리하고 있었던 것이다. '오죽하면 '맘충'이란 말이 유행할까, 요즘 엄마들은 깍쟁이고 이기적이야'라는 생각을 나도 모르게 하고 있었던 거다. 그런데 거꾸로 생각하면, 그들이 보기에 오히려 내가 꼰대이고 서로를 공동체로 얽어매려는 낡은 생각과 문화를 지니고 있었을 수 있다.

아이가 초등학교에 입학할 무렵부터 나는 내 생각을 서서히 바꾸었다. 나이 많은 내가 소수에 해당하므로 바꾼다면 내가 바꿔야 하는 게 맞고, 옳고 그름에 대해서는 판단을 보류하기로 했다. 무엇보다 딸아이가 나를 바꾸어놓았다. 공개수업이나 담임선생님 상담차 아이 학교에 가려고 하면, "엄마, 젊고 예쁘게 하고 와!"라는 말을 해서 나를 놀라게 했던 것이다. 전혀 그런 부분은 의식하지 않을 것 같던 무뚝뚝하고 무덤덤한 성격의 딸아이조차 내가 나이 많은 엄마라는 사실을 의식하고 있었던 것이다.

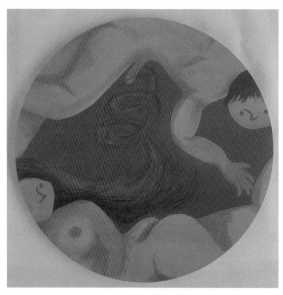

〈천지창조〉 출처 : 저자 백지상 작성

그때부터 머리를 길러 헤어스타일을 바꾸고 옷도 젊은 감각으로 입으려고 노력했다. 익숙한 방식으로 섣불리 행동하기보다 젊은 세대들의 문화를 좀 더 관찰했다. 요청하기 전에는 먼저 뭔가를 주지 않았고, 모임에서 밥도 내 마음대로 사기보다 더치페이에 쿨하게 응했다. 그렇게 학부모 반 모임을 할 때 빠지지 않고 적극적으로 참여하다가 몇몇 딸 둔 엄마들과 친해졌다. 그런데 점차 시간이 지나면서, 내가 딸을 둔 엄마들보다는 아들을 둔 엄마들과 좀 더 성향이 맞는다는 사실을 알게 되었다. 물론 개인차는 있겠지만, 일단 아이들 관계에서 세밀하고 미묘한 감정들에 신경을 덜 써도 되고, 교육정보에도 다소 관심을 덜 가지는 부분들이 맞았다. 그러다가 그중 4명이 좀 더 친해지면서 지금의 백, 조, 양, 방 모임이 결성되었다.

처음에는 아이들 엄마로서 가볍게 어울리는 정도였으나, 각자가 살면서 마음고생하는 일들이 생길 때마다 서로 위로하고 지지해주는 경험을 하면서 관계가 더욱 깊고 친밀해졌다. 그러면서 서로 남들에게는 말하지 못하는 부끄러운 속사정이나 깊은 고민까지도 나누게 되었다. 또한 가까운 동네서 살다 보니 갑작스러운 번개나 산책도 가능해서 워킹맘으로서 시간을 따로 내서 만나야 하는 동창 친구들보다 오히려 더 자주 어울리게 되었다.

물론 나와 그들 사이에는 여전히 세대 차이와 문화 차이가 존재한다.

나 혼자 갱년기를 제일 먼저 앓다 보니 솔직히 체력이 부족했지만, 함께 어울릴 때 분위기를 망치기 싫어서 대놓고 힘들다는 표현을 하지 못했다. 하지만 트렌드세터에 가까운 동생들과 친해지다 보니 핫플레이스에 가서 인스타그램에 올릴 사진을 찍거나 파티룸을 빌려서 드레스 입고 왕관 쓰고 생일 축하 파티를 한다거나 하는, 나로서는 상상하기 힘들었던 놀이문화를 누릴 수 있게 되었다. 또한 우리는 모든 비용을 칼같이 더치페이한다. 우리 중 1명이 특히 부자든 아니든, 내가 언니든 아니든 무관하게 말이다. 그렇게 어울리며 나보다 10년 젊은 세대들의 문화에 수년간 스며 들어가다 보니 막상 그들의 방식이 합리적이고 편안하게 느껴졌다.

나는 너를 창조할 수 없고
너도 나를 창조할 수 없지만

나, 너를 만나 '우리'의 세계가 창조되네.
그 안에서 우리는 서로 조금 닿을 수 있네.

내가 너를 어떻게 바라볼지 네가 나를 어떻게 바라볼지
그리고 우리의 세상을 어떻게 바라볼지

나는 20년 넘게 심리상담을 하면서, 내담자들에게 주어진 환경은 바꿀 수 없어도 생각과 관점을 바꿔서 결국 삶과 관계를 다르게 만들 수 있도록 개입해왔다. 각자에게 주어진 환경은 어쩔 수 없지만 그 환경을 보는 생각과 가치관, 즉 태도가 달라지면 그의 삶이 시간 속에서 결국은 긍정적으로 변화하게 되는 것을 수없이 확인했다. 나 또한 백조양방 모임을 통해 나의 편견을 내려놓고 그들을 받아들임으로써 그들을 새롭게 바라보게 되었고, 관계의 질이 달라지는 과정을 경험했다.

창조란 이런 게 아닐까? 내가 아닌 다른 사람을 변화시킬 순 없지만, 나 자신의 선택을 통해 다른 관계를 창조할 수는 있다. 우리는 신이 아니기에 세상을 창조할 수는 없지만, 나 자신의 관점을 다르게 해서 다른 삶을 창조할 수는 있다. 우리는 아무것도 바꿀 수 없지만 그렇다고 창조의 능력이 없는 것은 아니다. 우리는 우리의 관점을 창조함으로써 세상을 다르게 빚고, 다르게 만날 수 있다.

송아미

모호한 '호구'와 '나눔'의 경계선

인연

버킷리스트, 북킷리스트!

모호한 '호구'와 '나눔'의 경계선

소소한 결심

친정 아랫집에는 '고3이'가 살고 있었다. 유치원생 딸아이가 할머니 아파트에 놀러 가서 뛰기라도 할 폼을 잡으면, 날렵한 우리 엄마는 "쿵쿵 뛰고 시끄럽게 하면 고3이가 온다, 고3이가 온다"라며 농담 반 진담 반과 함께 순식간에 아이를 와락 끌어안아 주시곤 했다. 아이는 당최 그 고3이의 정체를 알 길이 없었지만, 할머니에게 꼭 안기는 게 재미나서 깔깔거리곤 했다. 아마 아래층 고3이는 대단한, 무언가일 거라 어림짐작했을 것이다.

그 '고3이'가 2025년 우리 집에도 왔다. 그리고 그 '예·비·고3이'가 지금 바로 내 컴퓨터 건너편에 앉아 있다. 오전 10시 30분. 겨울방학 중 하루인 오늘은 평소와 다른 특별 메뉴로 안심 스테이크, 청경채와 새송이구이, 캐나다 밀가루로 만들었다는 디너롤에 크림치즈, 오이를 담은 아점 한 접시를 준비했고, 고3이가 조용히 '드시는' 중이다. 아침 8시면 후루룩 5분 안에 준비를 끝내고 독서실로 뛰어가는데, 어젯밤에는 기특하게도 새벽까지 공부해서 아침에 깨우지 않았다. 이웃집 이야기 같았던 본격 입시 그리고 고3 생활 개시와 함께 오래 유지했던 나의 호구답던, 어쩌면 기버(Giver)의 삶에 당분간 안녕을 고했다.

호구였을까?

'내가 호구였나?' 하는 기억은 초등학교 1, 2학년 시절로 거슬러 올라간다.

그날은 엄마와 동네 대중목욕탕에 가는 날이었다. 언제나 그렇듯 목욕탕에서 파는 삼각형 모양 우유를 마실 기대로 가득 부풀어 있었던 거 같다. 그 목욕탕 우유가 어찌나 맛있던지, 수십 년이 지난 지금도 떠올리면 달고 달다.

아무튼 나는 6학년 언니와 바로 친해졌다. 목욕탕을 가면 일상적으로 그날 처음 만난 친구를 순식간에 사귀었고 문을 나서기 전까지 새 친구들과 신나게 탕에서 놀곤 했었다. 지금 생각하면 엄마는 분명 내가 조용히 하길 바라셨을 텐데 듣지 않았던 것 같다.

그날은 6학년 언니와 목욕탕 메이트를 하고 난 후 재미있었던지라 우리 집 주소를 알려주고 초대했다. 놀러 온 언니는 내 방에서 부모님이 선물해주신 연필 세트들을 보고 부러워했었다. 새 연필들을 계속 만지작거려, 그 마음을 읽은 나는 한 자루도 아니고 몽땅 선물해버렸다. 언니가 받고 너무나 좋아하는 모습을 보면서 나도 덩달아 기뻤다. 그날 이후 그 언니는 어린 나와 놀기 위해 다시 우리 집을 찾아온 적은 없었으니 그 언니 소식을 듣지 못했으며, 얼마 후 많은 연필을 모두 없앤 덕에 당연히, 엄마에게 혼났다.

글을 쓰다가 문득 국립 표준어 대사전 사이트에서 호구를 찾아봤다.

호구⁴(虎口)

「명사」

「1」 범의 아가리라는 뜻으로, 매우 위태로운 처지나 형편을 이르는 말

– 호구에 들어가다.

– 호구를 벗어나다.

「2」 어수룩하여 이용하기 좋은 사람을 비유적으로 이르는 말

– 호구를 잡다.

– 호구가 걸리다.

– 순순히 널 따른다고 날 호구로 아니?

이런, 2번인 것일까?

호구 어른?!

퇴사 이후의 사회에서는 학창 시절이나 직장 생활에서는 바쁘다 보니 미처 겪어 보거나 의식하지 못했을 새로운 경험들이 생기곤 했다. 그리고 좋아하는 사람들과 함께 모이고 싶어 크고 작은 모임을 종종 만들고, 이벤트가 있으면 축하하는 걸 무척 좋아하는 편이었다. 어느 날 어떤 모임에서 '누락'되는 일이 생겼다. 마치 인사이동으로 이동할 자리나 학교

반이 없어지는 듯 당황했다. 오랫동안 소속이 있어서였을까? 생소함 같기도 하고. 자연스러운 시절인연의 소멸은 지극히 정상이고 비일비재한 것이지만. 부모님 그리고 여러 좋은 선배들로부터 주변 정보 등을 모으고, 같이 나누는 생활이 몸에 배긴 했는데, 도움이 필요하면 며칠이든 한참 연락을 주고받으며 신나게 '협조'를 해주면, 프로젝트 종료 느낌으로 돌아서는 사람들을 한두 번 겪어보니 이른바 '현타'를 겪은 것 같다. 감정의 쓰레기통 역할도 해봤다. 그럴 때면 남편은 '또 호구 잡혔네'라며 내 이름 앞에 대단한 '호'인 양 '호구 ○○○'이라고 붙여 부르곤 했다.

나눔 일상

부모님은 인기 드라마 〈응답하라 1988〉처럼 이웃들과 진심으로 친하게 지내셨다. 하긴 그때가 1980년대 후반이었다. 이웃 간 서로 음식을 주고받고 같이 명절도 잘 지내고, 이웃들은 우리 집을, 나는 이웃집들을 넘나들기 일쑤였다. 우리 집은 이층 주인집이었고 아랫집은 보라 언니네로, 부모님들끼리 아이들끼리 서로 아껴주어, 또 다른 친척인 듯했다. 이후 해외 외교관으로 나가셨을 때도 현지 친분 있는 분들과 교민 간 음식이나 무엇이든 나누는 모습이 잦아, 어린 내 눈에는 일상에 따뜻함이 넘쳐흘렀다. 그러다 보니 나누고 교류하는 생활은 어릴 때부터 익숙했었다.

회사 휴직 후 잠시 딸아이와 캐나다에서 살았는데, 그때 만난 이웃들은 〈응답하라 1988〉을 방불케 나를 도와주었다. 아프기라도 하면 현관에 죽 등 음식을 가져다주던 많은 이웃들, 갑자기 일이 생기면 딸아이 라이드를 자청해 해주던 우리 반 카렌, 셀린과 같은 엄마들이나 주미네, 병로네, 은실 언니네… 폭설은 내리는데 딸아이가 응급실에 가야 하지만 타지라 눈물이 나던 날 부부가 모두 나와 도와주던 순간들, 거기선 내가 수많은 분들을 어쩌면 이른바 말하는 '호구 잡아' 편하게 살 수 있었던 거 같다. 어쨌든 타지에 익숙해진 나도 보고 배운 것이 생기니 주변 사람들을 돕기 시작했다. 3년간 크고 작은 도움이 오갔고, 코로나 사태로 인해 한국으로 급히 귀국했다.

다행히도 귀국 후 내가 선택한 우리 동네에도 역시 선한 친구 같은 학부모들을 만날 수 있었다. 우리는 코로나 사태 시절 작고 내밀한 독서 모임을 열어 근 4년을 줄기차게 책을 읽었다. WWW(Working Walking Women)라는 비대면 걷기 커뮤니티에서는 3년 이상 워킹맘들과 함께하고 있는데, 한 분, 한 분이 얼마나 근사한지 모른다.

적극적으로 손을 내밀어준 분들도 있다. '꿈이었던 영화제를 계속 같이 추진해보자, 유튜브를 제작하는 데 PD로서 함께 해보겠는가, 작가로 설 수 있게 도움 주고 싶다.' 나에게는 은혜로운 분들이다. 작가로서 '모녀전'을 열었더니 멀리서 찾아와 꽃을 가져다주는 것도 고마운데, 밥을 사주던, 작품까지 구입해주던 분들도 있으니 얼마나 감사한지 모르겠다. 그러고 보니 요즘 입시 초보인 나에게 이런저런 손길을 내밀어주는 소중한 친구들도 떠오르기 시작한다. 그분들이 나의 호구였을까? 계산 없이 나눔이 일상이신 분들이 감사하다. 글을 쓰다가 돌아보니 계속해서, 고마운, 여러 분들이 밀물처럼 떠오른다. 나를 향해 '아이고 내가 호구였네' 하고 느끼는 분은 계시지 않겠지? 슬슬 걱정된다. 아끼는 만큼 표현하고 싶지만, 요즘 일상에 허둥지둥하느라 연락을 못 하고 있다고 변명하고 싶다.

당분간 심리적 건강을 위해 호구 잡히지 않겠다! 각오를 담은 글이 될 수도 있었지만, 한 줄 한 줄 타이핑할 때마다 나에게 호구로 잡혀주신 분들이 한 분씩 생각나서 고마움이 가득해진다. 올해 딱 한 해만 쉬고 내년에 다시 호구 비슷 라이프로 돌아가야겠다. 그분들이 연락하면 냅다 뛰어나갈 거다. 호구인지 나눔인지 경계가 모호해도 좋다. 내년부터는 기꺼이 나를 아껴주고 호구가 된 분들을 찾아 나서고, 소중한 사람들에게는 적극적인 호구가 되어야겠다로 글을 마무리해야겠다. 끝.

〈햇살 먹는 날〉 출처 : 저자 송아미 제공

인연

　요즘 애들 방학은 '방'에서 '학'습하는 날들이다. '라떼에는' 방에서 놀다 놀다 지치면 집으로 가는 날들이 눈처럼 쌓이던 게 방학이다.

　어떤 날은 동네 꼬맹이들 한 집 가득 모이면 학년 높은 언니 오빠가 도화지에 세계지도를 그리고, 지도 안 보물찾기 대작전을 위해 악당들과 착한 팀으로 뛰어들었다. 마루에서 부엌까지 집 방석과 이불, 의자들을 모조리 쌓아 배, 바다, 암초가 가득한 '집안_어드밴처_월드' 속에서 신나게 놀고 어지럽혔다고 한참 혼나고, 어떤 날은 누구네 집 방구석 이불 속에 파묻혀 1명씩 누가 무서운 이야기 대장인지 누가 더 크게 비명을 지르는지 내기하는 신나는 날들의 연속이었다.

　그 수많은 방학 가운데 결코 잊을 수 없는 날을 불러내어 본다. 마침 지금은 딸의 겨울방학이고, 창밖에 눈도 내리니 특별했던 시간이 살며시 소환된다.

　눈이 펑펑 내리던 그날 평소처럼 어느 집에 모여서 웃고 귤 까며 신나게 놀았다. 오늘은 또 어떻게 놀아볼까 정하는 게 늘 숙제였다. 이날은 내 아이디어가 채택됐다. '보육원을 지나간 적이 있었는데, 우리만 한 아이들이 많이 보였다. 우리가 돈을 모아 보육원에 가져다주면 어떨까?'라는 것이었다.

자기들도 봤다며 찬성해 즉시 아무 상자에 도화지를 붙이고 크레파스로 모금함을 신나게 꾸몄다. 가지고 있던 동전들을 상자 안에 모두 넣고 흔들어보며 소리를 듣고 같이 웃던 장면이 떠오른다.

신나게 모금함을 들고 눈이 한가득 쌓인 동네를 돌기 시작했다. 쌓인 눈으로 길 상태는 좋지 않았지만, 아이들은 그런 길을 더 사랑하니 아름다운 날로 기억된다. 우리가 걸을 땐 온통 새하얀 세상이었다. 아침 일찍부터 만났던 것 같다. 아무튼 문방구부터 돈 건 기억이 뚜렷하다. 아저씨는 우리가 기특하다고 칭찬하시며 동전을 넣어주셨다. 용기백배해 또 다른 가게들에 들어가고 땡그랑 소리가 날 때마다 날아갈 것 같았다.

어느 정도 모금한 후 어려운 문제를 만났다. 그 보육원이 도대체 어디였는지 아무도 정확하게 기억을 못 한다는 것이다. 어린이라 걱정도 없고 앞뒤 재지 않으니 모두가 "찾자!"며 나섰다. 지금 생각하면 아찔하고 어이없는데, 온종일 놀 시간뿐이었으니 아무런 제약도 없이 찾아 나섰다. 모두 기억을 더듬으며 이 길 저 길 헤매고 재잘대고 한참을 걸어 가게마다 방앗간 참새인 양 들어가서 모금하면서 동시에 보육원이 어디 있는지 아시냐며 물어물어 갔던 기억이 난다. 얼마나 오래 걸었던지 손도 발도 꽁꽁 얼었는데, 가는 길 내내 시끄럽게 종알대고, 놀며 찾아다녔던 것 같다. 그 과정도 놀이이니 다 같이 하이텐션으로 신났던 기억이 난다. 만화의 한 장면같이 우리는 그렇게 보육원을 찾아냈다. 우리 눈앞에 우리만 한 아이들이 놀이터에서 미끄럼을 타고 놀고 있었다.

주춤했다. 분명 정문에는 그렇게 애타게 찾던 '○○보육원'이 적혀 있었는데…. 우리는 또래를 만나기 위해 출발했지만 들어가지 못했다. 정확한 기억은 안 나지만, 눈앞에 선 또래들에게 우리의 동전을 전한다는 것에 갑자기 망설여졌던 것 같다.

바로 옆에는 ○○양로원이 붙어 있었다. 우리는 반겨줄 것 같은 양로원으로 발걸음을 돌렸다. 들어가 보니 수녀님들이 양로원에서 일하고 계셨고 많은 분들이 우리를 반갑게 맞이하고 찾아온 이유를 들어 보더니 기특하다고, 춥고 배고프겠다며 따뜻한 음료수와 음식을 가득 주셨다. 신나게 먹으면서도, 동전들 소리가 찰랑찰랑 나던 그 쪼글쪼글해진 모금함을 건네드린 기억이 난다. 거기서도 얼마나 재미있게 수녀님과 이야기했던지. 함께했던 동네 친구들이 한 5명 정도였던 것 같다. 재잘대면서 양로원도 구경했다. 들어가는 곳마다 할머니들이 머리를 쓰다듬어주셨다. 할머니들이 손을 잡아주시고 꼭 다시 오라고 해주셔서 내친김에 용기를 내 공연을 하러 봄에 와도 되냐고 수녀님에게 여쭈었다. 수녀님은 강당 문을 열어 보여주시면서 개학하고 날이 따뜻해지면 친구들과 함께 오라며 허락해주셨다. 학교 이름도 이야기하고 대화를 많이 했다. 뭔가를 전하고 싶어서 찾아갔는데 그날 받아온 뿌듯함과 따뜻함은 이루 말로 다 할 수 없을 만큼 컸다.

아무튼 가장 큰 문제는 돌아가는 길이었다. 정처 없이 헤매던 초등학생들이 집으로 돌아갈 방법을 알 길이 없었다. 대책 없던 아이들에게 수녀님은 사는 동네를 물어보셨고 너무 멀리 왔다며 돌아가는 버스를 알려주시며 동전을 주시려고 했다. 동전을 받을 수 없다며 모두 냅다 달렸지만 금방 잡혔고 차비를 받았다. (차비가 모금보다 더 많았던 건 아니겠지?) 버스를 타니 여러 정류장이 지나 모두가 잘 도착했고 잘 헤어졌다. 얼마나 걸었던 걸까. 그 길에서 내가 받은 건 무엇이었을까. 이리 뚜렷하게 기억하니 말이다.

초등 4학년으로 올라가니 겨울방학에 양로원에서 공연하겠다고 약속했던 그 생각에 마음이 바빴다. 선생님이 종례를 마치자마자 나는 교단으로 나가 우리 반 아이들에게 찾아갔던 양로원을 소개하고 연극이나 노래 등 공연을 해보자고 친구들을 모집했다. 모인 친구들과 한창 준비하려던 중 우리 집은 해외로 주재원을 떠나게 되었다. 그 뒤에 친구들이 해냈는지는 잘 모르겠다. 그땐 편지조차 오가지 않았으니 알 길이 없다. 그저 가장 친하던 우리 반 김진영이란 친구와 둘이 붙잡고 우리 우정이 끝날까 봐 엉엉 울었던 기억이 난다.

2007년 겨울에 나는 어느 기업의 홍보팀에 근무하고 있었다. 회사 직원들의 봉사 관련 보도자료를 작성하던 중 어릴 때 찾아갔던 ○○보육원과 양로원을 떠올리게 되었다. 그때 기억이 나면 웃음이 살짝 나오곤 했는데, 불현듯 그 보육원과 양로원을 검색해봤다. 세상에. 멀지 않은 곳으로 이사를 와 있었다. 게다가 우리 회사에서 지원하는 보육원이었다. 진심 반가웠다. 그저 재미있던 추억이었는데 되살아나 인연이 시작됐다. 보육원 봉사를 하는 회사 선배들과 친했기에 나도 그 동아리에 들어가 함께 찾아가기 시작했다. 어린 시절, 목표로 했던 그 보육원으로 어른이 되어 가게 됐다.

합류한 첫날에는 선배들은 아이들에게 카레를 해주었다. 예전에는 동네 친구들과 갔는데, 이제는 든든한 회사 선배님들과 가다니! 믿을 수가 없었다. 작은 부엌에서 카레를 만들고 점심상을 차리고 아이들과 놀아주는 선배들과 같이 갔던 동네 꼬맹이들의 실루엣이 아련하게 겹치며 조금은 비현실적으로 느껴졌다.

(어렸던 내 눈에) 커다란 건물에 정문이 있고, 놀이터와 큰 마당이 있던 그런 모습은 아니었고, 다세대 주택 같은 느낌이었다. 작은방마다 선생님과 어린 아기들, 초등학생들이 팀을 꾸린 듯 지내고 있었다.

원장님에게 몇십 년 전에는 수녀님이 운영하시던 그곳이 아니냐고 물어보니 맞다고 하셨다. 세월이 흘러 다시 찾아온 것이 신기했다. 어린 시절에 만난 수녀님과 할머니들과의 약속을 지키게 된 듯한 뭉클함이 일렁거렸다.

내가 봉사로 만난 방 안의 아이 중에는 딸과 비슷한, 돌잡이 아기도 있었다. 그 이후로 딸아이 기저귀나 외출복을 살 때면 그 아이 것도 함께 사곤 했다. 선배들 없이도 아이들에게 선물을 주러 혼자 방문했다. 혹시라도 정을 많이 주면 아이들이 상처받을까 하는 소심한 마음에 나만의 선을 만들기도 했다. 선을 지키지 못한 건지 내가 자주 등장했던 건지, 내 귀에, 나도 데려가 달라고 소곤대던 6살 여자아이가 생각난다. 아빠와 곧 만난다고 종종 자랑하곤 했는데 지금은 성인이 되어 잘 지내고 있을 거라 믿는다.

보육원은 없어졌다. 이사장이 보육원 대신 국가지원금을 받을 수 있는 다른 기관으로 바꾸기 위해 없앤다고 했다. 원장님은 홍보팀인 나에게 도와줄 수 있는 기자분들이 없는지 찾아보기를 부탁하시기도 했다. 쿵! 심장이 내려앉았었다. 다행히 얼마 후 원장님을 위로하는 정치인 사진을 주요 신문에서 볼 수 있었고 어느 정도 괜찮겠지, 하며 마음을 놓기도 했었다.

하지만 결국 보육원은 다른 복지시설로 변경되었다. 마음에 두었던 아기는 멀리 있는 어느 지역 수녀원으로 보내져 잘 지내게 되었다고, 담당하던 선생님이 이야기해주었다. 살짝 아픈 마음은 분주한 직장 생활 속으로 담담하게 숨겼고, 찾아갈 정성은 바쁜 일상에 치여 마련하지 못했다.

흰 눈으로 덮여 환상적이었던 초등학교 추억 속 인연이 어느 날 현실에서 되살아났고, 다시 만났지만 어쩔 수 없이 묻힌 직장인 시절 인연이 겹치고 겹쳤다. 떠올리면 그 기억들 하나하나가 아스라이 따뜻하고 뭉클한 날들로 다가와 기록해봤다. 끝.

〈MY SWEEETEST CHRISTMAS〉
출처 : 저자 송아미 제공

버킷리스트, 북킷리스트!

"엄마 다녀온다!"

"어디 가?"

"엄마도 불금이지!"

금요일 밤 8시, 운동화 끈 야무지게 묶고, 100미터 집 앞 목적지를 향해 뛰었다. 싱크대 한쪽에 설거지를 수북이 쌓은 채. 캠퍼스에서 여대생이 교재를 안듯, 책 한 권 꼭 끌어안았다. 모퉁이 카페 앞, 단발머리 지호 어머님이 나를 보더니 "지후 엄마!" 하며 손을 흔들었다. 반가운 이모티콘과 하트가 머리 위로 증강현실처럼 부웅 떠오르는 듯했다. 10미터 밖에서 건우 어머님도 나타나셨다. 전직 아나운서였던 건우 어머님의 "안녕하세요!" 하는 목소리가 경쾌하고 청아했다. 카페에 앉아 있던 하은 어머님이 이효리처럼 이쁜 반달 눈웃음으로 반겨주고, 직장맘 주하 어머님과 유진 어머님이 우아한 옷차림으로 출석하면 따뜻한 기운이 모락모락 피어올랐다. 피날레로 ○○박물관에서 근무하는 원재 어머님이 장거리 운전 끝에 모습을 드러내면 우린 완전체가 되었다. 모두가 꼭 끌어안고 온 미스터리한 책들을 테이블에 얹고, 주문을 외우기라도 하듯 은밀하게 책 내용을 읊기 시작하면 어느새 다 같이 다른 세계로 순간 이동을 했다.

2021년은 코로나 사태가 한창이었고 누구든 만나기 부담스럽던 날들이었다. 어느 집 아빠의 직장 회식으로 그 반에 코로나가 퍼졌다, 어느 상가가 전체 휴업했다 등은 동네 핫뉴스였다. 2021년 6월 23일 수요일, 전학해온 우리를 살뜰히 챙겨준 지호네, 학급 임원을 같이 하는 건우네와 작은 작당을 시작했다.

누구네 가족 때문에 이 반에 코로나가 퍼졌대와 같은 소문이 날까 소심해지니 모이는 것 자체를 조심해야 했지만, 학교 공지에 안내된 중학교 필독서를 우리도 읽고 서로 나누어 보기로 했다. 청소년도서《연어》와《아몬드》를 펼쳤다. 전염병으로 인한 세상과의 단절은 또 다른 세상의 문을 열어주었다. 책 속 인물들에 몰입되어 갔고, 만나면 같이 울분을 토하고 웃고 울고 해석하고 문학소녀들처럼 책 안으로 빠져들어 갔다.

직장에 다니는 엄마들을 은밀한 우리들의 모임에 초대했다. 7명이 모이니 완전체가 된 듯했다. 검은 하늘에 불꽃놀이가 펼쳐지듯 심심한 미역국에 국간장 더하듯 학부모 생활이 다채로워졌고 맛있어졌고 신나는 모험이 시작되는 듯했다. 더 많이 읽고 더 빨리 만나려고 다 같이 독서 속도를 높이기 시작했다.

우리는 서로의 이름에 '님'을 붙이기로 했다. 나중에는 'READER'이 자 'LEADER'로서, 이름 뒤에 ○○리더라고도 불렀다. 은선 님, 혜경 님, 경아 님, 주연 님, 주하 님, 유진 님, 그리고 아미 님.

모임의 첫 이름은 '판타레이'였다. 지역에서 독서 동아리 지원 사업이 있길래 내부 투표 결과, 판타레이로 결정했다. '판타레이'는 '만물이 흐른다'는 말로 그리스 철학자 헤라클레이토스가 언급했다. 읽어온 책 목록을 보면 변화무쌍한 현대를 살며 부딪히는 새로운 주제들이 많아 이 이름이 채택됐다.

다음은 그 당시 작성했던 신청 동기로 간략하게 작성한 내용이다.

북클럽 '판타레이'는 2022년 ○○동 ○○중학교 3학년으로 올라가는 자녀들의 엄마들 모임입니다. 코로나 사태의 확산으로 인해 새로이 중학교에 입학하고도 아이들은 물론 학부모들도 서로 알기 힘들어 고립되고 다소 외로운 생활의 연속이라는 생각 속에서 2021년 어느 한 반의 학부모들이 아이들에게 어떻게 도움을 줄 수 있을지 고민하는 과정에서 2021년 9월에 만들었습니다. 처음에는 3명이 모여 학교 추천 도서를 읽고, 공감대를 형성하며 사춘기 아이들에게 부모로서 어떤 마음가짐을 가질지, 어떤 도움을 줄지 나누며 시작했습니다. 그리고 차근차근 한두 명씩 더 모이게 되어 현재, 중3 학부모 7명이 모여 아이들이 살아갈 세상의 화두인 메타버스와 NFT를 찾아서 읽는 등 열심히 활동 중입니다. 2022

년에는 아이들의 진로에 도움이 되고 엄마들의 삶에도 큰 영양분이 되는 독서클럽을 운영하려는 꿈을 키우고 있습니다. 코로나 사태 시절 서로 의지하면서 성장하고 있는 독서클럽에, 많은 지원과 관심 그리고 격려 부탁드립니다.

결과는 낙방이었다. 괜찮았다. 똘똘 뭉치는 계기가 됐다. 왜냐하면 모임 이름을 처음 생각해봤으니 말이다. 어느새 스멀스멀 꿈도 키워갔다.

현재 모임 이름은 '북킷리스트 클럽(BOOKETLIST CLUB)'이다. '읽고 싶었던 책(BOOK)'에 '버킷리스트(BUCKETLIST)'를 융합했다. 애칭은 '북킷'이다. 2023년에는 학부모 동아리로 확장해서 20여 명의 학부모와 1년을 활동해보기도 했다. 책으로 만나는 학부모들의 세상은 달랐다. 우리 집마다의 책장에 꽂히는 책들이 늘어날수록 그 깊이도 달라졌다.

4년여간 우리 집 거실 책장에 빼곡히 자리를 잡고 있는 세상들이다.

본질육아, 숨결이 바람될 때, 왜 세상의 절반은 굶주리는가?, 불편한 편의점, 오우아 나는 나를 벗삼는다, 여행의 이유, 공정하다는 착각, 허구의 삶, 인생수업, 인생의 역사, 내 생에 단 한 번, 데미안, 파친코, 통찰, 서부전선 이상 없다, 데일 카네기 인간관계론, 팩트풀니스, 대륙의 딸, 트랜드 코리아 2024, 책 읽어주는 남자, 매니악, 자본주의, 메타버스, NFT 레

볼루션, 방구석미술관, 군주론, 사피엔스, 2030 축의 전환, 물고기는 존재하지 않는다, 나무를 심은 사람, 논어, 대치동에 가면 니 새끼가 뭐라도 될 줄 알았지?, 완전한 행복, 역사의 쓸모, 코스모스, 쇼펜하우어, 채식주의자…. (이하 생략)

우리는 모두 함께 동네 편의점도, 중세 시대도, 우주로도 날아갔다가, 중국도, 아프리카도 가고, 미국 엘리트 사회로도, 총알이 빗발치던 독일 전쟁터도 다녀왔다. 벽찰 것 같았던 벽돌 책도 함께 끝장냈다.

2023년 어느 날 한 분이 《데미안》을 읽기 전 남긴 카카오톡 메시지인데 진한 감동이 밀려왔다.

"나는 오로지 내 안에서 저절로 우러나오는 것에 따라 살아가려고 했을 뿐이다. 그것이 어째서 그리도 어려웠을까. 인간은 누구나 저 자신일 뿐만 아니라 세상의 현상들이 교차하는 지점, 단 한 번만 그렇게 존재하는, 두 번 다시는 없는 지점이다. 우리는 서로를 이해할 수 있지만, 누구나 오직 자리 자신만을 해석할 수 있을 뿐이다."

"데미안 서문을 통째로 외우고 싶어질 정도예요. 중1 꼬꼬마 후 35년 만에 읽는 데미안은 어떨까…. 기대됩니다."

어린 시절의 나와도 마주할 수 있었다. 단톡방을 넘겨보면 그간 서로 감동한 책 구절과 장면들이 빼곡하다. 지금도 한분 한분의 눈빛과 목소리가 홀로그램처럼 눈 앞에 펼쳐진다.

오늘 북킷리스트 클럽 리더들에게 내가 활동하고 있는 치유예술작가협회(HAA)에서 위로라는 주제로 수필이 준비되고 있는데, 우리 이야기를 기록하고 싶다고 전했다. 모두 함께해온 책을 바탕으로 언젠가 북킷리스트 이름의 한 권이 세상에 나오길 소망했다.

올해 우리는 고3 학부모라 아무래도 모임도 독서도 뜸하다. 하지만 4년간 이루어진 교류는 더 깊은 심연의 세계로 이끌고 있는 듯하다. 나에게 북킷리스트 클럽은 위로와 사랑이다. 그리고 앞으로도 함께 할 벗이다. 2030년, 2035년은 어떤 책을 읽고 있을까. 바라건대 더욱더 진한 사골국같이 영양가가 넘치고 담백하고 뽀얗게 우러나온 이쁜 독서 모임이 되어 있길 기도한다. 끝.

〈어느 화창한 날의 북킷리스트 클럽〉
출처 : 저자 송아미 제공

양여월

눈물 많은 여자의 글쓰기 도전기

달콤 쌉싸름한 유혹, 식탐과의 공존

눈물 많은 여자의 글쓰기 도전기

지난 한 달간 나는 글쓰기에 도전했다. 처음에는 막연히 '글쓰기는 내가 어렵지 않게 할 수 있을 거야'라고 생각했다. 그러나 막상 시작해 보니, 두세 문장을 쓰고 나면 더 이상 진행이 되지 않았다. 답답함과 막막함이 밀려 왔고, 조급한 마음은 커가는데 어떻게 해야 할지를 몰랐다. 일기조차 쓰지 않았던 나이기에 글쓰기가 더욱 어렵게 느껴졌다.

내면의 감정을 꺼내어 종이 위에 펼치려던 순간, 그 감정들이 어디로 사라져버리는지 알 수 없었다. 나는 안갯속에서 헤매는 사람처럼, 글쓰기의 세계에서 길을 잃은 채 방황했다. 글을 쓰려고 앉을 때마다 마음속에서 수많은 생각들이 떠올랐지만, 막상 그 생각들을 글로 옮기려고 하면 머릿속이 하얗게 비워지는 느낌이 들었다. '나는 왜 이렇게 글쓰기가 어려운 걸까?'라는 질문이 머릿속을 맴돌았다.

명절 연휴의 끝자락, 귀경하는 비행기 안에서 글쓰기에 진전이 없음에 절로 한숨이 나왔다. 어떡하지? 내 글솜씨가 부족하다는 사실은 이미 알고 있지만, 잘 쓰고 싶은 기대가 있었기에 원고를 포기하는 마음이 편치 않았다. 진짜 잘 써보고 싶었나 보다. 다음 날까지 고민을 거듭하다가 담당 선생님의 원고 마감 확인 메시지를 받은 후에야 포기 의사를 밝혔다. 포기하면서도 부끄러움과 시원함이 교차했다. 마치 무거운 짐을 내려놓은 듯한 안도감과 동시에, 그 짐을 지지 못한 나에 대한 실망감이 밀려왔다. '나는 정말로 글쓰기를 포기하고 싶은 걸까? 아니면 단지 두려움 때문에 도망치고 있는 걸까?' 라는 의문이 들었다.

다른 선생님들의 글에 대한 출판사의 피드백을 읽으면서 원고를 제출하신 선생님들이 몹시 부러웠다. 동시에 나의 능력 부족과 나태함, 실패감에 기운이 빠지면서 우울하고 짜증이 밀려왔다. 원고를 포기한 것이 잘한 일인지, 아니면 후회할 일인지 알 수 없어 혼란스러웠다. 이런 기분을 남편에게 하소연하던 중, 교수님께 전화가 걸려 왔다. 글쓰기의 어려움을 이해해주시면서 지금의 마음을 글로 옮겨보는 것도 좋은 소재가 될 수 있다고 조언해주셨다. 매일매일의 감정을 기록해보고 그 속에서 진솔한 자신만의 이야기를 발견할 수 있을 거라며, 할 수 있다고 토닥여주셨다. 교수님의 진심 어린 "함께 가고 싶다"라는 따뜻한 격려가 큰 위로가 되어 고마웠다. 나는 다시 한번 글쓰기에 도전해보고 싶다는 마음이 생겼고, 교수님의 말씀을 통해 글쓰기가 단순히 기술적인 문제가 아니라, 내면의 감정을 솔직하게 표현하는 과정이라는 것을 깨달았다. 그런데도 솔직하게 나를 드러내는 것이 나에게는 참으로 어려운 일이었음을 또 한 번 느끼고 있다.

교수님과 통화 후, 나를 돌아보며 소재 찾기에 열중했다. 책상 위에 펼쳐진 종이 위에는 무작위로 나열된 단어와 문장들이 가득했다. 기쁨,

행복, 슬픔, 고통, 사랑, 질투, 분노, 외로움, 불안, 희망, 절망, 감사 등 비교적 다양하게 적혀 있었지만, 이런 단어들은 내 감정을 표현하기에는 너무나도 피상적이었다. 나는 아마도 그간 내 감정을 제대로 이해하지 못했고, 내 감정을 소중히 여기지도 않았나 보다. 그저 타인의 감정에 쉽게 공감하며, 그들의 이야기에 귀 기울이는 것에 익숙했다는 것을 알게 되었다.

그러던 중, 내가 나의 감정을 제대로 알아차리지도, 그 감정에 충분히 머무르지도 못한다는 사실을 깨달았다. 나는 내 감정에 접촉하는 것이 매우 서툴렀고 감정을 표현할 수 있는 적절한 어휘도 가지고 있지 않았다. 그런데 아이러니하게도, 나는 내가 감정이 섬세하고 풍부하다고 생각했다. 왜냐하면 나는 평소 타인의 감정에 쉽게 몰입해 대화를 주고받으며 자주 눈물을 흘렸기 때문이다. 단순히 눈물을 잘 흘리는 것만 보고 나 자신이 감성적이라고 생각했구나! 표면적 사고에서 벗어나지 못하는 나를 보며, 내 눈물에 대해 더욱 궁금해졌다.

그 순간, 내 눈물이야말로 지금 느끼는 감정의 진솔한 표현이자 소통이라는 생각이 들었다. 눈물은 나에게 어떤 치장할 틈도 허용하지 않았다. 그것은 미처 알아차리기도 전에 느끼는 그대로의 나를 비추는 솔직한 반영과도 같았다. 감정을 왜곡 없이 드러내며, 내면을 타인과 공유하는 통로였다.

눈물은 나의 삶에서 어떤 의미를 지니고 있을까? 이 질문의 답을 찾는 데는 시간이 필요했다. 눈물은 나에게 내 감정을 솔직하게 인정하게 하고, 머무를 수 있게 했다. 그렇다면, 글을 통해서는 왜 눈물처럼 솔직한 나를 표현하지 못할까? 이 질문이 머릿속을 스쳐 지나갔다. 이제 그 이유를 조금 알 수 있을 것 같다. 글쓰기는 감정을 정리하고 표현하는 데 도움을 주지만, 눈물처럼 즉각적이고 직접적인 소통의 방식은 아니다. 생각을 정리하고 단어를 선택하고 문장을 구성하는 등 복잡한 과정을 거치면서 때로는 감정이 왜곡이나 축소될 수도 있다. 나는 내 감정을 솔직하게 표현하고, 그 감정에 머무르며, 나만의 언어로 그 감정을 표현하는 법을 배워야 한다는 것을 깨달았다. 이제부터 나는 내 감정을 소중히 여기고, 그 감정을 표현하는 법을 배워나갈 것이다. 이를 통해 나 자신과 더 깊이 소통하고, 타인과도 더 깊이 교감할 수 있을 것이다. 글쓰기와 눈물은 서로 다른 방식으로 나를 표현하는 도구이지만, 둘 다 나의 내면을 탐구하고 성장하는 데 중요한 역할을 할 것이다.

눈물은 나에게 중요한 신호였다. 어느 날, 무심히 소파에 앉아 천장을 바라보다가 나도 모르게 눈물이 맺혔다. 처음에는 이유를 알 수 없었다. 그러다 이내, 잠시 멈춰 서서 그 눈물을 관찰해야 한다는 생각이 들었다. 지난 몇 주간 쌓인 스트레스와 피로 때문이라고 생각하며 넘기고 싶었지만, 사실은 어울리지 않는 옷을 입고서 인정받으려 애쓰고 있는 나에 대한 슬픔과 좌절이었다. 눈물이 '나를 잘 돌보라'라는 신호 같았다.

그제야 나는 내 감정을 인정하고 받아들였다. 조금씩 눈물의 신호를 알아차리고 나를 지키며 돌보는 법도 배웠다. 이제는 눈물이 흐를 때마다, 그것이 나에게 어떤 메시지를 전하려 하는지 귀 기울일 것이다.

즐겨 보는 TV 프로그램에서 아이와 엄마의 고통이 생생하게 느껴질 때면, 자주 눈물을 흘린다. 나로서는 아이들을 키우는 데 큰 노력을 기울였지만, 과거의 수많은 실수가 떠올라 가슴이 아프다. 이런 순간들은 나에게 중요한 신호처럼 다가온다. 눈물은 내면의 상처와 치유되지 않은 감정을 상기시켜주는 존재다. 또, 눈물은 나를 돌아보게 하는 거울이자, 내면의 상처를 치유하는 약이다. 눈물의 메시지를 소중히 여기며, 나 자신을 사랑하고 돌보는 법을 배우고 싶다.

어릴 적부터 눈물로 감정을 표현하는 아이였던 나는, 눈물이 나의 감정을 표현하는 가장 솔직한 수단이었지만, 동시에 나를 괴롭히는 존재이기도 했다. 나는 가족들 사이에서 울보로 불릴 만큼 눈물이 많았고, 눈물을 통해 주위 사람들의 사랑과 관심을 받기도 했고, 감정을 솔직하게 드러내기도 했으며, 스스로 위로받기도 했다. 하지만 때로는 눈물이 많다는 이유로 놀림의 대상이 되기도 했다.

지금 생각해보면, 나는 대상으로부터 느낌을 빠르게 받아들이는 편이었고, 감정이 눈물로 터져 나오는 일도 참 잦았던 것 같다. 이런 성향 때문인지, 때때로 나는 '덩치 큰 작은 아이'처럼 느껴졌다. 아마도 외부의 자극이나 내 자신으로부터 오는 스트레스나 상처를 방어하기 위해 눈물 뒤에 숨어버리는 방식으로 나를 지켰나 보다.

이름도 특이하고 덩치도 큰 아이가 눈물 흘리는 것이 어느 날부터인가 약점으로 여겨지고 부끄럽게 느껴지기 시작할 즈음, 나는 눈물을 조절하는 법을 터득하고 싶었다. 눈물이 맺힐 것 같다는 느낌만 들어도, 눈물 흘리는 모습을 보거나 글이나 드라마에서도 감정이 전해지기만 하면 또르르 흘러버리는 눈물이 참 감당이 안 되는 날이 많았다. 눈을 부러 크게 뜨거나 질끈 감아보기도 하고, 엉뚱한 생각을 해보기도 했지만, 이런 방법으로는 흐르는 눈물을 멈출 순 없었다. 눈물은 나의 감정을 가장 진실되게 드러내는 도구였지만, 동시에 나를 괴롭히는 존재이기도 했다.

성인이 되어서도 눈물은 여전히 나의 동반자였다. 눈물의 짠맛을 느끼며 최근 내가 먹은 식단의 염도를 알아차리기도 하고, 습관적으로 흐르는 눈물을 통해 내 정서 상태를 짐작하기도 했다. 눈물이 주는 감정의 해소, 위로보다는 약점으로 여겨지는 것이 싫어 눈물을 적절히 통제하고 싶었던 나였지만, 50살이 넘어 심리학을 공부하면서부터 눈물이 나에게 자기를 맡기는 것 같은 느낌이 들었다.

이제는 눈물을 극복하기보다는 있는 그대로 받아들이고 싶다. 눈물은 내 감정을 솔직하게 표현하는 수단이자, 나의 내면을 더욱 깊이 이해하는 계기가 되어주었다. 나 자신을 더욱 사랑하고 타인과의 소통을 원활하게 하는 데도 큰 도움이 되었다. 글쓰기 역시 마찬가지일 것이다. 글쓰기를 통해 나의 감정을 솔직하게 표현하며, 나의 내면을 더욱 깊이 이해하고 싶다. 나의 감정을 이해하고, 나의 삶을 되돌아보는 과정을 통해 나를 더욱 사랑하게 될 것을 알기 때문이다.

글쓰기를 통해 감정을 더욱 깊이 이해하고 나만의 언어로 그 감정을 표현하는 법을 배우고자 한다. 그로 인해, 나는 나와의 깊이 있는 소통과 타인과의 관계에서도 더욱 풍요로워질 것이다. 아직도 글쓰기가 어렵고, 여전히 부족한 점이 많지만, 어렵게 시작한 만큼 포기하지 않고, 꾸준히 써 내려가고 싶다. 이제 눈물을 나의 동반자로 여기며, 글쓰기를 통해 나의 감정을 진솔하게 표현하는 연습을 꾸준히 할 것이다. 눈물이 나를 솔직하게 표현함으로써 더 강하게 만들었듯이, 글쓰기가 나를 더 투명하게 만들어줄 것이라 믿는다. 더 이상 눈물을 두려워하지 않고, 글쓰기를 통해 나의 내면을 더욱 깊이 탐구하며 나 자신을 더욱 사랑할 수 있는 여정을 시작하려 한다. 이 여정이 전혀 쉽지는 않겠지만, 첫걸음을 내디딘 이 길을 포기하지 않고 걸어갈 것이다.

〈뭉클한 오늘〉 출처 : 저자 양여월 작성

달콤 쌉싸름한 유혹, 식탐과의 공존

오늘 아침, 어제 들고 나갔던 가방을 정리하던 중, 우연히 사 들고 온 쿠키 상자를 발견했다. 마치 잊고 있던 선물을 찾은 듯 기쁨이 차올랐다. 어찌나 기쁘던지! 서둘러 커피머신의 전원을 켜고, 집 안 가득 퍼지는 커피 향에 잠시 취해본다. 그 순간, 모든 감각이 쿠키와 커피에만 집중되었다. 달콤한 쿠키의 향기와 쌉싸름한 커피가 입안에서 어우러지는 상상을 하며, 나도 모르게 미소를 지었다.

어제, 나는 새로 생긴 카페에 들렀다. 호기심에 이끌려 들어선 카페는 이미 손님들로 북적였다. 주문하고서 한참 기다린 후에야 커피를 마실 수 있었다. 그런데 주문이 밀린 것에 대한 사과로 직원이 말차 쿠키를 가져다주었고, 뜻밖의 선물에 기분이 좋아진 나는 직원의 친절함에 고마워 카페를 나서며 쿠키 한 상자를 샀다. 그리고 그 쿠키 상자는 가방 속에서 하루 동안 잊혔다가 오늘 아침에야 발견된 것이다.

말차 쿠키 한 조각과 커피 한 모금이 주는 작은 행복이 오늘 하루를 더욱 특별하게 만들어줄 것 같다. 문득, 바흐의 〈커피 칸타타〉가 떠올랐다. 커피 애호가로 유명했던 바흐가 작곡한 이 곡은 커피를 끊지 못하는 딸과 이를 못마땅하게 여기는 아버지의 이야기를 담고 있다. 딸 리스헨은 커피를 끊으라는 아버지의 말에 "아, 커피 맛은 정말 기가 막히지.

수천 번의 키스보다 더 달콤하고, 맛 좋은 포도주보다도 더 부드럽지. 커피, 난 커피를 마셔야 해"라고 노래하며 자신의 커피 사랑을 당당하게 표현한다. 나 역시 쿠키와 커피를 사랑하는 마음은 리스헨 못지않다.

사실 요즘 몸 상태가 좋지 않다. 두 달 전부터 시작된 왼쪽 무릎의 염증이 계속해서 날 괴롭히고 있다. 최근에는 무릎 통증이 더 심해져서 운동도 제대로 못 하고 있는데, 그 결과 체중계의 숫자는 점점 높아지고 있다. 건강을 위해서 식습관을 개선해야 한다는 건 알고 있지만, 달콤한 유혹 앞에서는 항상 쉽게 무너지고 만다. 이대로 가다간 건강에 심각한 문제가 생길 수도 있다는 두려움이 몰려온다. 그런데도, 나는 쿠키와 커피를 포기할 수 없다. 이 둘은 나에게 단순한 간식이 아니다. 아침에 일어나서 쿠키와 커피를 마시는 것은 나에게 하루를 시작하는 작은 의식이자, 일상의 쏠쏠한 즐거움이다. 그것은 나에게 일종의 보상이자, 하루를 즐겁게 시작할 수 있는 원동력이 되어준다.

이런 나를 온전히 이해하려면, 시간을 거슬러 올라가야 한다. 이 오래된 습관을 쉬이 내려놓지 못하는 까닭은, 어린 시절부터 차곡차곡 쌓여온 음식에 대한 애틋한 정 때문이다. 어릴 적부터 음식은 나에게 단순한 생존 수단 이상의 것이었다. 동화책 속 화려한 삽화를 보며 군침을 삼켰고, 특별한 날이면 엄마가 차려주신 풍성한 밥상 앞에서는 세상을 다

가진 기분이 들었다. 고모가 연애하던 시절, 어린 큰조카인 나를 데리고 고모부를 만나러 갔을 때, 맛있는 음식을 앞에 두고도 조금밖에 먹지 않는 고모를 보며 "맛없어서 그러시는 거 아니죠? 부끄러우셔서 그런가 보다!" 하며 신나게 먹던 나의 모습은 아직도 가족들 사이에서 종종 웃음거리로 회자되곤 한다. 그렇게 음식은 나에게 단순한 배고픔을 해소하는 것 이상의 의미를 지니게 되었다. 남동생이 슬그머니 건네준 강냉이는 잔뜩 심통이 나서 눈물을 뚝뚝 흘리는 나를 달래주었고, 똑같은 반찬일지라도 웃음과 이야기가 기대되는 밥상이었다. 음식은 나를 다독여주는 위로이자, 삶의 소소한 기쁨이 되어주었다.

대학 시절, 타지에서의 기숙사 생활은 마치 흥미진진한 모험과도 같았다. 매일 밤, 우리는 비좁은 방 안에서 은밀하게 파티를 열었다. 취사가 금지된 그곳에서도 우리의 창의력은 무궁무진했다. 밤마다 친구들과 몰래 다리미로 오징어와 쥐포를 구워 먹으며 키득거렸고, 커피포트에 라면을 끓여 먹으며 서로의 꿈과 미래를 공유했다. 그리고 가끔은 식당 아주머니께서 건네주신 따뜻한 누룽지 한 그릇이 우리의 마음을 녹여주었다. 그 모든 순간이 지금도 내 마음속에 소중한 추억으로 남아 있다.

오랜 시간 동안 음식은 나의 삶과 떼려야 뗄 수 없는 존재가 되었다. 이제는 단순히 외로움과 그리움을 채우기 위함이 아니라, 삶의 즐거움을 더하는 소중한 동반자로 자리 잡았다. 그래서 나는 오늘도 쿠키와 커피를 내려놓지 못한다. 그것들이 주는 작은 행복이 나의 삶을 더욱 특별하게 만들어주기 때문이다.

어느덧 시간이 흘러 중년이 된 지금도, 나는 여전히 먹는 것을 좋아한다. 맛있는 음식을 먹으며 느끼는 행복감은 그 무엇과도 바꿀 수 없다. 하지만 가끔은 친구들과 뷔페에 갔을 때처럼, 마음껏 먹고 싶은 마음과 달리 주변 사람들의 눈치를 봐야 할 때도 있다. 그날도 그랬다. 허리띠까지 풀어 헤치고 작정하고 먹으려던 나와 달리, 친구들은 두 접시만에 식사를 마쳤다. 그 모습에 나도 모르게 속도를 맞출 수밖에 없었다. 그렇게 좋아하는 음식 앞에서도 마음껏 먹지 못하는 상황은 나를 아쉽게 만든다.

부정적인 감정을 느낄 때도 음식은 종종 나에게 도피처가 되어주었다. 슬픔이나 분노, 또는 외로움 등 온갖 감정이 휘몰아칠 때면 나는 음식을 통해 잠시나마 그 감정에서 벗어나고자 했던 것 같다. 특히 달콤한 음식은 나를 위로해주는 강력한 무기였다. 초콜릿이나 케이크, 쿠키와 같은 달콤한 디저트를 한입 베어 물면, 마법처럼 순식간에 기분이 좋아지고 마음이 안정되었다. 그 순간만큼은 모든 걱정이 사라지는 듯했다.

하지만 그렇다고 해서 식탐을 마냥 방치할 수는 없다. 이러한 습관이 나의 건강과 삶에 부정적인 영향도 있다는 것을 알고 있다. 음식을 통해 감정을 해소하는 것은 일시적인 해결책일 뿐, 근본적인 문제를 해결하지는 못했다. 오히려 음식에 대한 의존도가 높아지면서 더 자주 음식을 찾게 되었고, 이는 체중 증가와 건강 문제로 이어졌다. 건강을 위해서라도 적절한 식습관과 꾸준한 운동이 필수다. 이제는 맛있는 음식을 즐기면서도 건강을 유지하기 위해 노력해야 한다는 사실을 인정하고 있다. 물론 가끔은 유혹에 빠져 폭식을 하기도 하지만, 그럴 때마다 스스로 반성하며 다시 건강한 습관을 유지하려고 애쓴다. 결국, 나의 식탐은 추억과 함께 성장해온 것이다. 그리고 이제는 그것을 조절하며 건강한 삶을 살아가는 것이 나의 목표다.

그런데도, 가끔은 유혹에 굴복하고 만다. 오늘 아침처럼 쿠키 상자를 발견하면, 나도 모르게 손이 가고 만다. 달콤하면서도 쌉싸래한 그 맛이 입안 가득 퍼지며 나를 유혹하는 식탐은 언제나 나를 괴롭힌다. 아직도 나는 종종 식탁 위의 작은 전쟁을 치른다. 식탁 위에 가족들이 남긴 음식을 보며 갈등한다. 버려야 한다는 것을 알면서도 기어코 입으로 가져가고, 이내 후회하는 나 자신을 발견한다. 이런 순간들은 나를 무력하게 만들고, 때로는 스스로를 한심하게 여기게도 한다. 언제쯤이면 이 식탐과의 싸움에서 이길 수 있을까?

하지만 이제는 이런 나 자신을 조금 더 너그럽게 받아들이기로 했다. 무릎 통증을 겪으며, 나는 식탐을 조절하고 건강을 챙겨야 한다는 것을 깨닫고 있다. 한 TV 강연에서 들은 '건강한 식습관이란 단순히 음식의 종류나 양을 조절하는 것이 아니라, 음식을 통해 자신의 몸과 마음을 돌보는 것'이라는 강연자의 말에 깊이 공감한다. 그래서 이제는 쿠키와 커피를 즐기되, 그 양을 조금씩 줄이고, 대신 신선한 과일이나 채소를 함께 섭취하기 시작했다. 이러한 작은 변화를 시도하면서, 나는 몸과 마음이 조금씩 가벼워지는 것을 느꼈으며, 무엇보다 음식을 통해 나 자신을 더욱 사랑하고 존중하게 되었다고 생각한다.

오늘도 나는 아침의 작은 즐거움을 포기하지 않으면서도, 음식에 대한 의존도를 줄이고, 감정을 조절하는 능력을 향상하기 위해 노력하는 중이다. 음식을 통해 감정을 해소하는 대신, 적극적으로 대처하고 극복하는 방법을 배우고 싶다. 이 글을 통해, 나의 식탐을 이해하고, 건강한 삶을 위한 변화를 견고히 하고자 한다.

달콤 쌉싸름한 유혹, 식탐과의 공존은 쉽지 않은 일이지만, 그 속에서도 균형을 찾아가는 과정 자체가 나에게는 소중한 경험이 될 것이다. 음식은 여전히 나에게 중요한 존재이지만, 이제는 건강하고 균형 잡힌 방식으로 즐기고자 한다. 음식을 통해 느끼는 즐거움을 포기하지 않으면서도, 건강을 해치지 않는 선에서 적절한 양을 섭취하려고 노력할 것이다. 그리고 나는 맛있는 음식을 즐기며, 건강한 삶을 살기 위해 노력할 것이다. 그 여정이 때로는 험난할지라도, 그 끝에는 분명 달콤한 열매가 기다리고 있을 것이라 믿는다.

바흐의 〈커피 칸타타〉처럼 나의 식탐도 때로는 달콤하고 쌉싸름하게 변주될 것이다. 하지만 그 속에서도 건강한 삶을 위한 균형을 잃지 않기를 바란다. 또한, 음식을 통해 얻는 즐거움을 다른 사람들과 나누고 싶다. 맛있는 음식을 함께 나누며, 서로의 이야기를 듣고 공감하는 것은 또 다른 행복이다. 이를 통해, 음식이 주는 긍정적인 에너지를 더욱 많은 사람과 공유하고 싶다.

마지막으로 식탐을 조절하는 것은 쉽지 않은 일이지만, 포기하지 않고 꾸준히 노력하고자 한다. 건강한 삶을 위해 필요한 것은 완벽함이 아니라 꾸준함이라는 것을 잊지 않을 것이다. 오늘도 나의 건강한 삶을 위한 한 걸음씩 나아간다. 그 길 위에서, 나의 식탐은 여전히 나를 따라다니겠지만, 이제는 그것을 조절하며 함께 나아갈 수 있을 것이다.

〈몽글몽글 부글부글〉 출처 : 저자 양여월 작성

이경화

따로 또 같이
마음의 진정성
진짜 어른

따로 또 같이

나에게는 아주 특별한 여행 친구가 있다. 우리는 5년 전, 같은 회사 직장동료로 만나 적어도 현재까지는 아름다운 우정을 유지하고 있다. 서로 연령대가 비슷한 1987년, 1988년생 여성으로 아직 미혼, 심리학을 전공했고 여행을 좋아한다는 공통점, 디즈니 애니메이션과 귀여운 소품들, 나이에 맞지 않게 오늘만 사는 사람처럼 대책 없이 행동하는 모습들이 매우 닮아 제법 대화가 잘 통한다.

성향도 비슷하다. 다른 사람에게 피해를 주기 싫어하고 배려가 많은 편이며, 자율성을 중요하게 생각한다. 재미있는 경험, 유쾌한 대화를 즐겨 해서 함께 있으면 편하고 심리적 부담이 느껴지지 않아 좋다.

우리는 종종 여행을 같이 가지만 '따로, 또 같이' 방식을 선호한다. 여행 전 함께 계획을 세우고 한 비행기를 타고 이동하지만, 각자 가고 싶은 목적지를 개별적으로 가기도 하고, 같이 가고 싶은 곳이 있다면 필요할 때는 함께 방문하기도 한다. 한 숙소에서 무조건 트윈 침대를 쓰지만, 서로가 몇 시에 일어나는지, 아침 조식을 언제 먹는지 등은 크게 관여하지 않는다. 시간대가 맞으면 같이 먹는 것이고 '아니면 말고' 식이다. 웃음 포인트가 같아 서로 같은 지점에 깔깔거리며 잘 웃고 놀지만,

다른 부분도 많다. 그녀는 저녁형 인간이고 나는 아침형 인간이기 때문에 생활패턴이 전혀 다르고, 나는 음식도 먹어 본 메뉴만 먹는 보수형, 현실적 실용주의, 계획적이고 안정적인 것을 추구하는 성격이지만, 친구는 반대로 진보형, 항상 새로운 것을 추구하는 모험주의, 즉흥적이고 창의적인 성격이다.

얼마 전 함께 해외 여행을 갔을 때, 새벽에 지진이 난 적이 몇 번 있었다. 처음 지진이 났을 때는 지진경보음이 울리고 재난 문자 메시지가 계속 오는 등 빨리 대피해야 하는 심각한 상황이었다. 나는 횡설수설 "어떡하지" 하며 바들바들 불안에 떨고 있었는데 그 친구는 다소 침착한 말투로 나에게 "일단 탁자 밑으로 들어가"라고 했고, 자기는 머리 위로 이불을 덮으며 "괜찮다"고 오히려 나를 안심시켜주었다. 다음 날 또 지진이 났을 때는 23층, 더 높은 층의 숙소여서 나는 훨씬 무서웠다. 순간 '진짜 사람이 이렇게 죽는구나' 생각했는데, 친구는 어제보다 더 여유 있게 놀라지도 않는 모습을 보였다. 이 상황에 너무 편안해 보이는 친구의 모습을 보니, 뭔가 걱정되기도 하고, '사람이 어떻게 저럴 수 있나?' 나와 다른 모습이 신기해서 헛웃음이 나기도 했다.

생각해보면 내가 긴장하고 불안해할 때 친구의 덤덤한 말과 행동은 오히려 나를 안심시켜주었다. 어떤 상황에도 요동하지 않는 진정한 이너피스, 단단하고 든든한 바위 같아서 함께 있으면 두려움을 흡수해주는 친구인 것 같다. 새삼 고맙다!

나와 비슷한 부분이 많지만, 다른 부분도 참 많은 친구라 서로 잘 맞는다는 것이 의아할 때도 있다. 학창 시절을 돌아보면 지금까지 이런 유형의 친구는 나에게 없었다. 그런데 현재 내가 가장 편안함을 느끼는 친구를 뽑으라면 바로 이 친구다. 내 삶의 경계를 지켜주고, 다름을 존중하는 태도에서 나는 편안함을 느끼는 것 같다. 서로 다르지만 틀린 게 아니라 다르게 바라보는 시선이랄까.

보통 나는 다른 사람과 있을 때, 나와 같이 있는 사람을 닮아가는 편이다. 계획적인 사람이랑 있으면 나도 계획적으로 되는 것 같고, 유쾌한 사람이랑 있으면 유쾌함을 닮으려고 하고, 배려를 잘하는 사람과 있으면 나도 더 많이 배려해주려고 한다. 나보다 타인의 반응에 따라 더 신경 쓰고 맞춰주려고 하는 모습이 자동으로 나오는 것 같다. 그러다 보니 인간관계가 어렵고 부담스럽다. 새로운 사람을 만나는 것이 물론 즐겁기도 하지만 내가 그만큼 또 노력해야 한다고 생각하면 귀찮고 힘을 빼고 싶지 않다는 마음이 먼저 드는 것 같다.

예전에 친했던 친구가 나에게 부탁을 한 적이 있다. 수업 동영상 자료를 제작하는 것이었는데, 동영상 작업이 서툴러 나에게 도움을 청한 것이었다. 그 당시 나도 바쁜 상황이었지만, 친한 친구의 부탁이기 때문에 기쁜 마음으로 밤을 새워 영상을 편집해주었다. 친구는 정말 고마워했고 나도 굉장히 뿌듯했다. 그런데 그다음부터 친구는 당연하게 나에게 동영상 편집을 의뢰했다. 몇 번은 해주었지만, 나도 내 일이 있기에 점점 부담되기 시작했고, 나중에는 그 친구가 정말 염치없고 뻔뻔하게 느껴졌다. 결국 오만 정이 떨어져서 손절해버렸다.

나의 대인관계 패턴을 돌아보면, 타인과의 관계에서 지나치게 맞춰주려고 하다가 나 스스로 지쳐서 차단하거나, 거리를 둘 때가 종종 있는 것 같다. 맞춰주지 않고 내 마음을 솔직하게 이야기하면 되는데, 나는 꾹 참고 있다가 상대방이 알아주길 바랐던 것 같다. 내가 말을 안 하면 상대방이 알 리가 없는데도 당연히 알아주길 바랐나 보다. 그리고 꾹꾹 참다가 내 마음이 힘들면 일방적인 관계 단절. 이것이 건강한 관계의 패턴은 아니라는 생각이 든다. 나의 성격 패턴의 원인을 생각해보면 아마도 어릴 적 가정 안에서 부모님께 사랑받기 위한 어린 시절 나만의 생존 방법이었을 것이라고 생각한다.

내 친구와 나는 꽤 여러 번, 장기간 여행을 갔었지만 다툼한 적이 이상할 정도로 한 번도 없었다. 나만의 착각일지는 모르겠지만, 서로 속으로 꽁한 적도 없는 것 같다. 그때그때 서운한 마음이 있으면 편하게 이야기하는 편이고 유머로 웃어넘기는 편이다.

친구와 같이 대만에서 빙수를 먹었을 때 일이다. 함께 망고 빙수를 먹기로 했었는데, 직원이 망고 계절이 아니어서 '냉동 망고'밖에 없다고 다른 것을 주문할 것을 권유했다. 주변 손님들을 보니 망고 빙수는 아무도 안 먹는 듯하고, 나도 냉동 망고는 별로이기에 "싫다"고 했다. 하지만 친구는 망고 빙수를 먹기로 계획했기 때문에 냉동 망고라도 먹는다고 고집했다. 순간 그런 행동이 이해되지 않아, 나는 따로 먹겠다며 팥빙수를 시켰는데 물 얼음 빙수가 나와 매우 실망했다. 친구는 망고 빙수의 냉동 망고가 얼음처럼 꽝꽝 얼어 망고 맛이 잘 느껴지지 않는다고 후회했다. 우리는 빙수 주문의 처참한 실패를 곱씹으며 우스갯소리로 선택의 실패 이유를 '계획형은 계획을 못 바꿔서', '돌발형은 돌발행동을 해버려서'라며 웃어넘겼다.

만약에 내가 이 친구가 아닌 다른 사람과 있었다면 나는 원하지 않는 망고 빙수를 먹는다고 했을 것 같다. 상대방에게 맞춰주기 위한 선택을 했을 것이다. 그런데 내가 팥빙수를 먹겠다고 주장하고 선택할 수 있었던 이유는 무엇이었을까? 생각해보면, 내가 이 친구와의 관계 안에서는 애쓰지 않아도 안전한 관계라고 느껴 이런 행동들이 자연스럽게 나오는 것 같다. 서로 다름을 존중해주고 있는 그대로를 이해해주는 관계이기 때문에, 마음의 편안함을 느끼고 내가 원하는 것을 적극적으로 표현하고 주장할 수 있었던 것이다.

소중한 사람과 좋은 관계를 지속적으로 맺기 위해서는 솔직하고 서로에 대해 있는 그대로의 마음을 나누는 것이 필요한 것 같다. 조금이라도 마음의 앙금이나 솔직하지 못한 감정이 있다면 보이지 않는 벽이 세워지는 것 같이 미세한 불편함과 거리감이 느껴진다. 서로 건강한 관계를 오래 유지하기 위해서는 먼저 내 마음을 찬찬히 살펴보고, 상대방에게 솔직하고 올바르게 마음을 표현하는 것이 중요하다는 생각이 든다.

나는 내향적인 성격이라 혼자 일하는 것을 선호하는 편이지만, 부득이 조직 안에서는 다수의 직장동료와 함께 일을 해야 하는 상황이 많다. 처음에는 툴툴거렸지만 지금 생각해보면 다른 사람과 함께 일한다는 것은 감사한 일이다. 타인과 함께하는 시간은 나를 들여다보는 기회를 주는 것 같다. 상대방과 있을 때 내가 어떤 사람인지, 어떤 유형을 좋아하고 싫어하는지, 지금 기가 빨리는지, 어색하고 불편한지, 지금 여기서 행복한지 등 새롭게 많이 알게 되는 것이 많다.

우리 회사에 많은 유형의 사람이 있지만, 특히 나에 대해 꼬치꼬치 물어보는 사람이 있는데 이런 부류의 사람을 나는 아주 싫어한다. 일로 만난 사이에서 내 사적인 영역을 구체적으로 물어보는 것이 무례하다는 생각도 들고 말하기가 싫어 입을 닫게 된다. 내가 자발적으로 이야기하는 것도 아닌데, 굳이 주말에 무엇을 했는지, 여행을 어딜 갔다 왔는지 말하는 것이 부담스럽다. 내가 안전하다고 생각한 대상이 아닌데 내 삶의 영역을 침범한다는 생각이 들면 나는 불편함을 느끼는 것 같다. 반면, 자신의 이야기를 주도해서 말을 많이 하는 유형의 사람은 심리적으로 편안하게 느껴진다. 내 이야기를 하지 않아도, 들어주기만 하면 되니 내 개인정보를 침범당할 일도 없고 오히려 편하다.

거울을 보고서야 내 얼굴에 뭐가 묻었는지, 내 모습이 어떻게 변화하고 있는지 알 수 있는 것처럼, 다른 사람과의 관계 속에서 비춰질 때 내 안의 다양한 모습을 알게 되는 것 같다. 타인에게 맞춰주는 모습, 나만 생각하는 이기적인 모습, 고집스러운 모습, 나를 의지하게 만드는 모습, 잘나 보이고 싶은 모습, 위축된 모습, 회피하는 모습, 사랑받고 인정받고 싶어 하는 모습 등….

타인을 통해 관계 안에서 비치는 내 모습들을 언제까지 찾게 될지는 모르겠지만, 외면하지 않고 어떤 모습이라도 알아봐주고 나 자신을 마주하는 연습을 해야 할 것 같다. 건강한 관계 안에서 발견하는 모습이 많을수록 나를 더 이해하게 되고, 행복한 관계를 지속적으로 유지할 수 있는 것 같아서 앞으로 내 삶의 여정이 흥미롭고 기대된다.

〈따로 또 같이〉
출처 : 저자 이경화 작성

마음의 진정성

내가 처음 운전을 시작했을 때, 우리 가족들은 전원 다 만류했다. 평소 조심성이 없고 허둥지둥, 침착하지 못한 내 모습을 보고 가족들은 아마 사고를 당할 위험이 있다고 생각한 것 같다. 창피하지만 나는 운전면허 사수생이다. 탈락 후기를 풀자면 한번은 도로주행 중 신호위반으로 실격(이 부분은 조금 억울한데 노란불에서 천천히 지나가던 중 신호가 빨간불로 바뀌어버린 것이라는 변명이 있지만, 결국 내 잘못), 또 한번은 우회전 중 장애물을 박았고(어두운 밤이라 모서리의 돌 턱이 안 보였다는), 마지막은 주차장에서 몇 차례 주차를 번복하다가 타임오버로 떨어졌다(이 당시 후방카메라가 없어서 더 난도가 높았음). 아무튼 나는 거액을 지불하고 도로주행 추가 연수를 많이 받았음에도 불구하고 방향 감각이 없어서인지 운전면허를 빨리 취득하지 못했다.

하지만 직장을 다니면서 출장 업무가 많아 운전의 필요성을 느꼈기 때문에 운전은 늘 나에게 고민스러운 숙제였다. 그러던 중, 지인분이 나에게 "자기가 타던 차를 팔겠다고, 아주 싸게 준다고, 연습용으로는 딱이니 구입할 생각이 있는지?" 물으셨다. 좋은 기회라서 당장 구입하고 싶었지만, 가족들의 큰 걱정과 우려에 겁이 나서 선뜻 결정은 못했었다.

마음으로 '운전은 언제간 해야 할 것 같은데…. 나이가 들면 분명 겁이 많아져 더 못할 것 같은데…' 고민하던 찰나에 설날 아침, 우리 집에 찾아온 이모가 유일하게 내 편을 들어주었던 기억이 난다. "운전은 처음이 어렵지 연습하면 다 된다. 무서워서 못 하면 평생 못한다. 해봐!"라고 아주 쿨하게 말씀해주셨다. 모두가 반대할 때 이모는 오히려 내 편이 되어 운전을 독려해주셨고 그 말 한마디에 용기가 생겨 나는 당장 차를 구입할 수 있었다. 현재까지 무사고는 아니지만 비교적 자유롭고 안전하게 운전하며 지금은 운전 덕분에 편리한 생활을 누리고 있다. 생각해보면 이모의 그 말이 아니었다면 나는 아직도 후덜덜, 운전 울렁증과 자신감 부족으로 '운전할까? 말까?'를 망설이며 주눅 들어 있었을 것이다. 그때, 이모가 작정하고 나를 위로하려고 한 말이 아니었지만, 모두가 나의 연약함을 걱정하고 문제점을 꼬집을 때, 이모의 한마디는 나에게 큰 격려와 힘을 주었다.

추후 자동차 사고가 났을 때도 이모는 "사람만 안 치이면 된다, 사고는 누구나 날 수 있고 인명피해 없는 게 다행이다. 사고 났다고 운전대 놓으면 평생 못한다"라는 식의 강한 조언으로 마음을 따뜻하게, 다시 일어날 수 있는 용기를 주셨다. 이처럼 사소한 말 한마디는 누군가에게는 큰 위로가 되고 다시 도전할 수 있는 힘과 용기를 주는 것 같다.

직업마다 고유의 특성이 있지만 나는 다른 사람이 힘들 때, 특히 더 따뜻한 말이나 행동으로 그 사람의 기운을 북돋을 수 있는 기술을 가지고 있어야 하는 직업을 가졌다고 생각한다. 쉽게 말해 심리적 위로를 잘해줄 수 있는 직업! 솔직히 민망하지만, 경력 7년 차 상담자로서 최근 들어 깨달은 점이 있다면 나는 위로에 매우 서툴다는 것이다.

상담자가 되면, 더욱 전문적인 어나더레벨(Another Level)의 상담자가 되기 위해 경험이 많은 상담자에게 슈퍼비전을 받는다. 내담자를 만나 진행한 상담 과정에서 나의 반응과 질문 등을 살펴보고, 체계적인 피드백과 자문을 받으며 상담자로서 전문성을 키워나가는 훈련이다.

얼마 전, 내가 진행한 사례의 상담 과정을 살펴보며 대화에서 나만의 특이한 반응 패턴을 발견했다. 내담자가 슬픈 이야기를 하거나, 불우한 가정환경 등의 안타까운 주제를 꺼내면 무언가 가라앉은 분위기를 전환하려고 갑자기 묻지도 않은 내 경험을 이야기한다거나, 오히려 신나고 즐거운 주제를 꺼내 슬픔을 덮어버리려는 이상한 대화를 하고 있었다. 내담자가 자신의 할아버지가 돌아가셔서 속상했다고 이야기했을 때, 나는 힘들었던 마음을 깊이 공감하고 알아주는 것보다 이렇게 말했다.“ 선생님도 할아버지가 돌아가셨던 경험이 있고 그때 이렇게, 저렇게 했었고, 아무튼 되게 힘들었지만 극복했다, 너도 지금은 힘들지만 잘 이겨낼 거다”의 뉘앙스로 대화했다. 또한 부모님이 농사 일을 하셔서 함께 할 시간이 없다는 서운함을 표현하면, 그래도 “농사하시니 더 정성스러운 식재료로 따뜻한 식사를 제공해주실 거다” 식의 부정적인 반응을 긍정적으로 바꿔주려는 모습이 자동으로 나왔다.

정말 부끄럽지만, 이런 패턴도 사실 스스로는 몰랐었다. 슈퍼바이저가 언급해주셨을 때에서야 이런 언어적 패턴이 있음을 알게 되었다. 이런 식의 접근은 위로도 아니고 상담도 아니고 공감도 뭣도 아니다. 충분히 슬픈 감정을 접촉하지 못하고 확 전환해버리는 나의 모습을 돌아보면서 정말 많이 반성이 되고 무섭기도 했다. 상담자로서 나 스스로에 대해 제대로 알고 분석하는 것이 참 중요하다는 생각이 들었다.

사실 상담 장면에서만이 아니라 평소 인간관계 안에서도 나는 누군가에게 부정적인 마음을 표현하기가 어렵다. 내가 먼저 타인에게 표현하기가 어려우니 다른 사람의 어려움도 당연히 받아주고 들어주기가 힘들었을 것이다. 그렇기 때문에 상대방이 위로가 필요한 상황에서 어쭙잖은 긍정 조언과 얕은 응원으로 깊이 공감해주지 못하고 휙휙 화제 전환이나 해결책을 제시해준 것 같아 심히 반성된다.

20살 때, 갑작스러운 친구 부모님의 죽음으로 장례식에 갔었던 적이 있다. 소식을 듣고 먹먹한 마음도 있었지만, 장례식장에 가서 어떻게 위로해주어야 할지 몰라 인터넷을 검색했던 기억이 난다. '조문 위로 멘트', '장례식장 예절' 등을 검색해서 찾아갔는데, 막상 가서 친구 얼굴을 보니 눈물이 나고 아무 말도 안 나왔던 기억이 있다. 그때 장례식장에 일손이 부족해서 며칠 동안 상차림, 청소 등 일을 틈틈이 도와주었는데 친구가 장례가 다 끝나고 어떤 것보다 "그 공간에 함께 있어줘서, 정말 힘이 되었다"라고 말해주었다.

누군가를 위로한다는 것은 단순히 기술적인 측면이 아닌 것 같다. 감정을 나눌 때나 마음이 어려운 상황에서 그냥 같이 있는 것만으로도, 온전히 있는 그대로 함께 버텨주고 머물러 주는 것이 진정한 위로라는 생각이 든다. 섣불리 "힘들었겠다"라는 한마디로 덮는 것이 아니라 그 사람이 겪은 상황과 마음을 함께 느껴주고 바라봐주는 것이 진정한 위로자라는 생각이 든다.

그렇다면, 우리 엄마는 내가 부정적인 감정을 표현했을 때 받아준 적이 있었나? 내 어린 시절을 생각해보면 딱히 떠오르지 않는다. 초등학교 시절 내가 반에서 상을 받고, 대회에 나가고, 좋았던 경험을 엄마한테 신나게 이야기한 기억은 있지만, 학급에서 친구들과 절교하고 다툰 이야기는 엄마에게 하지 않았다. 학교에서 속상했던 일은 오히려 집에서 티를 내지 않으려고 했던 기억이 난다. 가물가물 파편화된 기억이지만 엄마 또한 엄마의 슬픔, 힘든 모습 등은 딸에게 보여주지 않으려고 애쓰셨던 것 같다. 중학교 1학년 때 아빠와 엄마가 크게 부부싸움을 하신 적이 있는데 아빠는 화가 나서 문을 쾅 닫고 집을 나가셨고, 엄마는 조용히 방에서 소주를 드시며, 조용히(소리를 안 내려고 애쓰시며) 흐느껴 우셨던 장면이 생각난다. 그때 나는 방 안에 있었는데 엄마가 나에게 그런 모습을 보여주시기 싫어하시는 것 같아서 오히려 아무렇지 않은 척 컴퓨터 게임을 했다. 그 당시 유행했던 게임이 '스타크래프트'였는데, 나는 프로토스 종족이었다. 어릴 때지만, 엄마가 걱정된 마음을 영혼 없이 마우스를 광클하며 건물 짓고 전투하며 풀어냈던 것 같다. 이런 경험이 반복되면서 누가 알려주지 않았어도 나는 엄마처럼 부정 감정은 드러내면 안 된다고 잘못 해석한 것 같다. 그리고 어느 순간부터 점점 더 부정적인 감정을 억압하고 좋은 감정만 표현하려는 행동이 나도 모르게 몸에 체화되었다.

만약, 우리 부모님이 어린 시절 어떤 감정이라도 다 인정해주고 반영해주셨다면 조금은 내 감정에 솔직해지고, 다른 사람의 감정을 있는 그대로 받아주는 것이 수월했을 것이다. 이 나이에 부모 탓을 하는 것은 아니지만? 아니다. 부모의 책임이 크다고 본다. 아이는 부모에게 수용받은 경험과 받은 사랑으로 세상을 살아간다. 우주 같은 부모의 영향이 매우 중요할 수밖에 없다. 하지만 우리 엄마도, 일부러 그런 것이 아니라 엄마 부모님의 영향이 분명 컸을 것이다. 이건 우리 할머니를 보면 너무 쉽게 추측할 수 있다. 우리 외할머니는 가족들에게 굉장히 무뚝뚝하게 표현하시고, 따뜻한 마음(?)과 달리 거친 언어를 사용하신다. 칭찬에 인색하시고, 늘 화가 난 말투와 표정이실 때가 많아서 '할머니가 나를 미워하신다'라는 생각이 들 때가 많았다. 우리 할머니의 엄마가 어떤 분이신지 이야기는 듣지 못했지만, 그 시절 우리 가문은 따뜻함보다는 생계유지가 더 시급했을 것이기에 할머니 또한 제대로 된 따뜻한 부모의 돌봄을 경험해보지 못했을 가능성이 높다.

심리적으로 안정적이고 좋은 가정환경에서 양육되었다면, 표현하는 언어나 위로의 방법이 더 자연스럽게 나왔을 것이지만, 그렇지 않더라도 우리는 각자의 살아온 방법으로 소중한 사람에게 힘을 보태주고, 그들이 힘들 때 함께 나누고자 하는 것 같다. 방법이 서툴지라도 진심으로 생각하는 마음이 있다면, 진정성 있게 마음의 무게를 함께 나누고자 하는 마음이 상대방에게 전해지는 것 같다. 내 마음을 잘 전하지 못할까 어색해하고 초조해하고 마음 쓰며 애태우지 않아도 된다. 딱히 무얼 하지 않아도…. 이 사람의 마음은 '이렇구나, 저렇구나'를 그냥 온전히 함께 느껴주고 덤덤하게 마음을 담아주고 받아주는 것이 중요한 것 같다.

〈함께 머물기〉 출처 : 저자 이경화 작성

진짜 어른

나이가 들고 사회생활 경험이 많아지면 타인과 소통하고 타인을 이해하는 것이 당연히 수월해질 줄 알았다. 그런데 지금을 돌아보면 사람이 사람을 대하는 것은 살아온 연수나 경력으로 저절로 이루어지는 것은 아닌 것 같다. 생물학적으로 나는 분명 어른인데, 심리적으로는 아직 어린아이 같은 느낌이다.

갑자기 뜬금없지만, 어릴 적 일화가 생각나는데 내가 외할머니네 집에 있었을 때 일이다. 참고로 우리 할머니 '하순자' 씨는 종종 호랑이같이 버럭 하시고 간간이 욕도 많이 하시는 분이다. 식사 시간에 내가 밥에서 콩을 골라낼 때나, 밥을 남길 때 할머니는 특히 나를 엄격하게 교육하셨다.

그날은 할머니가 외출하셨고 나는 혼자 점심을 먹어야 하는 상황이었다. 간장계란밥을 먹으려고 계란프라이를 반숙으로 만들었고, 밥솥에서 흰 쌀밥을 퍼서 계란을 얹고 간장을 뿌렸다. 그리고 마지막, 참기름을 듬뿍 뿌려야 하는데 참기름이 없어 한참을 찾다가 찬장 밑에 검은 봉지로 고이 밀봉되어 있는 것을 발견했다. 자세히 보니 할머니가 어제 방앗간에서 짜오신 것으로 뺀질뺀질하게 곱게 농축되어 있었고 고소한 향이 올라왔다.

나는 한 병을 꺼내 뚜껑을 열려고 했는데 뚜껑이 새것이라 잘 안 열렸다. 목장갑을 어디서 구했는지, 장갑을 끼고 힘을 주어 열다가 순간 '펑' 병뚜껑이 열리고 손이 미끄러지면서 참기름이 부엌 바닥에 다 쏟아졌다. 순간 정말 오만가지 생각이 스쳐 갔던 것 같다. 할머니가 어제 참기름 짠다고 직접 참깨를 머리에 이고 방앗간에 가셨던 모습, 방앗간에서 중국산 깨로 바꿔치기할 수 있다고 반나절을 참기름 짜는 것을 지켜보고 귀가하셨던 모습, 무더운 날에 참깨를 심고 거두신다고 멀리 있는 밭에 왔다 갔다 하시고, 마당에서 키질하며 깨를 걸러내셨던 모습들. 생각과 동시에 분명 '혼이 날 거다, 할머니한테 맞고 쫓겨날 수 있겠다' 싶어 무서웠다. 할머니가 얼마나 참기름을 정성스럽게 아끼셨는지가 상상되어 더 많이 화를 내실 것이라 지레짐작했던 것 같다.

그 순간, 마침 할머니가 집에 오셔서 이 상황을 딱 보셨는데 나에게는 완전 공포의 상황이었다. 나는 당황하고 어버버하며 말문이 막혔고 '할할할머니⋯' 했을 때, 할머니는 '깔깔깔' 크게 웃으시며 '오매오매' 하셨다. 반전이었다. 당연히 화를 버럭 내실 줄 알았는데 오히려 그 상황을 재미있어하셨다. 그리고 '괜찮냐?'고 나를 보며 걸레로 바닥을 훔치셨는데⋯. 그 기억이 생생하다. 사실 할머니한테 정말 많이 혼날 줄 알았는데, 할머니의 웃겨 죽겠단 표정을 보니 자동으로 긴장이 풀어지고 나도 같이 웃음이 터졌다.

지금은 그 기억이 할머니에 대한 좋은 추억으로 남았다. 내 실수에 관대하셨던 우리 할머니, '우리 할머니는 내가 실수했을 때 이렇게 멋지게 받아주셨었지, 나도 할머니 같이 누군가에게 말해줘야지' 다짐했다. 만약, 그 상황에서 할머니가 나에게 버럭 화를 내셨다면? 그 순간이 내 기억에서 흐릿했거나 할머니에 대한 부정적인 기억으로 남아버렸을 것 같다. 이런 찰나의 순간들에, 할머니가 나를 포용해주시고 따뜻하게 품어주셨기 때문에 지금의 내가 너무 못된 사람으로 자라지 않은 것 같아 감사하다.

타인의 실수에 대해 얼마만큼 관대할 수 있을까? 최근 내 모습을 돌아보면, 결코 쉽지 않다. 회사에서 몇 번을 알려줘도 늘 똑같은 것을 또 물어보는 사람이나, 내가 중요하다고 생각한 영역에서 실수하는 사람을 보면 부글부글 속에서 화가 올라오고 미간에 깊은 주름이 생기면서 나쁜 말들이 먼저 생각난다. 사소한 실수는 누구나 할 수 있다고 생각하지만, 막상 상황이 닥치면 잘못에 관대한 태도가 바로 안 나온다. 물론 상대방에게는 최대한 침착하게 사회적 체면상, 포커페이스를 유지하며 친절하게 말하려고 하지만 안 될 때가 종종 있다. 지나고 보면 중요하지도 않은 일인데 저 사람의 실수에 대해 내가 너무 옹졸하게 반응했나 후회하기로 한다. 기분 탓인지 어느 순간부터 주변 동료들이 나에게는 잘 안 물어보는 것 같은 느낌이 든 적도 있다.

집에서도 내가 아끼는 물건(특히 영화 팸플릿인데, 나는 마음에 드는 영화는 팸플

릿을 가져와 모으는 것을 즐긴다)을 엄마가 쓰레기인 줄 알았다고 임의로 버리는 실수를 하셨던 적이 있다. 그때 나는 "왜 내 동의 없이 함부로 버렸냐?"며 노발대발, 엄마에게 버럭 화를 내버렸다. 팸플릿은 또 구할 수 있고, 인터넷으로도 다운이 가능한 것인데 왜 그 순간 소중한 사람에게 모진 말을 했을까 후회하기도 했다.

이미 돌이킬 수 없는 일이라면, 크게 중요한 일도 아니라면, 화를 낼 것이 아니라 우리 할머니처럼 웃어 넘겨버리고 상대방의 잘못을 품어주는 선택이 현명한 것 같다. 내 순간의 선택을 바꾼다면 그 사람에게 위로는 못 할망정 상처는 주지 않을 것이다.

작년에 교육지원청에서 근무하면서 인사업무 관련 큰 실수를 했었던 경험이 있었다. 각 지원청의 수요에 맞게 필요한 배치 인력을 신청하는 업무였는데, 내가 지침을 잘못 읽고 수요보다 적게 인원 보고를 해서 당황한 적이 있었다. 공문 제출 후 서류를 정리하다가 나의 실수를 발견했고, '이건 굉장히 큰 실수!'라고 생각해서 바로 팀장님께 연락을 드렸었다. 연락을 드리기 전에 나는 스스로 '내가 도대체 왜 이런 실수를 했을까, 진짜 미쳤다' 지나치게 낙심하고 자책하는 마음에 힘들었다. 또한 팀장님이 분명 '크게 화를 내실 것'이란 추측에 조마조마 불안해서 전화를 걸면서도 후덜덜한 마음이었다.

하지만 정작 팀장님께서는 내 이야기를 듣더니 "그럴 수 있다, 괜찮다"라고 찬찬히 말씀하시며 "아직 기한이 있고 공문이 애매하게 적혀 있던 부분이 있었으니 다시 연락해서 처리하면 된다"라고 아주 쿨하게 말씀해주셨다. 팀장님의 태도를 보면서 나는 굉장히 마음이 안심되었고 불안감이 줄어들었다. 이후 침착하게 관련 부서에 연락해 잘못된 부분을 정정하고 어려움 없이 일을 처리할 수 있었다. 내 실수에 대해 '탓하고 화를 내는 것'이 아니라 오히려 '괜찮아, 그럴 수 있어'라며 따뜻하게 품어주시고 더 나은 방향을 고민해주시는 팀장님을 보면서 '이분은 진짜 어른이구나' 존경하는 마음이 생겼다. 아차! 했던 난감한 순간이나 힘들었던 순간, 나를 대하는 상대방의 따뜻한 반응에 마음이 놓이고, 그 자체로 위로받을 때가 종종 있는 것 같다.

어차피 벌어진 일에 대해서는, 스스로 자책하고 누군가를 책망하는 것이 아니라 받아들이고 바꿀 수 있는 것에 집중하는 것이 현명해보인다. 사람과 사람 사이의 벌어지는 일에는 당연히 실수나 잘못될 수 있는 부분이 있다. 그렇기 때문에 우리는 서로의 마음이 다치지 않게, 지친 마음을 다독여서 새로운 방법을 찾을 수 있도록 하는 것이 더 중요한 것 같다.

요즘 나이가 들어서인지 시야가 점점 좁아짐을 느낀다. 다른 사람의 말보다 내 말을 더 우선시하고, 다른 사람의 말을 잘 듣지 않는 내 모습을 보면서 새삼 더 크게 느낀다. 누구나 사람은 자기 이야기를 하고 싶어 한다지만, 나는 내 이야기 하길 싫어하는 사람이라고 생각했다. 근데 아니었다. 이것은 점점 심각하게 느끼는 중인데 어느 모임에 갈 때, 나는 주의 깊게 작정하지 않으면 다른 사람이 말이 귀에 잘 안 들리고(집중 잘 안 됨) 내 이야기에만 몰두해서 주저리주저리 하게 된다. 조금 젊었을 때는 다른 사람의 말을 잘 듣고, 할 말 안 할 말을 제법 잘 구분하고, '낄 끼빠빠(낄 때 끼고 빠질 때 빠지기)'를 적절히 지켰던 것 같은데, 요즘 내 모습을 보면 흠칫 놀랄 때가 있다.

업무상 회의를 하거나, 소규모 협의회를 할 때 보면 다양한 연령층의 구성원과 이야기하게 되는데, 내가 20대 때 회의문화에서 들었던 생각은 '참 쓸데없는 말을 많이 한다'는 것이었다. 그때만 해도 나는 젊었고 30대 후반, 40대, 50대 동료들이 많았었다. 업무 회의 중 프로그램 개발을 위해 협의하는 자리였는데 잘 이야기하다가 한 사람씩 이것저것 이야기하더니 갑자기 맛집, 부동산, 연애, 여행, 화장품은 어디 거가 좋다더라 등 잘 나가다 삼천포로 빠져버린 적이 종종 있었다. 이때 당시 나는 회의 시간도 길어지고 비효율적이라고 생각을 많이 했었고 '각자 주제에 맞는 이야기만 하면 좋을 텐데…. 묻지도 않은 다른 이야기를 하시지?' 하며 속으로 툴툴거렸다. 그런데 내가 어느덧 30대 후반이 되어보니 이해가 된다. 나도 머리로는 분명 알지만, 이상하게 내 발언권이 주어지면 말에 군더더기가 줄줄이 붙고, 의도한 것은 아니지만 산만하게

〈진짜 어른〉 출처 : 저자 이경화 작성

다른 이야기까지 하는 모습을 발견했다. 참 그 시절에는 이해가 안 된 타인의 모습이었는데, 지금은 그게 내 모습이라니…. 노화의 과정인 건가? 여러 가지 생각이 스쳐 갔다.

〈그때는 맞고, 지금은 틀리다〉라는 영화의 제목처럼 그때는 분명 맞다고 생각했는데…. 세월이 지나 다시 보면, 틀렸다는 생각이 들 때가 있고, 그때는 틀린 행동이 지금은 옳아 보이기도 한다. 이런 관점의 변화가 신기하기도 하고 내 주관적인 견해는 상황과 시간에 충분히 달라질 수 있으므로 지금의 생각이 맞다고 백 퍼센트 확신할 수는 없겠다는 생각이 든다.

내가 생각하고 경험한 세월에 따라 대상을 바라보는 시야가 달라지고 지금 나의 마음, 생각에 따라 상황을 보는 관점과 생각도 달라진다.

진짜 어른이 되려면 항상 나 자신의 상태를 점검하고 굳어지지 않기 위해 끊임없이 배우고 노력해야만 하는 것 같다. 한번 도달해서 '끝!'이 아니라 계속 배우고 성장하는 과정을 거듭 반복해야 한다는 생각이 든다. '언제쯤 나는 진정한 어른이 될 수 있을까?' 궁금하기도 하고, 아직도 배워야 할 것이 한참인 것 같은데 그냥 이대로도 나쁘지 않다는 생각이기도 하다.

가만히 있으면 내 의지와 관계없이 매일매일, 하루하루 시간은 흘러가고 나는 자동으로 30대 초반, 중반, 후반, 40대, 50대 등 사회적 나이로 분류된다. 나이가 든다고 다 어른이 아닌 것을 알지만 평균 나이에 맞는 행동과 인격의 기준이 어느 정도 생겨 타인에게 기대하게 되고, 나 자신도 어느 정도는 해야 한다는 부담감이 생긴다. 아무튼, 내가 넉넉한 마음과 책임감을 장착한 어른으로 거듭나면 나를 만나는 주변 사람들에게 긍정적인 영향을 줄 수 있을 것 같다. 오늘보다 더 나은 나를 위해서 정신을 단단히 차리고! 항상 자기성찰에 힘쓰며 살아가야겠다.

이소희

세대를 잇는 등불이 되어준 아버지의 사랑
위로, 나를 살아가게 하는 힘
내가 받은 위로, 그리고 내가 건네는 위로

세대를 잇는 등불이 되어준 아버지의 사랑

나는 나의 아버지와 나, 그리고 나의 두 아들과의 관계와 마음에 대해 이야기하려 한다.

아버지의 사랑과 기대

나의 아버지는 글을 잘 쓰셨고, 필체 또한 훌륭하셨다. 내가 질문을 하면 무엇이든 바로 답해주실 만큼 아주 박식하신 분이셨다. 사회적으로도 인정받는 아버지는 학창 시절 어려운 형편으로 가정에서 학업에 대한 지원을 받지 못하셨기에, 본인의 노력으로 공부를 하셨다. 그래서인지 공부에 대한 아쉬움과 미련이 마음속 한으로 남아 있으셨다. 한 직장에서 평생 몸담으며 보여주셨던 끈기와 인내는 지금도 본받고 싶은 모습이다.

아버지의 공부에 대한 한은 첫째 딸인 나에게도 이어졌다. 어린 시절, 나는 말을 잘한다는 이유 하나로 똑똑한 아이가 되었다. 내가 기억하진 못하지만, 어린 시절 국회의원의 연설을 토씨 하나 빼지 않고 따라 했다는 이야기를 부모님은 늘 하셨다. 어린 시절 아버지는 내게 장래에 한의사가 되라고 권유하시며, 아버지께서는 한약재를 썰어주는 것이 소원이라고 말씀하셨다. 전국에 있는 한의학과에 대해서도 알려주시곤 했다.

어린 나는 "그래, 알겠어. 아빠"라고 대답했던 기억이 난다. 사이가 좋았던 아버지와 나의 관계는 초등학교 6학년 무렵부터 점점 복잡한 감정으로 얽히기 시작했다.

13살, 무게로 다가온 사랑

경기도의 작은 도시에서 초등학교를 다니던 시절, 6학년이 되자 이른바 공부를 잘하는 친구들은 하나둘씩 서울로 전학을 갔다. 아버지는 내가 다니던 초등학교에서도 아주 적극적으로 활동하시며 학부모 임원을 하셨던 분이셨다. 그리고 아버지는 나를 서울로 전학시키기로 하셨다. 당시 나 또한 아버지의 결정이 싫지만은 않았다. 전학이라는 걱정과 두려움보다는 설렘이 더 컸었던 것 같다. 나의 초등학교 담임 선생님께서는 정이 많으셨던 분이셨다. 내가 전학 가는 날, 교탁에 앉아 눈물을 훔치셨던 선생님의 모습이 아직도 아련하다. 담임 선생님께서는 전학보다는 초등학교 졸업 후 서울에 있는 중학교로 바로 입학하는 게 어떻겠냐고 조언하셨지만, 아버지는 서울의 초등학교 졸업장을 고집하며 전학 절차를 진행하셨다. 이력서에 들어가지 않는 초등학교 학력 사항이 아버지에게는 중요했던 것 같다.

서울로 전학을 가서 나름대로 잘 적응했다. 문제는 전학 후 내가 몇몇 상을 받으면서 시작되었다. 이후 아버지의 기대는 하늘을 찔렀고, 나의 부담도 그에 못지않았다. 키 작은 소녀의 어깨에 올려진 압박감의 무게가 감당하기 힘들 때가 많았다.

아버지는 약주를 드신 날이면 "너를 서울로 유학까지 보냈다"라며 아버지의 노력을 표현하셨고, 그 표현은 나에게 사랑보다는 더 큰 압박감으로 다가왔다.

아버지의 꿈과 나의 길

중학교 시절, 나는 하교 후 시립 도서관으로 향했다. 매일 책상에 앉아 있었지만, 마음은 늘 불안했다. 나는 사춘기를 지나며 공부에 재능이 없다는 걸 깨달았지만, 아버지와 대화를 시도할 용기도 마음도 없었다. 아마도 아버지의 기대에 못 미치는 나의 성적표를 통해 아버지도 현실을 조금씩 받아들이셨을 것이다. 그리고 많이 속상하셨을 것이다.

하지만 나의 진로에 대한 아버지의 열의는 식지 않았다. 아버지 나름의 전략을 바꿔 봉사활동을 통해 대학을 보내려는 계획을 세우셨다. 토요일 아침마다 아버지와 나는 사회복지기관에서 우유 팩을 닦고 접으며 봉사활동을 했다. 봉사활동 후에는 함께 점심을 먹고 집으로 돌아오곤 했지만, 나는 아버지의 큰 그림을 이해하지 못했다. 당시 나는 봉사활동을 그저 해당 시간을 채우는 일이라고 여겼다. 그래서 무의미한 시간 낭비라고 생각되었고, 아버지의 뜻대로 따르지 않았다. 하지만 지금 돌이켜 보면, 봉사활동은 아버지의 따뜻한 마음과 나를 위한 사랑 그 이상이었다는 생각이 든다. 그때는 그 마음과 봉사활동의 의미를 알지 못했다.

이후 아버지는 은행에서 운영하는 대학에 입학하면 취업이 바로 된다고 이야기하시며 또 다른 방법의 진학을 제안하셨다. 하지만 나는 그 제안 또한 마음으로 받아들이기가 어려웠다.

학창 시절 나는 아버지의 기대와 마음을 모르는 건 아니었지만, 아버지의 마음을 진정으로 공감하고 싶지는 않았던 것 같다. 나와 아버지 사이에는 큰 압박감이라는 벽이 가로막혀 있었다. 그런데도 나는 나의 어머니 덕분에 그 압박감의 무게를 견딜 수 있었다. 어머니는 나에게 이 세상에서 가장 따뜻하고 착한 존재였다. 어머니의 따뜻한 말 한마디와 안아주는 손길이 없었다면 나는 그 시기가 정말 힘들었을 것이다.

세월이 흘러 깨닫게 된 아버지의 사랑

결국 한의대라는 아버지의 기대를 충족시키진 못했지만, 나도 내 삶에 대한 기대가 높았던 것 같다. 대학 입시원서 전략 실패로 성적보다 낮은 학교에 특차로 입학했지만, 나는 만족하지 못했고, 이후 두 번의 수능을 다시 보며 더 나은 미래를 꿈꾸었다. 늘 노력하는 삶을 살았던 것 같다. 내 인생의 마지막 날 '나 진짜 열심히 살았다'라고 말할 수 있도록 후회가 남는 삶을 살고 싶지 않았다. 고등학생 시절 신문에 연재된 〈광수생각〉에서 본 '후회는 아무리 빨라도 늦은 법이다'라는 문구를 마음에 새기며, 매 순간 최선을 다하려고 노력했다. 그리고 시간이 흘러

내 인생의 성과가 하나둘 나타나기 시작한 지금, 안타깝게도 아버지는 내 옆에 계시지 않는다. 아버지가 살아계셨다면 무척 기뻐하셨을 순간들을 상상하곤 한다. "너 정말 대단하다"라고 말씀하셨을 우리 아버지.

아버지는 나의 두 아들의 육아 또한 적극적으로 도와주셨다. 두 아이를 남의 손에 맡길 수 있을 때쯤, 아버지는 우리 곁을 떠나셨다. 정년퇴임 후에도 꿈이 많으셨던 아버지는 혈액암 투병 중에도 삶에 대한 의지를 놓지 않으셨다. 하지만 안타깝게도 병세는 악화되었고, 더 이상의 고통이 없는 편안한 곳으로 떠나셨다.

부모가 된 나, 그리고 다시 깨달음

나는 시간이 흘러 중학생의 학부모가 되었다. 나는 아버지처럼 바짓바람을 일으키는 학부모의 성향은 아니었다. 나는 늘 아버지처럼 자녀에게 부담을 주지 않으리라 다짐했다. 너무나 훌륭하신 아버지였지만, 압박감의 무게가 내게 남긴 불안이라는 상처를 기억하기 때문이었다. 그러나 첫째 아들과 함께 영어학원에 레벨 테스트를 보러 간 날, 나는 나의 모습을 마주하게 되었다. 그 모습은 나의 아버지와 너무나 많이 닮아 있었다. 아들의 테스트 결과를 본 순간, 나도 모르게 실망과 화가 뒤섞인 감정의 거친 파도가 밀려들었다. 그 감정은 바로 표정과 말투로 드러났다. 까다로운 기질의 외향형 아들 둘을 키우며 워킹맘으로 그간 고군분투했던 순간들이 떠오르며 감정 조절이 되지 않았다. 인생 명언이라고 여기는 '자극과 반응 사이에는 틈이 있다. 그 틈 속에는 우리가 반응을 선택할 힘이 있다. 우리의 성장과 자유는 우리의 반응에 달려 있다'라는 빅터 프랭클(Viktor Frankl) 박사의 말은 전혀 떠오르지 않았다.

시간이 흐른 뒤 나의 모습을 되돌아보니, '양육 태도는 대물림 된다'라는 생각과 보웬의 이론이 떠올랐다. 나 역시 아버지처럼 내 아이에게 무언가를 강요하고 있지는 않은지 돌아보게 되었다.

나의 아버지는 너무나 자랑스러운 분이셨다. 20살이 훌쩍 넘어서야 나는 아버지와 마음을 터놓는 사이가 되었다. 그전 공부에 대한 압박감이 있었던 학창 시절에는 아버지와 대화를 시도하려고 하지 않았다. 딸을 위한 아버지의 노력을 알기에 부담이라는 무거운 말을 꺼낼 용기가 없었고, 어쩌면 내 선택에 대해 더 노력하며 책임지고 싶었던 것인지도 모른다. 내가 느꼈던 감정과 상처를 아버지의 사랑으로 이해하기까지는 다소 시간이 걸렸다. 아버지가 나를 얼마나 사랑했는지, 그리고 나를 위해 어떤 노력을 기울였는지는 비로소 어른이 되어서야 알게 되었고, 부모가 되어서야 진정으로 공감할 수 있었다.

나는 내 두 아들에게 아버지가 나에게 느끼게 했던 압박감을 물려주고 싶지는 않다. 압박감으로 인해 불안했던 나의 연약함을 잘 알기에…

아버지의 사랑을 기억하며, 나의 두 아들에게

나의 두 아들은 현재 자유로운 영혼으로 지내고 있다. 그 자유 속에서 아이들이 자신의 길을 찾을 수 있기를 바란다.

나는 아버지를 통해 많은 것을 배웠고, 그 덕분에 지금의 내가 있다고 생각한다. 아버지의 사랑과 노력은 항상 내 삶의 큰 힘이었다. 나 또한 두 아들에게 좋은 부모로 남고 싶다. 그 관계 속에서 우리 가족은 함께 성장하고 있다.

아버지와 나, 그리고 나의 두 아들. 비록 아버지는 현재 우리 곁에 계시지 않지만, 세대를 이어가는 이 관계 속에서 그의 사랑과 가르침은 여전히 나와 내 아이들에게 스며 있다. 그리고 나와 두 아들은 서로를 비추며 함께 성장하고 있다.

시간이 흐를수록 나는 깨닫는다. 부모의 사랑은 단순한 가르침이 아니라, 삶의 방향을 밝혀주는 등불이라는 것을. 아버지가 내게 그러하셨듯, 나도 두 아들에게 밝은 등불이 되어주고 싶다.

〈세대를 잇는 등불이 되어준 아버지의 사랑〉
(Created using OpenAI's DALL·E)
출처 : 저자 이소희 작성

위로, 나를 살아가게 하는 힘

삶의 무게

살아가면서 누구나 힘든 순간을 맞이한다. 특히, 워킹맘으로 살아가는 것은 하루하루가 치열한 선택의 연속이다. 2012년 3월, 첫째 아이를 출산하고 2014년 3월, 둘째 아이가 태어났다. 그렇게 나는 사람들이 '목메달'이라고 부르는, 아들 둘을 둔 엄마가 되었다.

24개월 차이지만, 마치 연년생을 키우는 것처럼 힘에 많이 부쳤다. 하루가 어떻게 지나가는지도 모를 만큼 육아는 쉼 없이 이어졌고, 내 모든 에너지가 고갈되게 했다. 하지만 결혼 전부터 운영해온 교육 사업이 있었기에 오롯이 엄마의 삶만을 살 수는 없었다. 나는 일과 가정 모두를 잘하고 싶었고, 그 무게를 견디며 하루하루를 버텨야 했다.

그런 나의 사정을 누구보다 잘 아셨던 아버지는, 정년퇴임 후 시간을 내어 육아를 도와주셨다. 때로는 첫째 아이의 작은 손을 잡고 놀이터에서 놀아주시고, 때로는 집 안 구석구석을 정리하며 조용히 청소기를 돌려주시기도 했다. 아버지의 그런 모습이 큰 위로가 되었지만, 당시에는 너무 힘이 들어서 그 소중함을 깊이 깨닫지 못했다.

지금은 아버지가 곁에 계시지 않지만, 가끔 그때의 따뜻한 손길과 잔잔한 배려가 너무도 그립다. 아이의 손을 꼭 잡고 함께 놀이터로 향하시던 모습, 쓸쓸한 뒷모습으로 묵묵히 청소기를 돌리시던 모습이 눈앞에 아련히 떠오른다. 힘든 육아 속에서 누구보다 나를 이해해주셨고, 내 곁에서 힘이 되어주셨던 아버지.

그때는 너무 힘이 들어서 감사함을 충분히 표현하지 못했다. 이제서야 아버지의 깊은 사랑을 더 크게 느낀다. 시간이 흘러도 아버지가 남긴 따뜻한 기억들은 내 안에 살아 있으며, 아이들을 돌봐주셨던 그 마음을 떠올릴 때마다 여전히 큰 위로가 될 것이다.

사업을 운영하면서 강의하고, 학업을 이어나가며 두 아이를 키우는 삶은 단순한 '바쁨'이 아니었다. 때로는 숨이 막힐 것 같고, 끝없는 마라톤을 달리는 듯한 기분이 들었다. 현재는 마라톤 결승선의 반쯤을 달리는 것 같다. 때로는 솜털이 보송보송했던 두 아이의 어린 시절이 그립기도 하고, 더 잘해주지 못해 미안한 마음이 들기도 하지만 다시 출발선으로 돌아가고 싶지는 않다.

과거를 떠올리면 쉽지 않았던 순간들이 떠오른다. 일·가정 양립의 어려움에 따른 불안과 걱정이 나를 짓누르던 날들, 일과 육아를 병행하며 자신을 돌볼 겨를도 없이 앞만 보고 달려왔던 시간. 아이들의 감기 한 번에 가슴이 철렁 내려앉던 순간들, 아이들을 재운 후에도 밀린 업무를 끝내기 위해 노트북 앞에 앉아야 했던 시간이 스쳐 지나간다.

하지만 그 모든 시간이 있었기에 지금의 내가 있고, 지금의 내가 있기까지 남편의 도움도 컸다. 육아가 그리 쉬운 적은 없었지만, 돌아보면 그 순간순간들이 나를 성장시켰고, 더 인내하게 만들어주었다. 현재 나는 여전히 마라톤을 완주하는 중이며, 앞으로도 계속 걸음을 내딛고자 한다.

일과 가정, 그리고 나 자신

워킹맘의 삶은 아침부터 저녁까지 정신없이 하루가 흘러간다. 어느 날은 사업을 운영하며 '대표님'이라 불리고, 또 어느 날은 강의에 몰두하며 강사로 살아간다. 동시에 학업을 병행하는 일상에서 나는 끊임없이 엄마로서 해야 할 역할도 수행해야 한다. 때때로 두 아이에게 미안한 마음이 들 때가 많다. "엄마, 오늘은 집에 있어?"라는 아이의 물음에 "아니"라고 대답했던 날이 너무도 많다. 아이들이 어린 시절에는 더욱더 가슴 한편이 무거웠던 순간들이 많았다. 엄마로서 충분한 시간을 함께 해주지 못하는 것에 있어 늘 미안한 마음이었고, 나의 욕심이 아이들에게 상처를 주고 있는 것은 아닌지 걱정이었다. 물론 나의 욕심도 있었겠지만, 여러 가지의 상황들과 현실이 오로지 엄마로 사는 삶만을 허락해주진 않았다.

때로는 어린이집에서 아이가 아프다는 연락을 받을 때면, 어린아이를 어린이집에 맡기는 것에 죄책감을 느낄 때가 많았다. 하지만 일과 가정 중 어느 하나를 선택할 수 없는 상황이었다. 일과 가정 양립을 이루기 위해 애썼지만, 양립을 이루기가 쉽지만은 않았다. 그런 날들이 쌓여가면서 나는 점점 더 단단해졌고, 그 과정에서 많은 것을 배워갔다.

시간이 지나면서 나는 깨닫게 되었다. 완벽한 양립이란 존재하지 않으며, 모든 것을 다 잘하려 애쓰는 것이 오히려 나를 지치게 만든다는 것을. 결국 중요한 것은 나 자신을 잃지 않고 꾸준히 나아가는 것이었다. 그러면서 나는 엄마로서 성장하는 중이다.

그리고 나는 엄마라는 삶과 동행하며 나의 길을 걸어가고 있다. 때로는 아이를 등에 업고 느리게 걷기도 했고, 때로는 아이를 누군가에게 맡기고 달리기도 했다. 가끔은 선택의 갈림길에서 갈등했고, 때로는 후회도 했지만, 나는 나만의 속도로 길을 걸었다.

누군가는 사업과 강의 중 한 가지를 선택하라고 했지만, 나는 두 가지 모두를 붙잡고 가고 싶었다. 단순한 욕심이 아니라 사업도, 강의도 그리고 학업도 모두 소중했기 때문이다.

나는 가족을 사랑하지만, 동시에 나의 일도 사랑했던 것 같다. 일과 가정 사이의 갈등은 참 오랜 시간 나를 힘들게 했다. 하지만 지금은 내가 원하는 삶을 살아가기 위해 노력하는 모습들이 두 아이에게도 좋은 영향을 줄 것이라 믿으려고 한다. 내가 포기하지 않고 한 걸음씩 나아가는 모습을 보며, 아이들도 자신의 꿈을 향해 나아가는 용기를 얻길 바란다.

위로, 그리고 나아가는 힘

나는 오늘도 나의 길을 걷는다. 내가 멈추지 않고 나아가는 이유는 무엇일까? 내가 살아가는 원동력은 무엇일까? 오랜 시간 고민한 끝에 깨달은 한 가지가 있다. 나에게 위로란 '인정'이다.

교육 현장에서 교육생들과 마주하는 순간, 나는 내가 살아 있음을 느낀다. 나의 이야기를 듣고 공감해주는 교육생들의 반응이 나에게는 큰 위로가 된다. 그들은 나의 삶을 인정해주고, 내가 걸어온 길을 가치 있는 것으로 만들어준다. 가끔 강의를 마친 후 교육생들이 다가와 긍정적인 메시지를 전해줄 때, 나는 비로소 내가 누군가에게 의미 있는 존재라는 것을 깨닫는다.

이전에는 위로란 누군가가 나에게 다정한 말을 해주는 것이라고 생각했다. 하지만 지금의 나는 위로의 본질이 '인정'에 있다는 것을 알게 되었다. 나의 삶을, 나의 선택을, 그리고 내가 노력해 온 순간들을 누군가 인정해줄 때, 나는 비로소 위로받는다. 이것은 단순한 격려가 아니라, 나라는 사람을 인정해주는 따뜻함에서 오는 깊은 위로다.

마흔이 넘은 나는 여전히 꿈을 꾼다. 내가 사업을 운영하는 이유도, 강의하는 이유도, 공부를 계속 이어가는 이유도 결국 '내가 원하는 삶'을 살고 싶기 때문이다. 그리고 힘든 순간에도 나아갈 수 있는 이유는, 의미 있는 여정이라고 믿기 때문이다.

교육 현장에서 교육생들과 나누는 대화가, 그들의 변화가, 그리고 그 순간들이 내 삶에 에너지를 불어넣는다. 나는 강의 속에서 위로받고, 강의 속에서 인정받으며, 그 과정에서 내 삶을 다시금 다잡는다. 그래서 나는 멈추지 않고 꿈을 꾼다.

현재 나는 초등학생과 중학생 두 아이를 키우면서, 부모로서 해야 할 역할을 고민한다. 나는 부모님께 위로받고 싶었던 아이였고, 이제는 나의 두 아이에게 위로를 건네는 엄마가 되고 싶다. 아버지께 인정받고 싶었던 순간들이 떠오른다. 어린 시절, 아버지의 기대 속에서 자랐지만, 그 기대가 때로는 부담이 되기도 했다. 하지만 이제는 안다. 아버지의 기대가 사랑이었다는 것을….

나는 내 아이들의 삶을 그대로 인정해주고, 그들의 선택을 존중하며, 그들이 원하는 길을 걸을 수 있도록 지지하고 싶다. 하지만 그것이 그리 쉬운 일은 아니다. 그렇기에 나는 더 인내하고 성장해야 한다.

삶은 결코 쉬운 길이 아니다. 하지만 우리가 서로를 인정하고, 위로할 수 있다면 조금은 덜 힘들지 않을까. 나는 여전히 바쁜 하루하루를 살아가지만, 그 속에서도 나만의 위로를 찾는다. 교육생들과 소통하는 순간, 그리고 우리 가족의 웃음 속에서 나는 위로를 받고, 다시금 힘을 얻는다.

그리고 그렇게 한 걸음씩 나아가다 보면, 언젠가 내 삶을 온전히 인정할 수 있는 순간을 맞이할 수 있을 것이다. 그래서 나는 오늘도, 나에게 주어진 하루를 열심히 살아간다.

〈위로, 나를 살아가게 하는 힘〉
(Created using OpenAI's DALL·E)
출처 : 저자 이소희 작성

내가 받은 위로, 그리고 내가 건네는 위로

삶을 살아가면서 우리는 수많은 순간 위로를 받으며 살아간다. 첫 번째 에세이에서는 아버지의 사랑과 기대 속에서 성장하며 느꼈던 나의 감정들을 되짚어봤다. 두 번째 에세이에서는 워킹맘으로서 치열한 삶을 살아가며 내가 받은 위로에 대해 이야기했다. 그리고 이제, 세 번째 에세이에서는 그 위로가 어떻게 나를 거쳐 타인에게로 확장되는지를 말하고 싶다. 위로는 받는 것에서 끝나는 것이 아니라, 그것을 나누고 전하는 과정에서 더욱 깊은 의미가 있다.

위로를 건네는 사람

내가 살아가며 경험한 다양한 위로의 순간들은 나를 변화시켰다. 한때는 누군가의 인정과 지지를 통해 위로받고자 했던 내가, 이제는 그 위로를 전하는 사람이 되어가고 있음을 깨닫는다.

나는 강의를 하면서 수많은 교육생을 만난다. 그들은 각자의 고민과 삶의 무게를 안고 살아갈 것이다. 어떤 이는 직장 내 인간관계에서 어려움을 겪고, 어떤 이는 부모로서 해야 할 역할에 대한 부담을 안고 있을 것이다. 부모 교육을 진행하는 날에는 때때로 교육을 마친 후 나에게 다가와 자신의 이야기를 털어놓는 부모님들을 만난다. 그들의 이야기를 들으며 나는 과거의 나를 떠올리곤 한다. 누군가의 따뜻한 말 한마디에 위로받고 힘을 냈던 나. 그런 나처럼 누군가는 내 강의를 통해 위로받을 수 있다는 생각으로 강의를 준비한다.

예전에는 강의가 단순히 지식을 전달하는 일이라고 생각했다. 하지만 점점 깨닫게 되었다. 강의 속에서 나는 단순히 정보를 제공하는 것이 아니라, 위로를 전하는 역할을 하고 있다는 것을. 교육생들이 반짝이는 눈으로 고개를 끄덕이는 순간, 그리고 강의 후 조용히 다가와 "오늘 강의가 정말 도움이 되었습니다"라고 말하는 순간, 나 또한 그들에게 위로받고, 나도 그들에게 작은 위로가 되고 있음을 느낀다.

위로라는 것은 꼭 특별한 순간에만 필요한 것이 아니다. 일상에서도 우리는 누구에게나 위로가 될 수 있다. 내가 전하는 말 한마디, 공감 어린 눈빛, 상대방의 마음을 헤아리는 태도 하나가 누군가에게는 깊이 새겨질지도 모른다.

그런 마음으로 나는 교육 현장에서, 그리고 다양한 사람들과의 만남 속에서 더 많은 이야기를 듣고자 노력한다. 중요한 것은 대단한 조언을 해주는 것이 아니라, 그들의 이야기를 있는 그대로 들어주며 공감하는 것. 그것이야말로 진정한 위로가 아닐까 생각하게 된다.

자연스럽게 나의 관심은 '어떻게 하면 사람들에게 진정한 위로를 건넬 수 있을까?' 하는 고민으로 이어졌다. 그리고 나는 그 해답을 찾기 위해, 나만의 방식으로 깊이 들여다봤다.

기억을 나누는 위로

우리는 모두 추억을 가지고 있다. 때로는 잊고 싶거나 되돌아보기 힘든 기억이 있지만, 어떤 기억은 되살리는 것만으로도 따뜻한 위로가 된다.

나는 어르신들을 위한 인지 회상 프로그램을 개발하며 이 사실을 더욱 깊이 깨닫게 되었다.

어르신들과 대화를 나누다 보면, 회상은 단순히 옛 기억을 떠올리는 것이 아니라 자신을 다시 발견하고, 자신을 인정하는 과정이라는 것을 알게 된다.

"그땐 그랬지" 하고 미소 지으며 이야기하는 순간, 잊고 있던 나의 소중한 시간이 떠오르고, "그래, 나도 참 열심히 살았어"라고 자신을 다독이시는 모습을 본다. 어떤 분들은 젊은 시절의 열정과 가족을 위해 살아온 순간들을 떠올리며 흐뭇한 미소를 짓기도 하고, 어떤 분들은 오랜 세월 묻어두었던 아픔을 털어놓으며 가슴을 쓸어내리기도 할 것이다. 그러다 보면 어느새 그분들의 눈빛에는 위로와 이해, 그리고 삶을 돌아보는 따뜻한 감정이 스며든다.

나는 그 순간들이야말로 진정한 치유라고 생각한다. 우리가 힘들었던 시간을 견뎌내고, 기쁨과 아픔을 지나 지금 이 순간까지 살아왔음을 인정하는 것. 그것이 자신을 위로하는 힘이 아닐까?

회상은 어르신들이 단순히 과거를 떠올리는 것이 아니라, 삶의 의미를 다시 찾는 시간을 갖는다. 어떤 분들은 자신이 한때 얼마나 열심히 살았는지 떠올리며 뿌듯함을 느끼고, 또 어떤 분들은 옛 친구들과 함께 했던 순간을 회상하며 그리움과 따뜻함을 함께 나눈다.

"옛날에 우리 집 앞에는 감나무가 있었어."

"그 시절에는 힘들었지만, 그래도 다 함께 모여 밥을 먹을 때가 참 행복했지."

이처럼 작은 기억 하나가 실타래처럼 풀리면서, 그 속에 담긴 감정들이 자연스럽게 흐른다. 때로는 서로의 기억이 얽혀 또 하나의 이야기가 만들어지기도 한다.

위로는 거창한 것이 아니다. 기억을 나누고, 삶의 순간을 함께 돌아보는 그 자체가 위로가 될 수 있다. 그리고 우리는 그 과정에서 서로를 이해하고, 공감하며, 조금 더 따뜻한 마음을 가지게 된다.

경험의 나눔과 새로운 길

내 경험을 나누며 누군가에게 위로와 희망을 전하는 방법을 고민해 본다. 예전에는 강의를 하며 '무언가를 전해주는 사람'이 되고자 했지만, 지금은 '함께 듣고 공감하는 사람'이 되고자 한다. 어쩌면 진정한 교육과 소통은 정보 전달이 아니라, 서로의 이야기를 나누고 이해하는 것에서 시작될지도 모른다. 그렇기에 나는 이해와 소통, 그리고 희망을 나누는 가치를 교육의 목표로 삼고 있다. 그 과정에서 나는 자연스럽게 또 다른 의미를 찾게 되었다.

위로란 단순히 감정을 어루만지는 것이 아니다. 그것은 누군가의 삶을 새롭게 바라보게 하고, 새로운 길을 열어주는 힘이 될 수도 있다.

나는 중장년층이 강사로 성장할 수 있도록 돕는 일에 관심을 두고 있다.

오랜 시간 동안 교육 현장에서 새로운 길을 개척하며 살아왔고, 배움의 길을 걸어왔다. 나의 경험을 나누는 일이 누군가에게는 위로가 되고, 희망이 될 수 있다고 생각한다.

누군가가 자신의 삶을 돌아보고, 그 속에서 새로운 가능성을 발견하는 순간, 그 과정 자체가 하나의 위로가 될 수 있다. 그래서 나는 내가 배운 것들을 다시 나누면서, 스스로에게도 새로운 의미를 찾으려 한다.

나는 내가 걸어온 길을 돌아보며 생각한다. 한때 나도 누군가의 위로가 필요했던 사람이었다. 이제는 그 위로를 건네는 사람이 되어가려고 한다. 그렇게 위로가 계속해서 이어지기를 바란다.

삶을 이어주는 위로의 힘

삶을 살아가다 보면 우리는 크고 작은 시련을 마주한다. 그리고 그 시련 속에서 우리는 때때로 주저앉고, 길을 잃기도 한다. 하지만 그 순간, 누군가의 작은 위로 한마디가 우리를 다시 일어서게 한다. 그 위로는 꼭 거창할 필요는 없다. "수고했어"라는 따뜻한 말 한마디, 가만히 손을 잡아주는 온기, 또는 아무 말 없이 곁을 지켜주는 따뜻한 마음. 그런 작은 위로들이 우리에게 힘이 된다.

나는 지금까지 부모님으로부터 받은 사랑을 내 아이들에게 전하려 한다. 그리고 강의를 통해 많은 사람을 만나며, 위로는 단순히 감정을 나누는 것이 아니라 삶을 지탱하는 힘이 될 수 있음을 깨닫는다.

우리는 각자의 방식으로 살아가지만, 누구나 삶의 어느 순간에는 위로가 필요하다. 누군가는 가족 안에서, 누군가는 친구를 통해, 또는 낯선 사람과의 짧은 대화 속에서 따뜻한 온기를 느낄 수도 있다. 그리고 중요한 것은, 우리가 받은 위로를 다시 다른 누군가에게 전할 때, 그 위로가 더 큰 울림을 만들어낸다는 것이다.

가족, 가장 깊은 위로

살아가면서 우리는 수많은 사람을 만나지만, 결국 가장 가까운 곳에서 우리의 삶을 지탱해주는 것은 가족이다.

때로는 가족이 주는 사랑이 부담되기도 하고, 갈등을 만들기도 하지만, 결국 가장 진정한 위로는 가족에게서 온다는 것을 깨닫는다.

나는 아버지를 통해 많은 사랑을 받았고, 동시에 그 사랑이 무겁게 느껴지기도 했다. 하지만 시간이 지나고 내가 부모가 되어보니, 아버지가 내게 주었던 사랑이 결국은 가장 깊은 위로였음을 알게 되었다. 그리고 이제 나는 그 사랑을 내 아이들에게 전하고 있다.

부모로서 나는 아이들에게 완벽한 모습을 보여주고 싶었지만, 사실 부모도 완벽할 수는 없다. 때로는 아이들에게 화를 내고, 기대하며, 조급함을 느낀다. 하지만 그런데도 부모가 해줄 수 있는 가장 큰 위로는 '언제든 품어줄 수 있는 따뜻한 자리'가 되어주는 것이 아닐까.

부모가 자녀에게 건넨 위로는 시간이 지나야 비로소 의미가 있다. 나 역시 아버지의 사랑을 어린 시절에는 이해하지 못했지만, 이제는 그 사랑이 내 삶의 든든한 뿌리가 되었음을 안다. 그리고 나의 아이들도 언젠가는 내가 보낸 위로를 기억하게 될 것이다.

가족은 때로는 너무 가까워서 그 소중함을 잊기 쉽다. 하지만 우리는 결국 서로에게 가장 큰 위로가 되는 존재들이다.

일과 양육으로 지칠 때, 남편이 말없이 건네는 커피 한 잔, 아이들을 돌봐주며 잠시라도 쉴 시간을 주는 순간들이 나에게는 크나큰 위로가 된다. 우리는 서로를 기대며 살아가고, 그렇게 함께 성장해나간다.

우리는 서로의 위로 속에서 살아간다

나는 오늘도 누군가에게, 그리고 나 자신에게 위로를 건네며 하루를 살아간다. 삶이 때때로 버겁고 지칠 때, 우리가 서로를 인정하고 위로하며 살아간다면, 그 길은 조금 더 따뜻해질 것이다.

나는 여전히 바쁘게 살아가지만, 그 속에서 내 주변 사람들에게 따뜻한 위로를 건네고 싶다. 때로는 따뜻한 말 한마디로, 때로는 말 없는 공감으로, 때로는 함께하는 시간 속에서 나의 위로가 누군가의 하루를 조금 더 따뜻하게 감싸주길 바란다. 그리고 그들이 받은 위로를 다시 누군가에게 전할 수 있기를 바란다. 그렇게 위로가 계속해서 이어지고, 우리는 서로의 위로 속에서 살아가며, 위로를 통해 성장한다.

〈내가 받은 위로, 그리고 내가 건네는 위로〉
(Created using OpenAI's DALL·E)
출처 : 저자 이소희 작성

이여름

시들어도 괜찮아

비밀

머리 없는 사람들의 이야기

시들어도 괜찮아

'아빠하고 나하고 만든 꽃밭에…'

초등학교 음악시간에 이 노래를 부를 때마다 나는 입만 벙긋했다. 왠지 모를 슬픔이 목구멍까지 차올랐기 때문이다.

본능처럼 스며들었던 감정. 아버지의 부재는 단순한 빈자리를 넘어, 내 안에 깊숙이 자리한 부끄러움이었다. 아버지는 내가 태어나기 전부터 아프셨고 3살이 되던 차가운 2월에 돌아가셨다. 아버지에 대한 어렴풋한 기억은 늘 누워만 계셨던 모습이다. 그리고 그 곁에서만 놀던 언니와 나. 가끔 화장실을 가실 때는 엄마가 매달아 놓은 긴 줄을 잡고 천천히 화장실로 향하셨다. 그 모습이 아버지에 대한 기억의 전부다. 아버지를 담은 관이 땅속으로 들어갈 때 엄마는 관을 부여잡고 통곡하셨고, 사람들도 많이 울었다. '내가 지금 무척 슬프고 힘든 상황이구나.' 그때 알았던 것 같다. 앞으로의 삶이 녹록지 않으리란 걸…. 그렇게 남겨진 엄마와 어린 두 딸은 사람들의 동정과 무시의 시선에서 자유롭지 못했고, 점점 우리만의 울타리를 높여갔다.

초등학교 입학 후, 가족관계란에 아버지 이름이 빠진 날이면 어김없이 교탁에서 이름이 호명됐다. 불려 가는 나를 바라보는 친구들의 과한 관심은, 숨기고 싶었던 비밀을 만천하에 드러내는 듯했다. "아버지는 언제, 왜 돌아가셨으며, 생계는 어떻게 꾸려가니?" 담임 선생님의 질문은 나의 아픔을 실토해버리고 인정해버리는 것 같아 대답하기 싫었다.

고등학교 시절, 장학금 수여 대상자로 교무실에 불려 갔다. 아버지가 안 계시니 장학금을 주는 것 같았다. "안 받으면 안 될까요?" 떨리는 목소리로 물었다. 이해할 수 없다는 선생님의 표정이었다. 전교 조회 시간에 전교생 앞에서 아버지가 없는 아이로 공표될 것 같아서 너무나 두려웠다. 열등감과 피해 의식으로 점철된 학창 시절이었다.

나는 나에 대해 말하는 것을 그다지 좋아하지 않는 성인으로 성장했다. 편부모 가정에서 자란 아이라는 손가락질을 피하려고 열심히 살았고 바르게 살기 위해 노력했다. '나는 힘들지 않아. 외롭지 않아.' 이런 속내를 다 이야기하지 않는 나는 깍쟁이처럼 보였을 것이다. 그러나 아무리 감추고 싶어도, 아닌 척해도 사실은 숨길 수가 없었다.

20살이 되고, 30살이 되어도 '아버지'라는 이름은 여전히 아물지 않은 상처였다. 학교에 가는 지하철 안에서 모르는 부녀의 대화를 들었다. 딸은 학교에 가는 길이었던 것 같고 아버지는 회사 출근길이었던 것 같다. 그 둘은 우연히 지하철 안에서 만난 것이다. 우연한 만남에 부녀는 너무나 반가워했고, 아버지는 지갑을 꺼내 만 원 몇 장을 딸에게 건넸다. 딸은 하염없이 좋아했고 아빠도 기뻐했다. 나는 오래도록 두 부녀를 물끄러미 넋을 놓고 바라봤다. '나도 어디선가 아빠가 나타났으면 좋겠다.' 눈물이 또르르 흘렀다.

대학원 면접 날이었다. "아버지는 뭐하시노?"라는 질문을 받고 나는 다시 학창 시절의 나처럼 당황하고 말았다. '대학원 진학과 아버지의 직업이 무슨 상관이지? 어디에 사는 것이 왜 중요하지?' 내가 어디에서 무엇을 하든 아빠의 부재로 인한 상처는 끊임없이 되풀이되고 있었다. 역시나 대학원 2년 내내 '아버지가 없어도 나는 잘 살아, 나는 괜찮아'를 보여주기 위해 누구보다 열심히 그림을 그리고 공부했다.

결혼을 했다. 시어머니는 내가 아버지가 안 계신 걸 모르고 나를 당신의 아들에게 소개해주셨다. 아버지 뭐 하시냐는 질문에 나는 이렇게 대답했다. "안 계세요. 돌아가셨어요." 대답을 듣던 그때 시어머니의 당황하던 표정을 지금도 잊을 수가 없다. 결혼 후 시어머니의 입버릇처럼 반복되는 그 이야기, "아들이 장인어른이 없어서 불쌍하다. 네가 아버지가 없는 것을 몰랐다." 이 말을 듣다 듣다 지쳐 용기 내어 한마디 했다. "이제는 그만 좀 하세요." 시어머니의 반복되는 말은 나를 끊임없이 상처 입혔다. 나는 인정받고 싶었다. 아버지 없이 자랐어도 남들 못지않게 잘살고 있다는 것을 보여주고 싶었다. 집안일 잘하고 남편 뒷바라지도 잘하고 그림도 열심히 그리고 돈도 잘 벌고 아이들도 보란 듯이 잘 키우고 싶었다.

하지만 세상은 내 뜻대로 흘러가지 않았다. 둘째 아들의 사춘기는 또 다른 상처가 되어 돌아왔다. 아들의 문제는 또 다른 국면이었다. 내가 열심히 산다고, 내가 노력한다고 해결되는 문제가 아니었다. 아버지의 부재를 감추기 위해 열심히 살았던 나의 열심과는 또 다른 문제였다. 아들은 내가 아니기 때문이다. 아들 덕분에 세상은 내가 노력한 대로 흘러가지 않는다는 것을 깨닫게 되었다.

어느덧 50년이라는 세월이 흘렀다. 아버지의 부재는 여전히 나를 괴롭힌다. 지금도 아빠의 손을 꼭 잡고 다니는 아이들을 보면 눈길이 오래 머문다. 아버지가 있다는 느낌은 어떤 걸까? 나는 아직도 많이 궁금하다.

"아빠, 왜 이렇게 일찍 우리 곁을 떠났어요." 하루는 답답한 마음에 아버지의 산소를 찾아 엉엉 울어버렸다. 초라한 무덤을 보며 원망과 그리움이 뒤섞인 감정을 쏟아냈다.

하지만 이제는 아버지를 놓아주어야 할 때가 온 것 같다. 아버지의 부재로 인한 상처와 아픔을 극복하고, 있는 그대로의 나 자신을 받아들여야 한다.

"괜찮아. 아빠가 없어도 괜찮아. 나도, 우리 아이도 잘 해낼 수 있어."

나에게 없는 것을 바라보며 좌절하기보다, 나에게 있는 것에 감사하며 살아가기로 했다. 용기 없고 두려움 많던 내가 감히 시도하지 못했던 일들을 아들은 용감하게 해냈다. 아들을 보며 대리만족을 느꼈고, 이제는 아들의 용기를 통해 나 또한 세상 밖으로 나아갈 힘을 얻는다.

상담 공부를 시작하며, 처음으로 나의 과거를 많은 사람 앞에서 이야기했다. 그리고 깨달았다. 나만 아픈 과거를 가진 것이 아니라는 것을. 서로의 상처를 보듬으며 위로를 나누었고, 비로소 진정한 치유를 시작할 수 있었다. 아버지는 내 삶에 깊은 그림자를 드리웠지만, 동시에 나를 성장시키는 원동력이 되어주었다. 아버지의 부재는 아픔이었지만, 그 아픔을 통해 나는 더욱 강해졌다. 이제 나는 아버지의 이름을 꼬리표가 아닌, 자랑스러운 나의 역사로 새겨나가려 한다.

〈시들어도 괜찮아〉 출처 : 저자 임영주 작성

비밀

나는 기억력이 그다지 좋은 편은 아니다. 잘 잊는다. 좋은 기억도 나쁜 기억도…. 비현실의 세계 어딘가에서 늘 헤매고 있는 나는 기억을 잘 못하는 현실이 불편하지는 않다. 또 하나 좋은 점은 학생들이 어렵게 꺼낸 비밀 이야기를 잘 지켜준다는 것이다.

그러나 과거의 아팠던 기억은 어제 일처럼 생생하다. 수십 년이 지났지만 잊히지 않는 비밀 이야기가 문득 떠올랐다. 누구에게도 이야기하지 않은 그 이야기를 온전히 나의 기억에 의지해 들려주려 한다.

나는 어릴 적부터 꿈이 다양하고 많았지만 단 한 번도 선생님이 꿈인 적이 없다. 선생님들이 나에게 그다지 긍정적인 영향을 주지 않기도 했지만, 가뜩이나 비밀이 많던 나에게 비밀 보따리를 하나 더 안겨 준 H 선생님 때문이다.

"너희들은 학교에서 있었던 일들은 절대 집에 가서 이야기하면 안 된다."

나는 지금까지 선생님과의 약속을 지켰다.

초등학교 3학년 교실에 27살의 젊은 남자 선생님이 새로 부임해 오셨다. 눈이 크고 키가 작고 다부진 선생님이셨다. 나는 H 선생님에 대한 기대가 컸다. 젊은 남자 선생님이셨기에 뭐든 열심이셨다. 고작 10살 코

홀리개들을 앉혀놓고 X염색체, Y염색체를 설명해주셨고 어떻게 남자와 여자가 엄마 뱃속에서 성별이 나뉘게 되는지 자세히도 설명해주셨다. 덕분에 나는 중학교 과학 시간에 단번에 염색체 수업을 이해할 수 있었다.

선생님은 늘 새로운 수업 방식을 택하셨다. 시험을 보면 스스로 채점하게 했고 목이 아프시다며 작은 교실에서 마이크를 차고 수업하셨다. 음악시간에는 동요 대신 구창모의 〈희나리〉를 가르쳐주시고 합창하게 했다. 방과 후 학습의 필요성을 강조해 같은 동네 사는 아이들로 조를 짜서 하교 후에 조별로 모여 집마다 돌아가며 모이게 했다. 엄마들은 좋아하셨지만, 학교가 끝난 후 자유시간이 사라진 우리는 매우 불만이었다. 그러나 항의하는 학생은 1명도 없었다. 나는 난감했다. 셋방살이하던 우리 집은 주인집의 눈치가 보여 아이들을 데리고 올 수가 없었기 때문이다. 그 후로 나는 더욱더 기가 죽어 행동했다.

선생님은 본격적으로 우리를 통제하기 시작했다. 비상연락망을 만들어 일요일마다 아무 이유 없이 뒷산 약수터로 집합시켰다. 만약 외출 중이라 전화를 받지 못해 약수터로 모이지 않으면 월요일에 어김없이 얼차려였다. 몇 시에 전화가 올지 몰랐기 때문에 아이들 대부분은 일요일에도 나가지 못하고 집에서 대기하고 있었다. 나 또한 교회 갔다가 약수터로 달려가기 일쑤였고, 예배를 드리다가도 항상 뒤를 돌아보며 엄마가 왔는지 확인해야 했다. 왜 일요일마다 비상연락망을 돌리셨을까? 선생님은 교회에 다니는 사람이 싫다고 노골적으로 말씀하셨다. 어릴 적 셋방살이하던 집의 주인이 교회를 다녔는데 월세를 안 낸다고 비 오는 날 밥통을 엎어버렸다고 이야기할 때면 선생님의 큰 눈이 더 커지고 목소리는 한껏 격앙됐다. 3학년 내내 나의 종교생활은 그야말로 고난의 연속이었다. 연락을 받고 가면 딱히 하는 일은 없었다. 출석 체크를 하고 약수 마시고 다시 집으로 돌아오는 것이 전부였다.

선생님은 우리의 새벽 시간까지 통제하셨다. 사실 선생님은 혼자서 새벽 운동을 하는 게 싫었던 거다. 기어이 우리를 불러 모아 새벽 5시에 학교에 모여 매일 1시간씩 피구, 발야구, 달리기를 하게 했다. 발야구나 피구는 재미로 하는 게 아니었다. 잘 못 차거나 실수로 공을 못 받으면 그 자리에서 바로 얼차려였다. 그야말로 공포의 아침 운동이었다. 아프거나 피곤해서 아침 운동에 못 나온 날이면 그날 학교에서 매를 맞거나 반성문을 써야 했다. 아침잠이 많은 나로서는 죽을 만큼 힘든 일이었다. 새벽마다 운동해야 하는 것이 죽기보다 싫었지만, 선생님의 눈 밖에 나는 것이 괴로워서 억지로 일어나 열심히 나갔다.

그뿐만이 아니었다. 방학이 되면 우리는 빈 병을 주우러 다녀야 했다. 학급비를 모으자는 취지였다. 1년이 10년 같았다. 새벽 운동에 학교 수업에 방과 후 조별 수업에 빈 병 모으기까지…. 너무 분주하고 두려운

3학년 시절이었다. 신체검사할 때도 팬티만 입으라고 했다. 지금 생각하면 있을 수도 없는 일이지만 그때는 시키는 대로 했다. 얼차려와 매를 맞는 게 너무 싫었기 때문이었다.

더 많은 일들이 있었지만, 지면상 생략하겠다. 그런데 참 신기한 건 이런 선생님을 학부모님들은 너무나 좋아하셨다는 것이다. 아이들이 모두 약속을 지켰기 때문일 것이다.

3학년이 끝났을 때 너무나 행복했다. 그러나 그 행복은 오래가지 못했다. H 선생님은 5학년 담임이 되어 다시 돌아왔다.

3학년 때와 같은 시스템으로 학교생활이 반복되었다. 새벽 운동, 학교 수업, 방과 후 조별 수업, 빈 병 줍기, 그리고 한 가지 더 '사랑의 대화 시간'이 추가되었다.

그 당시에는 노란 표지의 사랑의 대화장이 있었다. 원래는 종이에 자신의 고민을 적으면 담임 선생님이 답글해주시는 방식인데 우리 반만 직접 대화의 장을 열었다. 그것도 남녀 따로. 서로 무슨 일이 있었는지 묻는 건 금지였다. 안 되는 것도 많고 비밀도 많은 학급이었다. 남학생들과는 어떤 사랑의 대화가 오고 갔는지 알 수 없지만, 우리 여자들의 사랑의 대화는 주로 성에 관해 질문을 하도록 유도하셨다. 내가 "머리에 왜 비듬이 생기나요?"라고 질문을 했다가 혼이 났고, 친구가 "유방은 언제부터 커지나요?"란 질문을 하고 칭찬받은 이후 계속 이런 식 사랑의 대화가 오갔다. 지금도 기억나는 한 장면, 선생님이 발육이 유난히 빨랐던 친구를 교탁 앞으로 불러내어 가슴이 드러나게 뒤에서 옷을 잡아당겨 우리에게 보여줬다. 그 친구는 그날 집에 가면서 엉엉 울었다. 사랑의 대화시간이 아니라 나에겐 징그러운 대화시간으로 기억된다. 한 달에 한 번 있는 사랑의 대화시간은 참으로 무서웠고 기다려지지 않는 시간이었다.

하루는 선생님이 청결을 위해 항문 검사를 하겠다고 하셨다. 교실에 있는 커튼을 모두 내리게 하셨고 번호 순서대로 선생님 교탁 앞으로 갔다. 그 누구도 반항하지 않았다. 선생님의 말씀은 곧 법이었기 때문이다. 모두 순순히 선생님 앞에서 바지와 팬티를 내리고 선생님 쪽으로 엉덩이를 디밀고 엎드렸다. 그러면 선생님이 지휘봉으로 엉덩이를 살짝 벌리시면서 한마디씩 하셨던 것 같다. "잘 닦고 다녀라." 나는 그저 항문 검사인 것으로 알고 있었지만, 성인이 된 후 그게 전부가 아니란 걸 알게 되고 한동안 분개하고 열이 받아 있었다. 그날 선생님은 더욱 강조하셨다. 학교에서 있었던 일을 절대 집에 가서 이야기하면 안 된다는 것을…. 선생님 말씀은 곧 법이었기 때문에 아무도 이야기하지 않았고 누구도 항의 방문하지 않았다. 그날 이후로 선생님은 성숙한 여학생들을 자주 껴안으셨고 숙직실로 부르셨다. 선생님이 가슴을 만졌다고 하소연하는 친구도 있었다.

나도 피하지는 못했다. 선생님이 학교 끝나고 6시에 하숙방으로 오라고 했다. 문제집을 주신다는 거였다. 선생님도 아버지 없이 자랐기 때문에 나를 측은히 여겼는지 가끔 교사용 문제집을 주셨는데 그날은 굳이 집으로 오라고 했다. 선생님은 당시 초등학교 관리 아저씨 집에서 세 들어 살았기 때문에 아무 의심 없이 선생님 집으로 갔다. 마당엔 관리 아저씨도 계셨고 선생님은 세수를 하고 계셨다. 나보고 방에 먼저 들어가 있으라고 했다. 방은 어두컴컴했다. 방에 앉아 있는데 선생님이 들어오셨다. 문제집을 주시면서 더 열심히 공부하라고 하면서 이마를 세게 밀었다. 그 바람에 뒤로 넘어졌는데 선생님이 나에게 입을 맞추려고 했다. 나는 소리를 치고 울면서 뛰쳐나왔다. 마당에 관리 아저씨가 계셨기 때문에 그나마 다행이었다. 그대로 눈물을 흘리며 교회로 향했다. 무서웠다. 남자는 무섭고 징그러운 존재라는 것을 그 선생님 때문에 알게 되었다. 눈물을 닦고 수요예배 드리고 있는 엄마 옆으로 갔다. 아무 일도 없었던 것처럼.

5학년이 지나도록, 초등학교 졸업을 하도록 아무도 그 선생님을 신고하거나 찾아오지 않았다. 모든 반 학생이 나처럼 비밀을 잘도 지키고 있었기 때문이리라.

나는 그 이후로 한동안 남자 성인이 나를 쳐다만 봐도 질색했다. 아무에게도 말하지 못한 비밀이라 그런지 가끔 H 선생님이 나오는 악몽을 꿨다.

40년이 지났다. 우연히 그 선생님의 근황을 들었다. 내가 살고 있는 근처 학교에 교감으로 계시고 곧 명예롭게 정년퇴임을 한다는 거였다. 아주 훌륭한 인품의 선생님이셨고 아이들에게 인기도 많았다고 했다. 게다가 교육청에서 자랑스러운 교육인 상도 받았다고 했다. 나는 머리를 한 대 얻어맞은 듯했다.

　우리 반 모두가 비밀을 지킨 대가로 선생님은 명예롭게 정년퇴직했다. 나와 우리 반 친구들은 비밀을 지킨 대가로 약속을 잘 지킨 착한 어린이로 남았다.

　그리고 아무 일도 일어나지 않았다.

〈동화〉 출처 : 저자 임영주 작성

머리 없는 사람들의 이야기

K라는 친구가 있었다. 친구는 대학교 1학년 시절 어떤 사건을 계기로 말문을 닫았고 음식을 먹지 않았다. 대신 그의 손에는 늘 바나나 우유가 들려 있었다. 아마도 그것이 하루의 일용할 양식이었을 것이다. 친구의 몸은 점점 말라갔다. 예뻤던 얼굴이 뼈의 윤곽이 보일 정도로 앙상해져 갔고 젓가락 같은 다리로 사람들을 피해 6층 실기실까지 걸어 다녔다. 그러나 그 친구는 한 번도 지각과 결석을 하지 않았다.

K는 누구와도 소통하지 않았다. 항상 바닥을 보고 걸었고 사람과 눈을 마주치지 않았다.

과 대표였던 나에게만 가끔 그날의 과제, 전달 사항 등을 물어봤다. 그게 그 친구의 유일한 소통이었다. 가끔 나에게 "안녕"이라고 인사해 줄 때는 오히려 감사하기까지 했다. 학년이 올라갈수록 K의 몸은 점점 더 야위어갔고 바나나 우유를 들고 6층까지 걸어오는 모습은 위태롭기까지 했다.

대학원에 입학해서 조교가 된 나의 첫 임무는 장례식장을 지키는 것이었다. 나만 들을 수 있는 작은 목소리로 "안녕" 하고 인사를 해주던 K의 부고 소식을 공교롭게도 과사무실 업무 중 전해 듣게 된 것이다. 학교 과사무실로 전화해서 담담하게 소식을 전해주신 K 어머니의 떨리는 목소리. 졸업식을 하고 며칠이 지나지 않아서였다. 당시 K는 프랑스로 유학을 준비 중이었다. K가 떠나기 전날 밤도 평소와 다름없이 다음 날 입을 옷을 미리 선택해 고이 접어 머리맡에 올려두고 잠자리에 들었다고 했다. 그리고 친구에게 다음 날은 오지 않았다. 졸업 전까지 매일 바나나 우유를 들고 6층까지 걸어오는 일상을 반복하던 K가 졸업 후 달라진 일상에 적응하지 못하고 빨리 생을 마감한 게 아니었을까. 온갖 추측과 의문만을 남긴 채 K는 그렇게 우리의 기억 속에서 서서히 잊혀 갔다.

당시 나의 그림 속 사람들은 머리가 없었다. 입이 없어 먹지도 못했지만, 항상 풍만하게 살이 쪄 있었다. 그러나 현실에서는 먹지 않으면 몸이 마르고 병들어 결국 죽음이 이른다. 당연한 이야기이다. K의 죽음을 계기로 당연한 삶을 사는 우리의 현실보다는 그림 속 세상을 더욱 동경하게 되었다. 빈 캔버스 앞에 앉아 있으면 현실을 벗어날 수 있어서 좋았다.

'머리 없는 사람들의 이야기'

TV나 신문에서는 하루라도 조용할 날이 없다. 대선, 핵 문제, 미군, 성형, 연예…. 이 모든 것들이 궁금하고 호기심거리다. 어느 것 하나 놓치지 않고 간섭하려 들고 아는 척한다.

> 그러나 가끔은 자유로워지고 싶다. 머리 없는 사람들처럼 살고 싶다. 있는 그대로 표현하고 느끼는 대로 행동하며 살고 싶다. 그리고 더 이상 머리를 굴려가며 죄를 짓고 싶지 않다.
>
> 그곳이 바로 천국이다.
>
> – 전시 서문 중 –

첫 개인전 전시 제목이다. 나는 머리로 생각하고 눈으로 보고 입으로 말하며 죄를 짓는 모든 것을 없애기로 했다. 그림은 인체에서 머리를 자르면서 시작한다. 하나의 눈만 남겨진 머리 없는 사람들은 풍만한 몸과 색채로 이야기한다. 나쁜 생각과 쓸데없는 걱정하지 않고 단 하나의 눈으로만 아름다운 세상을 보며 서로에게 말로 상처를 주지 않는다. 당시 나의 그림을 보는 사람들의 반응은 대부분이 "무서워요"였다. 머리가 없으니 당연하다. 나는 그것을 즐겼다. 머리로 생각하며 입으로 죄를 짓는 사람들에게 다른 세상을 보여주고 싶었다.

첫 개인전 후 이듬해 대학원을 졸업하고 처음으로 작업실을 얻게 되었다. 3월 새 학기가 시작하자 사람들은 학교로 직장으로 출근하느라 바빠 보였다. 졸업과 동시에 전업 작가이자 백수가 된 나는 딱히 갈 곳이 없었기에 어디론가 가는 사람들이 매우 부러웠다. 작업실은 유일한 나의 출근지였다. 20년 가까이 학교생활에 익숙해 있던 나는 오전에 어디론가 가는 일상이 부러웠다. 점심 도시락을 싸서 나는 매일 작업실로 출근했다. 작업실은 햇빛이 들어오지 않는 2층이었다. 창문이 있긴 했지만, 옆 건물에 가려서 무용지물이었다. 가끔 쥐들과 눈이 마주쳤고 벽에서 버섯이 자라는 기이한 공간이었다.

학교 실기실이 아닌 그곳에서 나는 머리 없는 사람들과 마주하며 두려움에 떨었다. 사회악이니 인류 문제니, 그런 거창한 것들이 문제가 아니었다. 나는 혼자 남겨진 나 자신이 두려웠다.

'무엇이 나를 두렵게 하고 머리 없는 사람들을 마주할 용기가 나지 않는 걸까?'

그렇게 1년을 작업실에서 그림도 안 그리고 앉아 있다, 서 있다, 누워 있기를 반복하다 해가 지면 집으로 돌아가는 일상을 반복했다. 가끔 북적이던 학교 작업실의 공기가 그리워지면 같은 이유로 각자의 작업실에 홀로 있을 친구들과 전화로 푸념을 늘어놓기도 했다.

나는 살기 위해 일부러 즐거운 상상을 하기 시작했다. 학교라는 테두리 안에 있을 때는 안전했기 때문에 마음껏 용감할 수 있었던 걸까? 혼자 남겨진 나는 세상이 무서웠다. 나이를 먹을수록 사람들과의 관계로 인한 상처들이 하나씩 생기기 시작했고, 현실적인 문제들을 스스로 풀어나가야 했다. 그것이 두려웠다.

동사무소나 교육청에서 처리해야 할 업무가 있으면 겁이 나 들어가지도 못하고 입구에서 안절부절못했다. 혼자 무언가를 해야 하는 것은 나에게 너무나 어려운 일이었다. 어렸을 때 사진 찍는 것을 두려워하는 것도 같은 이유에서였다. 사진이 찍히는 몇 초 동안 나는 혼자 서 있어야 하기 때문이다. 고등학교 때까지 혼자 서서 말하는 것이 두려워 패스트푸드점에서 햄버거를 주문하지도 못했다. 초등학교 때 남자 친구들에게 놀림당하거나 싸우면 항상 언니가 가서 대신 혼내주었다. 말 한마디도 못 하는 나를 언니는 한심해했지만, 그럴 때마다 누구보다도 분해하며 대신 싸워주었다. 그래서 나는 평생 살면서 누군가와 싸울 필요가 없었던 것 같다.

나는 나의 작업실에 조금씩 적응해갔다. 쥐를 잡았고 버섯을 잘라버렸다. 현실은 여전히 고단했지만 그림 속 세상은 나를 위로했다. 머리 없는 사람들은 여전히 그리웠다. 그들은 괴로운 생각 없이, 오직 풍만한 몸과 색채로 이야기하는 존재들이었으니까.

머리가 없었으면 하는 이유 중의 하나는 '눈물'이다. 나는 슬픈 장르는 딱 질색이다. 슬픈 영화와 드라마는 쳐다도 안 본다. 안 그래도 눈물이 많은데 굳이 그런 장르를 찾아 울고 싶지 않다. 나에게는 자식 같은 두 명의 조카가 있다. 초등학교 졸업식, 중학교, 고등학교 졸업식에 빠짐없이 참석했다. 조카들의 졸업식 때마다 눈물이 하염없이 났다. 축하해주어야 할 자리에서 눈물이라니… 이런 경험이 있는 터라 내 자녀들의 유치원 졸업부터가 걱정이 되기 시작했다. 말할 것도 없었다. 하염없이 눈물이 쏟아지는 통에 사진 한 장도 못 찍었다. 큰아이의 초등학교 졸업식 때는 아예 화장실에서 나오지도 않았다. 둘째 아이의 유치원 졸업이 걱정되어 언니에게 하소연하니 우울증일 수도 있겠다고 해서 우울증 약을 먹고 갔다. 웬걸…. 소용없었다. 유치원에 발 들여놓자마자 눈물이 쏟아졌다. 한번은 아이의 상담을 하러 유치원에 갔다. 아이의 절친 이야기를 하다 절친의 어머니가 돌아가시고 아버지가 혼자 키운다는 말에 왜 그리 눈물이 나오던지…. 상담은 하지도 못하고 울기만 하다가 온 기억이 있다. 이쯤이면 병이다 싶었다.

그러다 최근 완치판정을 받았다. 치료 방법은 생각보다 간단했다. 마음의 벽이 두꺼워지고 단단해지면 되는 거였다. 나이를 먹으면서 세월을 지나면서 어쩔 수 없이 겪게 되는 여러 가지 사건들은 상처가 되었지만 결국 나를 단단하게 만들어주었다. 즐거운 상상들로 마냥 해맑던 나의 마음이 현실의 문제를 받아들이고 스스로 해결하기 위해 노력하면서 마음의 벽이 두꺼워지고 있음을 알았다. 그리고 깨달았다. 슬픔은 피할 수 없는 삶의 일부라는 것을…. 최근 두 번의 졸업식이 있었는데 울지 않았다. 헤어짐이란 경험은 슬픔이 아니었다. 세상엔 이보다 더 많은 아픈 경험과 슬픔이 있었던 것이었다. 나는 그동안 운이 좋게도 그것들을 피해갈 수 있었던 거였다.

이제 나는 머리 없는 사람들이 필요하지 않다. 긍정적인 생각, 부정적인 생각, 그 모든 것이 나라는 존재를 이루는 조각들이니까. 나는 이제 그것들을 스스로 제어할 수 있다. 즐거움과 슬픔, 그 모든 감정을 온전히 느끼며, 나는 나만의 이야기를 써 내려갈 것이다.

〈다시 찾은 미소〉 출처 : 저자 임영주 작성

정주영

나는 너를 묻었다
세상에서 제일 맛있는 위로
엄마가 된 너에게

나는 너를 묻었다

너는 죽었다. 내 품에서 가쁜 숨을 내쉬다가 이내 멈췄다. 내 얼굴을 바라보던 네 투명한 눈동자의 흔들림도 일순 고요해졌다. 감기지 않는 너의 눈꺼풀을 힘겹게 누르니 그제야 내려앉았다. 비로소 너의 죽음과 마주했다. 숨을 쉬고 있었던 너와 멈춰버린 너는 참으로 달랐다. 네 몸에서 무언가가 쑥 빠져나온 듯했다. 네가 낯설었다. 너의 이름을 부르며 울부짖는 동안 너와 나를 둘러싸고 있던 공기는 우리를 바다처럼 갈라놓았다. 너와 나는 섬처럼 조금씩 떨어져 갔다. 식어가는 너의 몸을 어루만지며 부르면 허공에 흩어지는 너의 이름을 주워 담듯 읊조렸다. 잠자듯 죽어 있는 너의 얼굴을 따뜻하게 쓰다듬었다. 너의 영혼이 떠나지 않고 나를 바라보는 것 같았다. 우리가 함께한 세월이 조용히 휘발되고 있었다. 천천히 서늘한 이별이었다.

어느 날 너는 길을 잃었다. 항상 오가며 봤던 나무와 꽃들, 새들과 사람들이 갑자기 낯설었다. 당황했다. 익숙했던 냄새도 그날따라 어색했고 비슷하게 재잘대던 아이들의 소리도 귓가에 불편하게 꽂혔다. 너는 그 자리에 멈춰섰다. 공포감을 느꼈다. 조심스레 이끄는 나의 손에 너는 다시 정신을 차렸지만 일어난 일이 없었던 일처럼 되진 않았다. 너는 다시 발걸음을 옮겨 길을 걷고, 나는 앞서 걷는 너의 뒷모습을 보며 네가 알아채지 못하게 절망했다. 너와 내가 곧 힘겨운 시간을 보내게 될 거라 직감했다. 슬픈 예감은 늘 맞아떨어진다는 것을, 너와 나는 살아봐서 안다. 종이를 넘기다가 날카롭게 손이 베어 피가 뭉클뭉클 배듯, 슬픔이 심장에서 조금씩 배어나와 아렸다.

너의 약봉지가 쌓여갔다. 매일매일 먹어야 하는 약이 밥보다 많았다. 입에 맞지 않는 약을 먹느라 너는 힘겨웠고, 억지로 약을 주어야만 하는 나는 지쳐갔다. 그래도 네가 살아 있다는 것에 감사하며 하루를 버티고 일주일을 넘겼다. 병원에서 주사를 맞고 오는 날이면 너는 꽤 깊은 잠에 빠졌다. 네 등에 가만히 기대고 누워 체온을 나누다 나도 까무룩 잠이 들었다. 너는 참으로 무해한 따뜻함을 가졌다. 네가 뿜는 숨, 작은 기척, 조용히 울리는 심장 소리는 나를 평화롭게 했다. 너는 나의 안식이었다.
너와 나는 꽃그늘을 좋아했다. 날아다니는 꽃 이파리를 잡으러 뛰다가 지치면 가만히 꽃그늘에 앉아 풍겨오는 내음을 맡았다. 너와 나는 조용하고 향긋한 시간 속에 있기를 즐겼다. 모든 게 멈추기를 나는 그때 바랐다. 너와 있는 지금이 영원하기를, 하늘이 너와 나에게만 변치 않는 시간을 허락해주기를 간절히 소원했다. 기도하는 마음으로 너를 바라보면 너는 참으로 잘 알아챘다. 그때마다 조용히 곁을 내주며 나를 안았다. 너와 함께한 모든 봄은 눈부셨다.

장마 드는 여름은 고약했다. 비와 함께 내리는 번개와 천둥은 너와 나를 기겁하게 했다. 놀란 가슴으로 서로를 찾아 천천히 호흡하며 진정했다. 그래도 비 냄새는 좋았다. 땅으로 떨어지는 비가 흙과 만나 교류하듯 내뿜는, 거칠고 새된 냄새는 너와 나를 잠시 세상과 떨어뜨려 놓았다. 너와 나, 오직 둘뿐이었다. 쏟아내리는 비 덕분에 우리는 단절됐다. 비 건너편 세상은 무엇이 있을까, 너와 나는 갖가지 엉뚱한 상상으로 즐거웠다. 눅눅하고 꿉꿉한 시간을 견딜 수 있었던 건 너의 웃음 덕분이었다. 비 냄새가 좋다며 높이 치켜든 너의 얼굴 위로 빗방울이 튕길 때면 너는 깔깔댔다. 너는 내게 빗물을 튀기며 놀았다. 그리고 또 까르르 웃었다. 나는 너의 그 웃음이 참 좋았다. 너와 보냈던 모든 여름은 포슬포슬했다.

너는 가을에 태어났다. 많은 게 적절한 계절이다. 햇볕은 적당하게 따뜻하고 바람은 알맞게 시원하다. 살아 있는 것들은 편안하게 성장할 수 있고, 죽어가는 것들은 아름답게 말라갈 수 있다. 그 시간이 가을이다. 네가 세상에 온 계절이다. 나를 만나러 저 먼 곳에서 네가 달려 도착한 계절이다. 매년 돌아오는 너의 생일은 매번 조금씩 달랐다. 커다란 생일 케이크로 반짝일 때도 있었지만 네가 아파서 힘겨울 땐 그마저도 차리지 못했다. 섭섭했지만 네게 생일을 축하한다는 말은 잊지 않았다. 너는 그 말을 참 좋아했다. 네가 좋으면 나도 좋았다. 네가 태어난, 너와 지냈던 모든 가을은 오롯했다.

눈이 꽃처럼 내려 가득히 쌓이는 겨울을 너는 유난히 좋아했다. 다른 계절과 달리 땅을 밟으면 경쾌한 소리를 내는, 그 신기함에 너는 항상 놀라며 들떴다. 매운바람을 가르며 뛸 때면 신이 났다. 우리의 심장이 같은 곳을 보며 달렸다. 뜨거운 입김으로 눈썹에 방울이 맺히고 볼이 터질 듯 빨개져도 너와 나는 뜨거웠다. 세상 끝이라도 달릴 기세가 우리에게 있었다. 너와 나는, 서로를 잘 알고 있었다. 무한히도 믿었다. 너와 달렸던 모든 겨울은 따뜻했다.

네가 떠난 후 일상은 달라졌다. 나는 이제 더는 산책을 하지 않는다. 너와 걸었던 그 길, 너와 만났던 사람들, 너와 나누었던 이야기들이 곳곳에서 말을 걸어올까 봐 겁이 났다. 너의 이름이 어디선가 들려오면 주저앉아 일어나지 못할까 봐 무서웠다. 가까스로 외출해도 행여 너를 아는 누군가가 네 안부를 물을까 봐 나는 아무도 마주치지 않는 길로 돌아다녔다. 빠른 걸음으로 쫓기듯 집으로 도망쳤다. 겨우 문을 열고 참았던 눈물을 쏟았다. 네가 없는 줄 알면서도 너의 이름을 불렀다. 너 없는 공간은 모든 게 멈췄다.

사람들은 너를 빨리 잊으라 했다. 자꾸 울면 네가 하늘로 못 간다고도 했다. 산 사람은 살아야 한다며 네가 좋은 곳에 갔을 테니 믿으라 했다. 더는 아프지 않을 거라며 아무렇지 않게 내 삶을 살아가라고 했다.

어떻게 내가 너를 잊을 수 있을까. 네가 없는 세상에 남겨졌는데 어떻게 울지 않을 수 있을까. 좋은 곳은 어딜까. 너와 내가 함께 살았던 이곳이 정말 좋은 곳이었는데. 네가 아팠을 때도 나는 내 삶을 살았다. 너와 함께 낮과 밤을 사는 게 내 삶이었다. 네가 처음부터 없었던 듯 살아가지는 못하겠다. 네가 떠난 이후, 슬픈 가슴을 부여잡고 사는 삶도 내 삶이다.

경험했던 많은 죽음 중 너의 죽음이 나는 가장 아팠다. 지금도 아프다. 앞으로도 아플 것 같다. 네가 나를 떠나 혼자 먼 길을 가던 날, 너를 품었던 가슴속 깊은 곳 예쁘고 소중했던 집이 무너졌다. 끙음을 내며 주저앉았다. 뻥 뚫어져버렸다. 폐허가 됐다. 너덜너덜한 채 먼지만 풀풀 날리고 있다. 어쩌면 오랫동안 그렇게 살아갈 테지. 아주 먼 훗날 우연히 날아 들어온 씨앗이 푸릇하게 자랄지도 모르지. 가끔은 나비가 찾아올지도. 나는 그 자리에서 돌아오지 않는 너를 기다릴 테지.

너를 닮은 이를 보게 되면 눈길이 머문다. 네가 아닌 줄 알면서도 잠시 반가웠다가 이내 풀이 죽는다. 세상 어디에도 너는 없는데. 훨훨 가거라, 힘겹게 떠나보냈으면서 아직도 나는 너를 이곳에서 찾고 있다. 언제쯤 너를 보낼 수 있을까. 얼마나 시간이 흘러야 너를 잊을 수 있을까. 너와 나는 언제 다시 만날 수 있을까. 그때 우리는 알아볼 수 있을까.

너는 구름이고 바람이고 햇살이다.

너는 꽃이고 천둥이며 낙엽이고 흰 눈이다.

너는 갔지만 떠나지 않았다.

너는 잠들었지만 죽지 않았다.

내 가슴에서 너는.

〈집으로〉 출처 : 저자 정주영 작성

세상에서 제일 맛있는 위로

사람들은 가끔 부모를 음식으로 추억한다. 엄마가 해주시던 그 무엇, 아버지가 만들어주셨던 어떤 것이 그리움이 되면 기어이 그 음식을 먹곤 한다. 가슴이 고플 땐 반드시 먹어줘야 한다. 그런데 나는 그런 음식이 없다. 어린 시절, 너무나도 바빴던 엄마였기에 내게 음식을 제대로 해줄 수 없었다. 엄마를 대신해서 음식을 만들어주셨던 분들 덕에 겨우 먹고 살았다. 그대로 살았으면 어쩔 뻔했을까.

시집살이하면서 음식 만드는 걸 시어머니께 배웠다. 다분히 강제성은 있었지만, 덕분에 만들 줄 아는 음식이 꽤 있었다(과거형이다). 시어머니께 배워 나름 좋았던 음식 솜씨도 돌아가시면서 손을 놔버린 탓에 신화 같은 이야기가 되었다. 남편은 종종 시어머니가 해주셨던 음식을 먹고 싶다며 아련한 눈빛을 보냈다. 그런 날이면 어김없이 다퉜다. 우리 집에서 시어머니 음식은 금기어다.

무얼 만들어 먹기 귀찮은 나이가 되어버렸다. 그러면 퇴직한 남편이 하시면 되겠다고 남들은 말한다. 딸 많은 집 막내면서 외아들인 우리 남편은, 시어머니에게는 당신 목숨보다 귀하디귀한 아들이었다. 그래서 부엌 근처에 얼씬도 안 하고 살았다. 남편이 무얼 만들어 먹는다는 건 상상도 할 수 없다. 한 사람은 이제 하기 싫고, 한 사람은 평생 안 하고 살았고, 앞으로 굶어야 할 것 같…지만, 걱정하지 마시라. 우리나라는 참 좋은 나라다. 세계적인 IT 강국답게 손가락 하나로 무엇이든 된다. 덕분에 우리 부부는 굶지는 않고 살아가고 있다.

그래도 가끔, 아주 가끔은 무엇인가를 해 먹기는 하지만 시어머니가 살아계셨을 때 했던 음식 솜씨는 아니다. 레시피를 잊은 지 오래고 안 하다 보니 손맛도 제대로 나질 않는다. 남편에게 말은 안 했지만 실은 나도 시어머니가 해주셨던 그리고 가르쳐 주셨던 음식이 그립다. 배우면서 혼날 때도 있었지만 어느 시점에 이르니 시어머니만큼 나도 음식을 잘했다(남편도 인정했던 부분이다). 음식을 도통하지 않아 잊어버린 레시피를 물어보고 싶은데 시어머니가 안 계신다. 음식 만들기를 가르치실 때 내 등 뒤에서 "그것부터 넣는 거 아니다"라고 따끔하게 말씀하셨던 시어머니가 겨울이 되면 유난히 생각이 난다. 시어머니의 이북 만두는 일품이었다. 만드는 과정은 참으로 손이 많이 갔지만 그만큼 맛은 좋았다. 시어머니는 만두피를 얇게 만드는 법과 소를 만들어넣는 방법까지 어린 며느리에게 하나하나 가르쳐주셨다. 그 시절 부엌에서 허둥댔던 며느리는, 한겨울 만두만 보면 시어머니를 떠올리는 중년이 되어버렸다. 옛 음식이 그리운 건 나이 든 탓일 테지. 시어머니가 보고 싶어지는 것도.

1년 전, 일본에 있을 때 놀러 왔던 친구 M은, 내가 완전히 귀국한 때를 맞춰 공약을 지켰다. 일본에서 단둘이 밤거리를 걸으며 흥에 겨워하던 중 M은 내게, 이때쯤 되면 한국 음식을 먹고 싶어지지 않냐며 넌지시 물었다. M은 길만 잘 찾는 줄 알았는데 사람 마음도 잘 헤아린다. 기다렸다는 듯 난 갈비찜과 김치찌개를 먹고 싶다며 퀴즈 정답 외치듯 소리쳤다. 그러고는 곧 다른 이야기로 넘어가버렸는데, 일본을 떠나는 날 아침 M은 네가 돌아오는 날 그렇게 먹고 싶어 하는 갈비찜과 김치찌개를 해주겠다고 했다. 정치인 공약 외치듯 주먹을 불끈 쥐고 흔들어 보이며 한국행 비행기를 탔다. 그러고는 몇 달 뒤 정말로 약속을 이행했다.

　"엄마의 마음으로 만들었다. 주영아. 이국땅에서 얼마나 속이 허했겠냐. 고생했다. 마음껏 먹어라."

　내 친구 M은 정말이지 마음만큼 손맛이 끝내줬다. 갈색 윤기가 좔좔 흐르는 갈비찜은 먹기 전부터 배가 불렀고 김치찌개는 자글자글 소리부터 이미 맛있었다. 친구의 정성은 하늘마저 감동할 만큼 따뜻했다. 앞으로 일주일을 굶는다고 해도 배고프지 않을 만큼 포만감을 느꼈다.

　M의 노동으로 나는 거룩한 한 끼를 선물로 받았다. 먹고, 마시고, 치우는 일상의 노동 덕에 우리는 생을 이어간다. 누군가의 희생으로 삶은 이어지고 영혼은 살찐다. 그러나 너무나 사소해서 받은 이는 잊어버리

고야 만다. 음식을 만들어 먹고 먹이는 행위, 가히 사랑의 본질이라 할 수 있겠다. 친구의 성스러운 노동 덕분에 나의 하루가 치유됐다. 살아갈 힘이 뱃속부터 우러나왔다.

출처 : 저자 정주영 촬영

음식은 소리로 한 번, 눈으로 한 번, 입으로 한 번 먹는다더니, 과연 그 말이 맞았다.

오감을 만족시킨 내 친구 M의 음식 덕분에 일본에서 달고 왔던 피로와 헛헛함이 위를 타고 씻겨 내려갔다.

친구의 말대로 일본에 머물면서 속이 허했다. 일본 생활을 시작하고 얼마가 지나니 우리 음식이, 자꾸만 생각났다. 물론 마트에 어느 정도 팔기는 했다. 대학교 근처 마트라 유학생이 많은 관계로 김치와 나물, 김 정도는 팔았다(물론 중국인들을 위한 음식도 있었다). 그렇지만 잘 알지 않은가. 그 정도로는 성에 차질 않는다는걸. 초밥과 회를 먹는 것도 어느 정도지 도저히 이래선 안 되겠다 싶었다.

불타는 식욕은 걷잡을 수 없이 끓어 올라왔다. 매콤, 칼칼, 짭조름, 우리 언어로만 표현되는 그런 맛을 보고 싶었다. 찾아 나섰다. 오사카의 코리아타운 '쯔루하시(鶴橋)'를 발견했다. 어떤 이는 쯔루하시를 한국인 없는 코리아타운이라 했다. 그도 그럴 것이 관광객으로 여행을 오는데 누가 코리아타운 가서 한국 음식을 먹겠는가. 그렇지만 일본에서 생활인으로 있다 보니, 마늘 향 가득한 김치와 찌개가 자꾸만 생각나서 자석에 붙듯 그곳으로 갔다.

내가 아는 맛, 그래서 더 당기는 맛, 기대를 잔뜩 안고, 전철을 갈아타가며 1시간을 달려간 곳. 쯔루하시 역에서 내리자마자 코끝이 찡했다. 어둡고 눅눅한 가난의 냄새가 나를 맞았다.

아주 어릴 적 엄마를 따라갔던 오래된 재래시장이 거기에 있었다. 시장 입구부터 혼재된 한국어와 일본어, 그립던 김치의 마늘 냄새가 반가움보다 서러움으로 내게 인사했다. 발음이 쫀쫀하게 구르지 못하는 한국어와 억양 밋밋한 일본어를 구사하는 재일한국인 상인들의 얼굴에 묻은, 낯선 땅 하루살이 고단함이 그대로 내 얼굴에 닿았다.

내 나라에 살지 않는, 또는 돌아가지 못하는 이유는 집집의 숟가락 수만큼 헤아릴 수 없겠지만, 물 설고 푸접 없는 이곳, 일본에 와서 한국인으로 사는 일, 말하지 않아도 가슴 귀가 먼저 듣고, 눈으로 그들의 어깨를 쓰다듬었다. 쯔루하시 시장통을 걷다 우연히 들어간 어느 밥집에

출처 : 저자 정주영 촬영

서 나는 평소보다 더 힘껏 밥을 먹었다. 밥 한 숟가락에, 여러분 힘내세요, 김치 한 젓가락에, 우리, 우리가 있습니다. 속말을 하며 된장찌개에 밥을 말아 삼켰다.

정말이지 오랜만이었다. 된장찌개 맛은 한국에서 먹던 맛과 별반 다름없고, 반찬도 마찬가지였지만, 그래서 더 열심히 먹었다. 내가 씩씩하게 먹으면 재일한국인들이 더 힘을 낼 것 같은, 근거 없는 믿음으로 배가 뜨듯했다. 밥 한 공기에 잠시 애국자가 되었다.

"밥 안 먹으면 학교 못 간다. 공부하는 힘은 배에서 나오는 거야. 그러니 어서 먹어!"

조금만 더 자겠다고 떼 부리다 맞기 일보 직전에 졸린 눈으로 겨우 밥상머리에 앉아선 툴툴대는 내게 엄마는 늘 야단을 쳤다. 워낙 평소에도 엄격한 엄마였지만 유난히 밥을 먹지 않는 일에 대해선 특별히 강압적이었다. 천지개벽이 일어나도 밥은 다 같이 먹어야 하는 가족 규칙이 어렸을 때부터 있었다. 아버지도 예외는 아니어서 식사를 함께 아니할 시에는 폭풍 잔소리를 들어야만 했다. 나와 아버지는 엄마의 밥 앞에서 아무런 저항을 하지 못했다. 그때 결심했다. 어른이 되면, 절대로 아침을 먹지 않겠노라고!

그런데 나의 생활 루틴 중 철저히 지키는 것 중 하나가 '아침 식사' 하기다. 어릴 적 버릇 여든까지 간댔다. 맞다. 무섭게 몰아친 엄마 덕분(?)에 나는, 아침 식사를 꼭 하는 어른이 됐다. 그것도 식사 대용품이 아닌 밥을 반찬과 함께 먹는다. 결혼해서도 그 루틴은 어김없었고 중년이 된 지금도 밥을 먹는 아침 식사는 이어지고 있다. 살면서 경험으로 알게 됐다. 속이 든든해야 머리도 돌아가고 삶의 에너지를 낼 수 있다는 걸 말이다. 건강의 조건은 끼니를 거르지 않는 것이다. 엄마는 그 습관을 내게 유산처럼 남겨주었다.

중년 여자들이 모이면 하는 말이 있다. '세상에서 제일 맛있는 밥상은 남이 차려주는 밥상'이라고. 깔깔대며 철저한 남(식당의 셰프라든지)이 차려준 음식을 맛나게 먹는다. 우리는 값과 상관없이 남이 차려주면 다 좋다. 누군가를 위해 음식을 만드는 일, 먹는 일이 중년 여자들에게는 끼니 노동이었다. 몇십 년을 상을 차려온 중년들은 어쩌다 한번은 남에게 대접받는 식사로 마음을 덥히고 속을 채웠으면 좋겠다. 위로는 사소해도 좋다. 진심 어린 애정의 표현이면 된다. 그로 인해 중년의 마음과 몸은 따뜻하게 낫는다.

우리 남편은 언제쯤 날 위해 국을 끓여줄 수 있을까? 다시 태어나길 바라야 하나?

엄마가 된 너에게

"모성은 타고나는 거야, 길러지는 거야?"

꼬맹이였던 조카가 언제 자랐는지, 결혼한다고 수선이더니 이제는 한 아이의 엄마가 됐다. 어느 날 조카는 내 옆에 은근히 기대어 앉아 짧은 한숨 내뱉듯 물어왔다. 이제 두 돌을 넘긴 딸아이가 숨이 막히도록 예쁘지만, 삭신이 무너질 만큼 양육이 힘들단다. 어떨 때는 아이를 잘못 키우고 있는지 걱정스럽고, 자신이 과연 엄마 자격은 있는 건지 의심스럽기도 하다며 이내 글썽였다. 내게는 아직도 어리게만 보이는, 한 생명을 책임지고 있는 어른 조카의 머리를 오래전 그때처럼 쓰다듬으며 몇 년 전 만났던 그녀들의 이야기를 들려주기로 했다. 세상의 끝이라 불리는 곳, 교도소에서 아기를 키우는 여자들이 있었다. 모성을 연구하고 있었던 나는, 그녀들의 삶과 어머니 됨, 그리고 모성을 어렵게 들을 수 있었다. 교도소 안 모성은 과연 어떤 모습인지, 무엇을 모성이라 부를 수 있는지, 엄마란 어떤 존재인지, 내가 만난 양육유아자*들의 이야기를 차분히 시작했다. 엄마로 살기가 힘들다는 조카에게 한줄기 위로가 되길

---

*양육유아자라는 용어는 교정시설 안에서 사용하는 용어다. 여성수형자로서 임신 상태로 수용되어 출산 시 약 2~3개월의 형 집행 정지를 받아 사회에서 출산하고 아기와 함께 교도소에 다시 수용, 형을 사는 이들을 말한다. 아기와 교도소에서 함께 지낼지는 여성수형자의 희망에 따른다.

바라는 마음으로.

양육유아자들의 모성은, 교도소 안 수감방에서 아기를 키우기 시작하면서 경험하게 된다. 좁은 공간에서 제한과 통제를 받으며 양육유아자들은 터질 듯한 힘겨움을 호소한다. 엄마로서 아기에게 해줄 것이 없는 양육 환경에 좌절하며 죄책감을 느낀다. 하지만 힘들고 고통이 따라도 감수하며 살아야 한다. 그곳은 죗값을 치르기 위해 수감 된 교도소이기 때문이다.

그녀들은 수감되기까지 많은 시간을 갈등했다고 한다. 교도소에 들어가는 것이 두렵기 때문이다. 도망가면 혹시 안 잡히지 않을까? 그냥 순순히 잡혀서 죗값을 치를까? 둘로 나뉘는 마음 때문에 고민한다. 그렇게 마음고생하다 수배를 피해 도망을 다니는 사람들도 있다. 그러다가 자수하거나 결국 잡힌다. 교도소에 수감되기 전 또는 수감되어, 또 한 번 갈등을 겪게 된다. 바로 자신이 임신했다는 것을 알게 된 것이다. 아기를 낳아야 하나, 낳지 말아야 하나. 교도소에 들어가게 되는 것은 자명한 사실이 되어버렸는데 이 와중에 아기를 낳는 것이 과연 옳은 일인가, 옳지 않은 일인가. 손으로 세기조차 힘든 걱정으로 불안의 낮과 밤을 보내고, 그들은 아기엄마가 되기로 했다.

양육유아자들은 임신 기간 동안 몇 번의 재판을 받고 형이 확정되기 전까지 불안함 때문에 아기가 뱃속에서 꿈틀거려도 알아주지 못했다.

태교를 할 수 있는 마음의 여유는 아예 없었다. 임신한 상태로 교도소에서 생활하다 산달이 가까워지면 도주 우려가 없는 여성수형자의 경우 2~3개월의 집행유예를 받게 된다. 출산은 사회에 있는 산부인과에서 할 수 있다. 아기 낳은 몸이 된 여성수형자는 또다시 마음이 둘로 나뉜다. 아기를 데리고 교도소에 들어가야 할까, 아기를 사회에 두고 혼자 교도소에 들어가야 하나. 갓 낳은 핏덩이를 떼어 놓고 가자니 가슴이 미어진다. 그렇다고 교도소 환경은 아기가 있을 만한 곳이 분명 아닐진대 차마 데려가기 힘들다. 교도소 입소 전까지 여성수형자들은 아기를 바라보며 하루에도 수십 번 변하는 마음 때문에 힘들어하다 결국 어렵게 결정했다.

'아기와 같이 가자.' 그렇게 여성수형자들은 양육유아자라는 이름을 달고 형을 살게 되었다. 일반 사동은 여름과 겨울을 나기가 참으로 힘든 곳이지만 아기들이 있는 양육유아 수감방은 시원하고 따뜻하다. 그곳에서 양육유아자들은 아기를, 같은 형편의 양육유아자 아기들과 함께 키운다. 수감방은 공동육아의 장소라 하겠다. 같이 먹이고, 재우며, 놀아준다. 한 아기가 아프기라도 하게 되면 사회에서 육아의 경험이 많은 양육유아자가 다른 양육유아자의 아기를 능숙하게 간호해주기도 한다. 내 아기와 놀아주면서 네 아기를 돌봐주는 양육 품앗이가 이루어지는 공간이기도 하다. 서로의 아기를 돌봐주면서 양육유아자들은 동질감을 느끼며 공동체 의식으로 이어진다.

아기를 함께 키우며 힘든 생활에 서로가 의지가 되어 버텨주기도 하지만 폐쇄적이고 협소한 공간에서 갈등이 일어나게 되면 매우 힘겹다. 각자의 생존을 위한 다툼은 감정의 소용돌이를 만든다. 양육유아자들은 서로에게 필요한 존재가 되었다가 또 얼굴을 붉히는 갈등의 존재가 되기를 반복하면서 교도소 생활을 버텨나간다. 그 속에서 아기는 하루하루가 다르게 커간다. 목을 가누는 것도 힘들었던 핏덩이가 어느새 교도소에서 돌을 맞고 걸어 다니며 호기심 가득한 눈으로 주변의 모든 것들을 탐색한다. 아기의 발달은 사회의 아기들과 비슷하게 이루어지지만, 그 발달을 촉진시킬 수 있는 환경은 극히 제한적이다.

아기는 엄마가 쥐여주는 것들만 만질 수 있으며 그나마 아기가 자유롭게 놀 수 있는 놀이방 안에서도 놀잇감은 소리가 나지 않고 움직이지도 않는다. 건전지가 빠진 모든 놀잇감은 소리와 움직임도 빠져 있다. 이는 마치 아기에게 반드시 있어야 할 행복이 빠진 것 같아 교도소의 엄마는 애가 타면서도 슬프다. 무엇이든 해주고 싶은 엄마 마음과 달리 현실은 수감 되어 있는 처지다. 소리 나지 않는 놀잇감은 엄마와 함께 교도소에 살고 있는 아기의 모습 같아 바라보는 엄마 마음은 처량하다. 아기는 어디든 뛰어나가고 싶어 하지만 그것도 엄마에게 주어진 운동시간 30분 안에서만 가능하다. 어쩌다 수감방 문이 열릴 때 아기는 환호성을 지르지만 이내 교도관이 미안한 웃음을 지으며 닫아버리기 일쑤다.

아기는 자신이 원하는 대로 이루어지지 않음이 속상해서 떼쓰고 울어보지만, 시끄럽다고 소리지르는 다른 수감방 여성수형자들의 원성에 반강제로 젖병이나 공갈 젖꼭지를 입에 물어야 한다. 양육유아자들은 이구동성으로 공갈 젖꼭지는 양육유아방의 필수품이라 했다. 우는 소리를 제한하기 위해 먹인 우유는 아기의 몸무게를 늘려버린다. 교도소의 아기들은 그래서 일반 아기들보다 조금씩 체중이 더 나간다. 이 모든 것들이 엄마는 미안하다. 양육유아자들은 자신의 죄로 인해 아기마저 고생하는 것이 마음 아프다. 수형자인 자신이 제한당하는 것은 감수할 수 있지만, 아기에게 필요한 모든 것들이 제한당할 때 그저 속수무책으로 있어야 하는 자신이 원망스럽다. 또 그 억압이 아기의 발달에 영향을 미칠 것 같아 걱정으로 속은 타들어 간다. 엄마는 아기에 대한 죄책감으로 교도소의 하루하루가 힘들다. 자신으로 인해 힘들게 성장하는 아기에게 용서를 구하고 싶다.

교도소 밖으로 나가게 되는 아기의 월령 18개월이 가까워질수록 아기와 엄마는 지쳐간다. 피곤함이 짙어진다는 건 서서히 아기와 이별할 시간이 가까워짐을 말한다. 아기를 하루라도 빨리 내보내는 것이 아기를 위하고 자신을 위하는 길일 수도 있다고 생각하게 되는 시점은 아기가 돌이 지나면서부터다. 아기의 운동량은 하루가 다르게 변하고 양육

스트레스도 서서히 증가하기 때문이다. 아기와의 이별은 생각보다 빨리 다가온다. 어쩌면 아기를 양육했던 18개월 전부가 이별을 준비하는 시간이었는지도 모른다. 약속된 날이 오면 양육유아자의 가족이 와서 아기를 인계받아야 한다. 만약 가족의 형편이 여의치 않으면 아기는 탁아기관으로 가서 생활한다. 아기와 헤어지는 날, 안 떨어지려는 아기를 억지로 떼어보내고 돌아서는 엄마는 무너진다. 하지만 이곳에 같이 더 지내다가는 서로가 힘들어짐을 잘 알기에 엄마는 마음을 다잡는다. 더 좋은 곳에서 엄마를 기다리고 있기를 간절히 바라며 양육유아자들은 이별을 견딘다. 엄마는 아기의 부재로 인해 자신이 한 사람의 어머니였음을 알게 된다. 자신이 엄마였음을 규정짓는 것은 곁에 없는 아기의 존재감 때문이다. 아기가 먼저 나가는 양육유아자들은 일반 수형자의 신분으로 바뀌지만, 시간이 흘러도 아기와 나누었던 모든 것들이 몸에 새겨져 있는 엄마임을 알게 된다. 이별은, 존재의 없음으로 있음을 알게 한다.

교도소에서 아기를 키우는 생활이 녹록하지 않지만, 온종일 눈과 살을 맞대며 느끼는 애착은 지금까지 경험해보지 못한 뜨거움이다. 순간순간 너는 나라는 강렬한 감정을 느낀다. 교도소에서 비로소 자신이 진짜 엄마가 되었음을 알아가고 있다. 인생의 막다른 골목이라 생각하고 들어온 교도소에서 18개월 동안 아기는 엄마 삶의 방패가 되어주었다. 아기가 사회로 나가면 형기가 남은 엄마는 다시 수형자로 돌아가지만,

엄마가 아닌 것은 아니다. 자유로운 사회에서 다시 만날 아기의 안전과 무탈함을 매일 기도하며 부여된 삶을 살아낸다. 아기의 옹알이를 들을 수 없는 교도소 어느 수감방에 어머니의 옷을 벗은 어머니가 숨은 듯 살고 있다.

아직도 어린 시절의 예쁜 눈웃음을 가진 조카야. 사람을 키우는 일이 참 쉽지 않지. 엄마로 살아가는 일이 참 힘겹지. 그래도 조카야. 난 네가 참 대견하구나. 그 어떤 상황에서도 엄마임을 잊지 않고 살아가는 너, 축복하고 지지한다. 지쳐 울고 싶어지는 어느 날, 찾아오렴. 한껏 쉬었다 가거라. 너의 비빌 언덕이 되어주마.

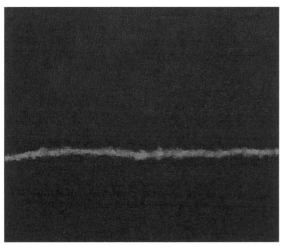

〈환대〉 출처 : 저자 정주영 작성

최영인

유전된 기억

문제 없음

사랑하기 어려운 이유

유전된 기억

사람들은 수 세기 동안 살아가면서 많은 것을 경험하고 발전되어 왔다. 사회는 더욱 복잡해지고 여러 가지 다양성이 허용되며 현대 문명에 이르렀다. 사회는 많은 발전을 이루어내며 노동력을 사용하는 것보다 정신력을 사용하게 되었다. 엄청난 이득을 가져와준 문명 발전은 감정보다는 머리로 해결하는 사회가 되었다.

불행하게도, 현대 사회의 문제는 마음의 병이라고 생각한다. 극단적인 선택을 하기도 하고 많은 소중한 생명이 시들어져 갔다.

나는 마음의 병이 왜 생긴 것일까? 생각해봤다. 여러 가지 이유가 있겠지만 유전된 기억이라고 생각해봤다. 유전된 기억은 나의 아버지 나의 할아버지 나의 조상들이 느꼈던 트라우마, 두려움, 안 좋은 기억들이 세대를 거치면서 유전되어왔다고 가정해봤다. 예를 들어 아무 안 좋은 기억도 없고 트라우마도 없는 사람이 계속해서 불안감을 느끼고 자해하고 안 좋은 선택까지 하는 경우를 보면 그럴 만한 이유가 없는 사람이 왜 저런 선택을 한 걸까? 우리는 생각한다. 하지만 본인은 터무니없게 이런 생각을 하는 것은 아니다.

왜냐하면 나도 불안감이 있고, 불안을 경험하면서 드는 생각이기 때문이다. 나의 불안감을 설명하자면 아무런 이유가 없다. 아무런 이유 없이 그냥 순간적으로 찾아오는 이 불안감은 하루하루 전쟁과도 같은 일이다. 나는 꽤 관리를 잘하고 있는 편이지만 이유 없는 불안감은 참으로 힘든 일이다. 무엇인가 안 좋은 기억이 있는 사람보다 이유가 없이 불안감이 있는 사람이 더욱더 이해하기도 어려우며 치료도 힘든 것이다. 나는 그 이유를 유전된 기억이라고 가정한다. 그래서 우리의 선대 조상들이 느끼던 안 좋은 기억과 감정들이 대대로 이어지면서 유전이 되었다고 생각해봤다.

최근 친하지는 않았지만, 극단적인 선택을 한 사람이 이야기를 듣게 되었다. 우리가 진정으로 그 사람을 이해할 수 있을까? 절대로 이해할 수가 없을 것이다. 아무런 문제도 어떠한 이유가 없는데 그런 선택을 하게 되었다면 우리는 충격을 받을 뿐, 불안을 느끼던 그를 위해 아무것도 해줄 수 없다. 내가 불안을 겪어본 결과는 스스로 이겨내야 한다는 것이다. 마음의 문제는 아무도 도와 줄 수가 없다. 내가 느끼는 감정은 나밖에 모르기에 본인 스스로 이겨 내야 한다.

나도 어려운 시간을 보내기도 했다. 불안감 때문에 고생을 많이 했었다. 하지만 우리는 머리가 있다. 생각을 할 수 있다. 컨트롤할 수 있다. 마음은 컨트롤이 불가능하지만, 머리는 컨트롤할 수 있다. 생활패턴과 나의 에너지를 분산시키지 않고 머리로 마음을 지배하는 것이다. 나는 그것에 성공했고 불안감은 가끔 찾아오는 감기처럼 느끼게 되었다.

마음이 아픈 사람들에게 해주고 싶은 말은 달콤한 위로의 말이 아니다. 왜냐하면 나도 느껴봤기 때문이다. 공감의 말이나 위로의 말은 크게 도움이 되지 않는다. 나는 불안으로 힘든 그들에게 이렇게 말하고 싶다.

"스스로 이겨내라! 끝까지 마음과 싸워라! 이성으로 마음을 컨트롤해라!"

사람들은 저마다의 문제가 있다. 하지만 내가 살면서 느낀 것은 아무도 나 대신 싸워주지 않는다는 것이다. 나의 혼자만의 싸움이고 가족도 도와줄 수 없다. 내 스스로 이겨내는 수밖에 없다. 불안감이나 자살 생각이나 우울감이나 무기력증을 느낀다면 패턴을 이해하면 된다. 내가 언제 마음이 힘든지 알아내고 연구하고 나만의 생활패턴을 유지해야 한다. 나의 경우는 허브차를 많이 마시고 발라드 노래를 많이 들으며 마음을 안정화시킨다. 만약 유전된 기억으로 아무 이유 없이 마음이 힘든 것이라면 머리로 감정을 이해하고 컨트롤해야 한다. 감정을 잠재우는 패턴이 필요하고 감정을 최소한으로 줄이는 것이 필요하다. 마음이 아픈 사람에게는 너무 지나친 감정 변화는 좋지 않다. 감정을 최소한으로 줄여야 한다. 그렇다고 감정을 없애버리라는 것은 아니다. 감정을 최소한으로 느끼고 이성적으로 판단하는 것이 중요하다. 마음이 아픈 사람에게는 감정이 위험할 수 있다. 모든 상황을 머리로 인지하고 이성적으로 판단하고 머리로 모든 것들을 이해해야 한다.

감정의 변화는 호르몬의 변화다. 도파민, 세로토닌, 엔도르핀 등 이런 호르몬의 과작용으로 뇌가 흥분상태에 빠지며 불안감을 유발할 수 있다. 뇌는 우리가 컨트롤해야 된다. 마음에 변화를 따라가면 안 된다. 뇌를 내가 완전히 지배하면 극단적인 선택은 피할 수가 있다. 오늘 하루를 이겨내는 것이다. 오늘 하루를 사는 것이다. 멀리 볼 필요가 없다. 오늘 하루 에너지를 컨트롤해서 오늘 하루만 이겨내면 되는 것이다. 하루하루가 쌓여서 영광이 된다. 살아남았다는 안도감으로 살아가는 행복을 찾는 것이다.

나는 아침에 일어나서 일과를 생각한다. 오늘 하루만 이겨내면 내일도 이기고 다음 날도 이기고 한 달을 이기고 1년을 이기고 10년을 이길 수 있다. 감정의 어두운 마음을 따라가지 않고 이성적으로 머리로 감정을 이겨내는 것이다. 감정이 없는 사람을 사람들은 사이코패스라고 하기도 한다. 하지만 어두운 마음을 이겨내는 사람은 살아냈다는 자체만으로 대단한 것이다. 겪어보지 못한 사람들은 이해할 수가 없다. 마음에 데미지를 입는 상황은 매 순간 찾아온다. 사람과의 관계, 경제적 문제, 가족의 문제, 혼란스러운 사회의 문제, 이런 것들에 끌려가면 절대 안 된다. 마음의 병이 있는 사람은 이기적이어야 한다. 본인의 마음만 생각하고 최대한 데미지를 입지 않도록 노력해야 한다. 극단적인 선택을 유도하는 무거운 사회 분위기를 이겨내는 것은 오직 이성적인 판단과 상황 분석과 1초 만에 변화하는 나의 감정을 컨트롤하는 것이다.

　살아남는 것은 굉장히 중요하다. 마음 아픈 사람들은 삶에 회의를 느끼기 쉽다. 그래서 별로 향하는 것이다. 왜 살아야 할까? 많은 철학자가 이유를 말로 떠들지만 태어난 것이 이유가 없듯이 죽을 이유도 없다. 최대한 살아남아서 마지막 장면까지 도달하는 게임을 하고 있다고 생각해도 좋다. 나는 극단적인 선택을 생각하는 사람들에게 말하고 싶은 것이 있다.

　"너의 잘못이 아니야 네가 힘든 건 유전된 기억 때문이야…. 살아남아서 마지막 장면을 보자."

　나는 나의 마지막 장면을 보고 싶다. 항상 호기심 많고 철없는 어린이처럼 살아온 나의 자녀들은 어떤 모습일까? 나의 자식들이 나의 임종을 지켜줄까? 나를 안아줄까? 나는 궁금하다. 마음이 아프신 분에게 우리 같이 삶의 마지막 장면을 보자고 말해주고 싶다. 게임을 시작했으면 마지막 장면을 보고 싶듯이 우리는 태어났으니 마지막 장면을 보고 싶을 것이다. 삶의 마지막 장면에서 나는 슬픈 하루하루가 아니라 행복한 하루하루였다고 나의 자식들에게 말해주고 싶다. 그러니 "너도 너의 삶을 이겨내라"라고 말해주고 싶다. 우리는 삶에 패배하지 않을 것이다.

우리는 이길 것이다. 그리고 볼 것이다. 마지막 장면을! 그리고 나의 기억은 또 유전되어서 나의 자식들에게 돌아갈 것이다. 우리는 마지막까지 살아남아서 변화된 세상을 보고 즐겁게 삶이 지나갈 것이다. 유전된 기억은 나의 조상의 선물일 수도 있다. 물론 안 좋은 기억도 있겠지만 삶을 살기 위해 치열했던 순간의 기억들은 후세로 이어지면서 강한 사람이 태어날 수도 있을 것이다.

기억이 유전된다는 것은 그저 나의 억측일 수도 있다. 하지만 내가 겪어왔던 모든 기억이 단지, 사라진다면 나는 그것보다 기억이 유전되기를 희망한다. 때때로 어려움들이 나에게 다가올 때면 나는 나의 기억으로 험난한 세상을 헤쳐 나갈 수 있도록 노력할 것이다. 나에게는 지켜야 할 사람들이 있고 나에게 기대하는 사람들이 있다. 나는 한참 부족한 사람이지만, 조상들의 주신 지혜로 말미암아 앞으로 나아갈 것이다. 나의 조상들이 이루지 못한 것을 나의 시대에 이루어질 수도 있고 아니면 나의 후세들에게 이어질 수도 있다. 나의 모든 기억이 이어지고 이어져서 세상에 필요한 사람이 태어난다면 그걸로 만족한다. 유전된 기억은 슬픔이 아니라 어려움을 이겨낼 수 있는 희망의 메시지다.

〈wave—earth sounds〉 출처 : 저자 최영인 작성

문제 없음

사람은 살아가면서 여러 가지 문제들이 찾아오기도 한다. 우리는 어려움이 갑자기 찾아오면 뇌 정지가 오듯이 당황스럽고 걱정이 된다. 문제를 해결하기 위해서 부단히 노력할 것이다.

나는 나에게 많은 문제가 있다는 것을 알고 있다. 예를 들어 담배를 피우는 문제, 숫자 강박증, 불안증 등 여러 가지 문제가 나에게 있다.

나는 이러한 문제들을 고치려고 노력을 해봤지만 안 고쳐져서 포기 상태다. 그리고 나에게 발생하는 문제들을 나는 기억에서 지워버린다. 예를 들어 현금 100만 원을 내야 하는 전시가 있는데 나에게 그런 돈이 없으면 고민하고 고민하다가 그냥 기억에서 지워버린다. 그러면 어느 순간 돈이 생기면 100만 원을 지불하고 흐르는 강물처럼 해결된다. 우리는 문제가 발생하면 너무 심하게 과민 반응을 하는 경우가 있다.

하지만 나는 이해한다. 갑자기 질병이 찾아오면 우리는 살고 싶어서 엄청나게 노력하고 병원에 다니고 그 질병을 해결하려고 할 것이다.

나는 중학교 때 심하게 아픈 적이 있다. 소변에 혈액이 섞여서 나오는 질병에 걸려버린 것이다. 너무나 머리가 아프고 어지럽고 음식을 먹을 수도 없고 물을 마실 수도 없었다. 그래서 병원에 갔는데 의사 선생

님께서 나의 질병의 원인을 알 수가 없고 무슨 질병인지도 모르겠다고
했다.

나는 너무나 살고 싶었다. 하지만 나는 내가 죽어가는 것을 느끼게
되었다. '아! 사람이 이렇게 죽는구나…' 마음속으로 생각했다. 병원에
서 3개월 정도 입원을 하게 되었다. 나는 신에게 기도했다. "하나님, 살
려주세요"라고 애원했다. 하지만 나의 몸 상태는 호전되지 않았고 나는
깊은 절망감에 빠지게 되었다.

나는 내가 아픈 것을 잊어버리기로 했다. 기억에서 나의 질병을 지워
버렸다. 나는 남은 생을 재미있게 살려고 질병에 대해서 생각하지 않기
로 했다. 그러다가 어느 순간 소변이 노란색으로 나오기 시작했고 어지
럼증과 두통과 복통이 조금씩 사라져가는 것을 느꼈다.

그러다가 갑자기 질병이 호전되었다. 다시 살아난 것이다.

나는 어릴 때 이 경험이 아직도 나를 살아가게 하는 원동력이 된다.
나는 집안 사정이 어려운 것은 아니지만 각종 전시나 아트페어에 참가
하려면 돈이 필요하다. 나는 몇 년 동안 미술에 전념해서 부모님 돈을
많이 썼다. 그래서 최근에 부모님께 죄송한 마음이 들었다. 때때로 아트
페어 참가 신청이나 단체전 참가 연락이 많이 온다. 옛날에는 아무 생각
없이 그냥 신청해서 나갔지만, 요즘에는 돈을 미술에 투자하는 것이 부
모님께 죄송하게 생각되었다. 내가 미술을 하지 않는다면 나는 아버지

사업을 물려받고 아무 걱정 없이 잘 살아갈 것이다.

하지만 나는 그림 그리는 것을 너무 좋아해서 그만둘 수가 없다. 때때로 마음이 어려워질 때가 있다. 내가 미술을 계속해야 할지 그만하고 아버지 사업을 해야 할지 고민이 많이 된다. 그럴 때 나는 내가 중학교 때 아플 때가 생각이 난다. "그래…. 나는 죽을 뻔했는데, 좋아하는 것을 해야 한다." 내가 미술을 포기하면 나는 엉뚱한 사람이 될 것 같은 느낌이 든다.

내가 죽다 살아난 것처럼 미술은 나에게 목숨 같은 것이다. 그림 그리는 것이 너무 즐겁고 행복하다. 많은 시간 동안 미술을 했고 그림도 300점 정도 그리게 되었다.

문제는 어디서부터 시작될까? 나는 문제는 마음에서부터 시작된다고 생각한다. 마음이 어려워지면 모든 것이 절망스럽고 답답하게 느껴진다. '나의 어려움은 결국 작품 판매에 관한 것들인데 판매가 되어야 판매금으로 캔버스도 사고 물감도 사고 전시도 하고 그럴 텐데' 하면서 말이다. 어쩌면 나의 문제는 아주 사소한 문제일 수도 있다. 정말 어려운 삶은 사시는 분들에게 나의 문제는 문제도 아닐 수도 있다. 정말로 어려우신 분들을 텔레비전에서 보면 나는 그분들을 존경하고 존중하게 된다.

그 정말 어려운 환경에서 묵묵히 살아가시는 분들은 강한 사람이라고 생각한다. 나의 마음은 너무 약한 게 아닐까? 나는 정말 어리석은 사람이 아닐까? 하고 말이다. 나는 마음이 튼튼해지고 싶다. 사소한 일에 마음이 다치는 사람이 되고 싶지 않다. 강한 마음을 가지고 살아가고 싶다.

나의 문제는 세상일에 비하면 모래알보다 작은 아주 사소한 문제일 수도 있다. 많은 시간 고민했다. 나는 가정을 이루고 싶고 내가 사랑하는 아내를 만나고 싶다. 나는 나의 자녀도 가지고 싶다. 그러나 그러려면 경제적인 문제가 해결되어야 하고 내가 돈을 벌어야 하는데 미술로 과연 성공할 수 있을까? 그런 생각을 한다. 하지만 미술을 포기하고 싶지 않다. 어릴 때부터 시작한 미술을 지금 와서 포기한다면 정말 바보가 되는 것 같다. 나는 많은 돈을 바라지는 않는다. 그저 나의 가정을 꾸리고 자녀들을 키울 수 있는 경제적인 부분이 채워지기를 바랄 뿐이다.

과연 문제가 없는 사람이 있을까? 사람은 저마다의 문제가 있을 것이다. 그 문제가 사소하든 중요하든 그 사람에게는 무겁게 다가오는 문제일 것이다. 나는 어려운 문제가 생기면 마음속으로 생각한다. '문제 없음…. 문제 없음…. 문제 없음….' 그리고 문제들을 기억에서 지워버린다. 그래야 내가 살 수 있기 때문이다. 나에게 스트레스는 굉장히 악영향을 끼친다. 마음이 불안해지고 정신이 흐트러진다.

내가 살아가는 방법은 문제를 나의 기억에서 지워버리는 것이다. 그리고 시간이 해결해주기를 바란다. 그리고 문제들은 99퍼센트 해결된다. 마음의 상처나 경제적 어려움 등은 시간이 지나갈수록 해결될 수 있다. 우리의 마음을 깨끗하게 정돈하고 머리의 고민을 털어버리고 마음속으로 주문을 걸어본다. '문제 없음…. 문제 없음…. 문제 없음….'

20살까지 나는 도망치는 삶을 살아왔다. 한국에서 프랑스로 유학하러 갔을 때도, 군대에 갔을 때도 나에게 주어진 책임을 맞서기보다는 회피하는 마음이 많았던 것 같다. 하지만 30대가 되면서 나는 내가 도망칠 곳이 없다고 느꼈다. 나의 삶을 이제는 맞서야 하는 상황인 것이다. 내가 문제가 없다고 생각하면 나의 어려운 상황들도 맞서는 용기가 생긴다. 원래 인생은 그런 것 같다. 각종 문제가 발생한다. 사소한 것부터 어려운 문제들이 계속해서 생겨난다. 상처가 아물 때쯤 또 다른 상처가 생겨나는 것처럼 꼬리에 꼬리를 무는 문제들이 발생한다.

우리가 할 수 있는 것은 이 문제들 앞에서 용기를 내는 것이다. 이 문제가 문제가 아니라고 생각하는 것이다. 우리가 문제들에 맞서서 싸울 때 모든 경험이 우리가 이겨낼 수 있는 빈틈의 실마리를 보여줄 것이다. 문제를 박살낼 수 있는 빈틈의 실마리를 찾아서 문제들을 돌파하고 이겨낼 것이다.

나는 항상 생각한다. 문제가 있어도 이 문제를 내가 문제로 인식하지 않으면 나는 트라우마에서 벗어날 수 있다고, 그리고 문제 없음을 실현할 수 있다고, 문제를 문제로 생각하지 않고 문제를 용기로 이겨내서 모든 악한 상황을 이겨낼 수 있다고 생각한다.

이제는 포기하지 않을 것이다. 나에게 주어진 책무를 다하고 싶다. 나의 책무를 완성하기 위해 나에게 다가오는 문제를 활활 타오르는 태양의 불꽃으로 이겨내고 싶다. 그리고 지금 힘든 상황을 겪고 있는 분들에게 작은 메시지를 전하고 싶다. 우리에게 문제는 없다고, 문제는 환상일 뿐이라고. 그리고 우리는 삶을 이겨낼 것이라고 말이다.

〈wave-no problem〉 출처 : 저자 최영인 작성

사랑하기 어려운 이유

나는 보통의 남자들처럼 이성을 좋아한다. 첫 번째로 좋아하던 여자는 유치원 때 인기가 많은 아이였다. 이름도 선명하게 생각이 난다. 나의 7살 때 생일날 그 아이가 볼에다 뽀뽀해주었던 기억이 난다. 나는 어렸을 때 좋아하는 감정을 이해하지 못했다. 왜냐하면 항상 감정에 서툴렀던 것이다. 나는 내가 좋아하던 아이가 뽀뽀해주던 사진을 찢어서 버려버렸다. 내가 왜 그랬는지는 모르겠다. 그냥 그 사진을 보면 마음이 이상해지므로 그리고 슬픈 기분이 들었기 때문에 그런 것 같다.

세월이 흘러 나는 중학생 때 그 여자아이를 봤다. 내가 알던 아이가 아닌 것처럼 머리는 노란색으로 염색했고 나보다 키가 컸었다. 나는 차마 인사를 하지 못했다. 그 아이의 표정은 시큰둥했다. 이른바 말하는 잘나가는 아이가 된 듯했다. 아마 나를 기억하지 못할 것이라는 생각이 들었다. 나는 엄청 슬프지는 않았지만, 나의 추억에 아이와는 달라져서 조금은 실망한 것 같다.

나는 입시 미술을 준비하는 기간에도 좋아하던 아이가 있었는데 호감만 가지다가 잘 되지 않았다. 나의 군대시절에는 나를 좋아해주는 아이가 있었는데 제대 후 몇 번 만나다가 잘 되지 않았다.

나는 항상 그런 식이다. 감정에 정말 서툴다. 여자의 마음을 이해하는 것이 매우 어렵게 느껴진다. 아니 사실은 감정 자체를 이해하는 것이 매우 어렵게 느껴진다. 항상 혼자 사랑하다가 혼자 포기해버리고 상처만 남은 채 날아가버리는 새처럼 어리석다. 상처들이 쌓이고 쌓여서 갈라져 있다. 소개팅도 해봤는데 이런 만남은 나는 별로다.

그러나 여자에 대한 악감정은 없다. 그저 내가 연애에는 소질이 없는 것 같다. 친구들의 옛날이야기를 들어보면 나를 좋아했던 아이도 있었다고는 하는데 나는 잘 몰랐었다.

현재는 그냥 혼자가 편하다는 생각이 든다. 감정 소모전도 안 해도 되고 돈도 안 써도 되고 상처받을 일도 없다. 제일 힘든 것은 감정을 소모하는 일이다. 오해하고 질투하고 서로 상처를 주면서까지 만나야 하는 이유는 없는 것이다. 어머니는 이런 말씀을 하신다. "분명 너의 짝이 있고 갑자기 나타나고 네가 정말 좋아하게 될 것이다"라고. 하지만 나는 누구를 좋아하는 것이 어렵게 느껴진다. 왜냐하면 내가 누군가를 좋아하면 분명히 상처받을 것으로 생각하기 때문이다.

나는 심리상담 센터에 3년 정도 일한 적이 있는데 큰 충격을 받았다. 정말로 봉합하기 어려운 상황을 눈으로 보면서 이건 아니다 싶은 생각이 들었다. 상담은 비밀 유지를 해야 해서 이 글에는 쓸 수가 없지만, 상상을 초월하는 남녀관계의 문제를 많이 봤다. 그런 상황을 겪으면서 나는 점점 사랑과 멀어져 갔다. 사람들은 나에게 냉정하다고 할 수도 있겠지만 마음의 깊은 골짜기는 더욱더 깊어져만 갔다. 나는 최대한 사람들에게 친절하게 대하지만 마음은 열지 않는다. 마음은 철창처럼 갇혀 있다. 내가 웃으면서 친절하게 사람들에게 다가가는 것처럼 보이지만 사실은 선을 넘지 않도록 나의 규칙에 따라서 사람들을 상대할 뿐이다. 세상에서 가장 중요한 것은 사랑이라고들 한다. 나도 그 말에 동의한다. 사람들에게 베풀고 서로 도우며 의지하며 살아가는 것은 중요하다고 생각한다. 그런데 그 말을 지키는 사람은 몇 명이나 될까? 의문스럽다. 정말 아무 사심 없이 불행한 사람을 도와주는 것일까? 텔레비전에 선행을 베푸신 사람들 이야기가 나온다. 나는 그것을 보면서 나도 저렇게 할 수 있을까? 그런 생각을 한다. 많은 종교에서 사랑이 첫 번째라고 하는데 나는 왜 사랑이 어렵게 느껴지는지 모르겠다.

나는 지금은 친구가 별로 없다. 어릴 때는 정말 많은 친구가 있었다. 친구들과 몰려다니고 PC방도 가고 노래방도 가고 아주 재미있는 학창 시절을 보냈다. 한번은 이런 일이 있었다. 중학교 3학년 때 나는 인문계를 지원해서 인문계 학교에 가고 친했던 친구는 상업고등학교를 지원해서 갔었다. 그리고 고등학교를 입학하기 전에 2달 정도 친구를 못 만났었는데 동네 횡단보도에서 친했던 친구를 만났다. 나는 어색하게 인사하고 서먹서먹해서 이상하게 표정이 굳어졌다. 그 친구는 그걸 느꼈는지 나에게 화를 내고 가버리라고 했다. 나는 곰곰이 생각해봤는데 나의 잘못이라고 생각했다. 나는 왜 그럴까? 감정이 어렵게 느껴진다.

지금은 혼자 있는 시간이 아주 많다. 혼자 그림 그리고 혼자 밥 먹고 혼자 산책하며 운동하고 표면적으로는 아주 잘 지내고 있다. 나는 화가 생활을 하고 있어서 종종 모임에도 나가는데 화가들은 나이가 있으셔서 어느 모임을 가던 내가 가장 어리다. 자랑은 아니지만 미술 활동을 하면서 많은 것을 이루었다. 유학도 갔다 오고 큰 상도 많이 받아봤다. 지금은 신진작가로서 많은 활동을 하고 있다. 아트페어도 나가고 초대전도 많이 해봤다. 내가 학창시절에 받은 상은 딱 하나 봉사상뿐이었는데 말이다.

사람들은 내가 미술에 재능이 있어서 하는 것으로 생각할 수도 있다. 하지만 나는 내가 할 수 있는 일이 미술을 하는 것밖에 없어서 미술을 하는 것이라고 말하지 못한다.

사람들은 내가 냉정하고 강한 마음을 가져서 미술활동을 돌격하면서 모든 풍파를 헤쳐나가는 것으로 생각할 수도 있지만 나는 사실 여린 마음을 가지고 있다. 마음에 데미지를 입지 않기 위해 상당히 많은 생각과 계획을 하면서 살아가고 있다. 나의 마음은 SOS를 계속해서 보내고 있지만 나는 그것을 감추고 억누르고 아무 일 없는 것처럼 보이는 것이다.

나는 사실 여자 친구가 기댈 수 있는 강한 사람이 아니다. 나는 내가 기댈 곳이 필요한 사람이다. 나를 보호해주고 이해해주고 구원해줄 사람이 필요한 것이다.

나는 솔직히 사랑받고 싶다. 왜냐하면 내가 사랑하는 것이 어렵기 때문에 나를 사랑해주는 사람이 나타나기를 기대한다. 책임과 의무감으로 가득 차 있는 나를 보살펴 주는 사람이 나타나기를 기도한다. 아무 조건 없이 사랑해주는 사람이 나를 도와줬으면 한다. 그리고 알려줬으면 한다. 사랑의 진정한 의미를 말이다. 이 글을 쓰다 보니 내가 바보 같은 사람처럼 느껴진다. 빈 껍데기만 보이는 사람처럼 살아가려고 애쓰는 사람처럼 말이다.

우리 집에서 강아지 2마리, 고양이 1마리를 키우고 있다. 강아지 이름은 콩이랑 뿌꾸고 고양이 이름은 미누이다. 내가 정말로 좋아하고 사랑하는 반려견이다. 내가 콩이랑 뿌꾸에 밥을 항상 챙겨주고 안아주고 산책시켜준다. 나는 정말로 동물들이 사랑스럽다. 동물들은 말을 하지 못하지만 내가 일 때문에 나가 있을 때 나만 기다리고 나만을 바라본다.

그리고 항상 콩이랑 뿌꾸는 무조건적인 사랑을 나에게서 느끼게 해준다. 내가 컴퓨터를 할 때 누워 있을 때 나의 옆에 와서 찰싹 달라붙어 있다. 나는 그것이 싫지 않다. 강아지들이 나를 좋아하는 것이 느껴지면 마음은 안정이 된다. 강아지들과 고양이들은 나의 정말 소중한 친구들이다. 한동안 길고양이를 보살핀 적이 있었다. 고양이 밥을 구석진 곳에 숨겨두고 길고양이들이 밥을 먹을 수 있도록 챙겨줬다. 길고양이들은 밥을 아주 잘 먹었다. 그리고 내가 밥을 안 주면 길에서 기다리기도 했다. 나는 길고양이 밥을 주는 것을 싫어하는 사람도 있는 것을 잘 안다. 그래도 내가 데리고 키울 수는 없지만 밥을 주는 것은 할 수 있기 때문에 눈초리를 견디면서 밥을 주었다. 그런데 3년 정도 지나고 많았던 길고양이들이 사라져 갔다. 고양이들이 다른 곳으로 갔는지 아니면 잡혀 갔는지 나는 모른다. 내가 강아지들과 고양이들을 좋아하는 것이 사랑하는 마음이면 나는 왜 사람들에게는 그런 감정이 없는지 잘 모르겠다. 글을 쓰고 있는 지금도 콩이는 내 방에 와서 내 옆에 누워 있다.

어릴 적에 톨스토이(Leo Tolstoy)가 쓴 책을 본 적이 있다. 톨스토이는 사랑이란 것에 엄청난 의미를 부여하고 있는 마음이 느껴졌다. 책을 전부다 기억은 못 하지만 무조건적인 사랑의 글귀를 봤다. 가장 중요한 것은 사랑이라고 하는 톨스토이는 진정한 사랑의 의미를 아는 것 같았다. 나도 사랑의 의미를 알고 싶다. 나도 이제 35살이 되었기 때문에 결혼에 대해서 생각을 한다. 나도 내가 진정으로 사랑하는 여자와 결혼해서 아기도 낳고 알콩달콩 살아가고 싶은 마음이 있다. '과연 내가 좋아하는 것들을 희생하고 아내를 사랑할 수 있을까?'라는 의구심도 들기도 한다. 하지만 나를 좋아해주고 나도 좋아하는 아내를 만나고 싶다.

나의 어머니는 심리상담가다. 나를 다 키우시고 늦은 나이에 공부하셔서 논문을 통과하고 심리학박사 과정을 이루셨다. 어머니는 나를 매우 사랑하신다. 내가 아플 때도 잘못했을 때도 나의 개인 심리상담가를 자처하신다. 나의 어려운 문제들을 어머니한테 상담하면 마음이 편해진다. 그리고 바쁘셔도 나의 아침밥을 꼭 해주신다. 어머니는 사랑이 많으신 분이다. 정말 많은 사람이 어머니께 고민을 말하고 상담하신다. 나는 사랑이 많은 어머니 밑에서 왜 진정한 사랑의 의미를 모르는 걸까? 생각하기도 한다. 정말 어머니는 눈물이 많으시고 사람들에게 공감을 잘하시는데 나는 왜 눈물이 없고 사람들을 공감하지 못하는 것인지 모르겠다.

　나는 어릴 때 껌을 한 박스를 샀다. 그리고 껌을 길바닥에 뿌리는 장난을 친 적이 있었다. 나는 깡충깡충 뛰면서 껌을 바닥에 뿌리면서 집으로 왔다. 그리고 어머니가 집에 오셔서 길에 껌이 잔뜩 떨어져 있다고 말씀하셨다. 나는 웃으면서 "그거 내가 뿌린 건데?"라고 말했다. 어머니는 나에게 강하게 "그런 장난은 절대 치면 안 된다"라고 말씀하셨고 사람들을 존중해야 하는 이유를 알려주셨다. 나는 아무런 생각 없이 한 장난이 사람들에게 기분을 안 좋게 할 수 있는 것을 알게 되었다. 그리고 껌을 다시 다 주워왔다. 나는 사람을 존중하는 법은 알게 되었다. 하지만 사랑하는 법은 배우는 중이다.

종교적인 부분에서도 사랑을 많이 강조하는 것을 알 수가 있다. 사랑이 첫 번째라고 하는 성경 구절을 본 적이 있다. 나의 마음에 상처들이 아물기 시작하면 나도 사랑을 배울 수 있을 거라고 생각이 든다. 내가 사랑이 어려운 이유는 사람들의 잘못이 아니라 내가 진정으로 사랑하는 사람이 안 나타났기 때문이라고 생각한다. 나의 이상형은 얼굴이 예쁜 외모보다 밝고 명랑한 성격을 가진 여자가 이상형이다. 나의 어두운 마음을 가려줄 수 있는 여자, 내가 기대어볼 수 있는 사람, 나를 밝게 해줄 수 있는 사람이 이상형이다. 내가 진정으로 사랑할 수 있는 여성이 생긴다면 나는 어두운 나의 마음을 지우고 밝고 따뜻한 마음으로 살아갈 수 있을 것이다.

나는 사랑을 배우는 중이다. 만약에 사랑을 잘 모른다면 배우면 된다고 생각한다. 어딘가에서 나를 기다려주고 사랑해줄 수 있는 사람이 반드시 있으리라 생각한다. 내가 사랑이 어려운 이유는 아직 사랑을 배우지 않았기 때문이고 지금부터 배우면 될 것이다. 톨스토이의 "사랑을 미루지 말라!" 글귀처럼 말이다.

〈wave–first meeting〉 출처 : 저자 최영인 작성

최이연

오지선다 내 인생
생의 목마름으로

오지선다 내 인생

　나는 지역 제일가는 명문고 출신이다. 지역 평준화로 특목고 외에는 일반 고등학교라 큰 의미가 없을 수도 있지만, 한 해에 SKY는 몇 명, 의치약대는 몇 명, 인서울 총합 몇 명을 압도적 숫자로 크게 내걸며 고입을 앞둔 학생들이 선망하는 고등학교였다. 나 역시 부푼 꿈을 안고 당차고 밝은 미래를 꿈꾸며 설레는 마음으로 입학식을 갔던 기억이 난다.

　나는 1학년 때 진로를 미술로 정하고 언어, 외국어, 사탐 영역은 학교에서 매진하고 하교 후 나머지 시간을 실기 입시에 중점을 두는 생활패턴을 가졌다. 전원 야간자율학습이라는 학교의 전체적인 틀에 임할 수 없어서인지, 교내 수학 평균 점수를 깎아내려서인지… 교내 예체능 입시생들은 눈엣가시 같은 존재이기도 했다.

　그러던 어느 날, 평소 가족들과 주말마다 여행을 자주 다녔던 덕분에 사탐 '지리' 영역에서는 두각을 보이며 모의 영역에서 1등, 내신에서는 100점을 연이어 받으며 수능 대비 차 지리 올림피아드도 준비 중이었다. 당연히 학교 지리가 포함된 학교 수업도 눈 깜빡임도 아쉬울 정도로 집중하며 들었다. 교내 수업에서 가장 기대되는 시간도 지리, 제일 좋아하는 선생님도 지리 선생님이었다. 미술에는 큰 관심을 두지 않은 학교에서, 공부와 성적이 강요되는 학교에서 교과목으로 주목받을 수 있다는 것에 얼마나 큰 자부심을 느꼈는지 모른다. 아직 무엇을 몰랐던 어린 나는 그러했다.

학교 수업 + 입시 실기 + 올림피아드까지 밤샘으로 쉬는 시간에 깜빡 잠이 들었는데 톡톡 나를 깨우는 이가 있어 고개를 들어보니 지리 선생님이셨다. 기쁜 마음으로 졸래졸래 선생님 뒤를 따라 복도를 나갔다. 늘상 그렇듯, 너무나 다정한 눈빛과 목소리의 지리 선생님.

"많이 졸리고 힘들지? 준비하느라 쉽지 않을 거야."

"네. 선생님! 그래도 너무 즐거워요. 잘 해내고 싶어요."

"그런데 이연아."

"네, 선생님!"

"너의 옆에 누가 앉았지? 너의 준비 때문에 피곤함에 졸린다고 짝꿍의 인생을 망치면 될까?"

"…네?"

"짝꿍 전교 1등인데, 네가 옆자리에서 쉬는 시간에 자버리면, 그 친구 서울대 가는 데 방해가 되지 않을까?"

"…"

"도움을 주지 못한다면 방해는 하지 말자."

"…"

"짝꿍의 인생을 망치면 안 되지, 이연아. 짝꿍 성공하고 싶다는데 서울대 가게 해줘야지. 안 그래?"

　특히나 인정받고 싶었던 영역과 선생님. 지리 올림피아드에 관한 소식인 줄 알고 신나게 따라 나간 발걸음도, 좋아하는 영역에서는 빛나고 주목받고 싶었던 치기 어린 마음도 다 부끄러움으로 다가왔다. 처음에는 별다른 감정을 느끼지 못하고 그냥 스쳐 지나가는 훈계처럼 들리던 말들. 온기가 가득 서린 말속에는 속속들이 차가운 날카로운 단어들이 마음에 생채기를 내고 있었다. 내 안에서 뱅뱅 도는 이 낯설고 불편한 감각이 쉽사리 떨쳐내기 쉽지 않았다. 나는 방해꾼이었던 걸까? 내 존재가 누군가의 성공을 저해할 수 있는 것일까?

　오랜 경력 선생님의 안목으로 재단한 성공한 삶과 그렇지 못한 삶. 대학 입시를 넘어 인생 전반 영역까지 예언하는 듯한 삶과 성공과 방해. 날이 갈수록 선생님의 걱정스러운 말들이 무게가 실리며 점점 그 존재가 커지는 듯했다. 선생님이 인정하는 '성공적인 삶', 전교 1등, 높은 성적.

　반면 나는 그렇지 못했다. 특별히 빛나는 성과를 내지도 못했고, 그렇다고 남들보다 뒤처진 것도 아니었지만, 뭔가 성공과는 이미 거리가 먼 루트를 걷는 듯한 기분을 자아냈다.

　성공의 곁에서 조용히 존재하며 '방해하지 않는 역할'을 수행하는 것이 나의 의무일까 곱씹어보기도 하며.

어쩌면 이때의 기억이 20대 내내 떠올랐던 것 같다. 정말 서울대에 가서 학교의 자랑이었던 짝꿍의 선택 모두가 예언했던 성공의 탄탄대로를 향해 걷는 듯했다. 꽤 긴 시간 동안은 선생님 예언의 오류를 지적하고자 반발심을 갖고 내 전공에 더 깊이 매진한 적도 많았다.

그러다 내 삶이 짝꿍과 비교하는 기준 위에 놓여 있다는 걸 깨달았다. 그와 내가 다른 길을 걷고 있음에도 불구하고, 나의 가치는 그의 성취로 결정되는 듯했다. 나는 내 길을 걷고 있었을까.

한참이 지나 내가 내 분야에 전문적인 기술을 가져갈 때쯤, 확신했다. 많이 늦은 감이 있었지만, 나의 시작이 늦은 만큼 발견이 늦었다 위로하며.

"맞다, 그 예언은 틀렸다." 그리고 단어 선택도, 훈계마저도 예의 영역에서의 큰 오류였음을 내가 선생이 입장이 되어보니 그 잘못을 명명백백 알았다. 나는 누구의 방해도 아니었고, 누구의 그림자도 아니며 하나의 고유한 색을 가진 존재였다. 나의 삶은 짝꿍의 삶과 비교될 필요도, 그의 길을 돕거나 막는 도구로 사용될 필요도 없었다.

예술이 전하는 언어에 그 근거가 있다. 우리는 저마다 다른 색을 가진 존재다. 어떤 색이 더 가치 있는 것이 아니라, 모든 색이 필요하다. 자신의 선택으로 이루어지는 다채로운 삶에서 자유의지를 갖고 내 색을 찾고, 내 선을 그려가야 한다는 것을.

세상에 다양한 방식으로 매체로 그려지는 예술이 정답이 없는 것처럼, 나의 길도 남의 길과 비교할 필요가 없다는 것을. 나는 나만의 색을 찾고, 나만의 길을 걷고 있다는 것을.

우리는 각자의 길을 간다. 어떤 길은 빠르고, 어떤 길은 느리며, 어떤 길은 아예 기존의 길을 벗어나기도 한다. 그리고 예술이 그러하듯, 그 모든 길은 저마다의 의미가 있다.

나는 내 작품을 만들어가는 사람이다. 그리고 선생님이 보지 못했던 것이 있다면, 그것은 바로 삶에는 정해진 정답이 없다는 사실이다.

단 하나의 '정답'을 정해두고, 나의 가능성을 제한했다는 것. 하지만 나는 이제 안다. 삶은 예술과 같고, 예술에는 오답이 없다는 것을.

출처 : 저자 최이연 작성

생의 목마름으로

"오늘 하루의 삶은 안전했나요?"

침대에 누워 나의 하루를 마무리하며 혼자 읊조리는 말이다. 살아 있음에 존재함에 안도의 한숨을 내쉬는 것이 내 하루 일상의 마무리 의식이다.

김지하 시인의 민주주의에 대한 갈망을 노래하는 '타는 목마름으로'라는 시가 있는데, 나는 '생의 목마름으로'라고 말하곤 한다.

나에게 삶과 죽음은 언제나 가까이에 있었다. 의사인 아버지와 큰며느리였던 어머니는 가족이 아프면 집으로 모셔서 간호했다, 세상 그 어디보다 가깝고 따스운 치료 형태가 아닐 수 없었다. 할머니, 할아버지, 고모의 암 투병 생활을 곁에서 보며 10대를 지내왔다.

언니와 함께 쓰던 크고 너른 파스텔톤 침대는 통원 치료와 병행하며 집에서 투병 중인 가족이 오게 되면 비워주었다.

나와 둘도 없는 친구였던 할아버지는 할머니가 위암으로 세상을 뜬지 10여 년 뒤에 폐암으로 암 투병을 하게 되셨다. 장난꾸러기 손녀만큼 장난기가 넘치시던 할아버지는 몇 년을 걸쳐 목소리가 작아지시고 더 이상 나를 꽉 안아주지 못하시고 힘없는 목소리로 내 이름을 간간이 불러주셨다. 독하디독한 항암 치료가 버거우시던 날에도, 할아버지는 나와 나누던 농담을 가느다랗게 던져주시곤 했다.

하교하고 돌아온 어느 날, 파스텔톤 침대에서 링거를 맞고 계시던 할아버지가 나를 부르셨다. 말라가고 기력 없는 본인의 달라져가는 본인의 모습에 손녀의 낙담을 보신 걸까.

다정히도 여리여리하게도 내 이름을 부르시더니 "아가, 할애비가 재밌는 걸 보여줄까?" 하시며 본인의 종아리를 꾹 누르셨다. 손으로 누른 자리가 꾹 모양이 났다. 천천히 살이 차오르는 데 몇 분이 걸렸다.

"할애비는 다리에 그림도 그릴 수 있어" 하시며 정강이를 꾹꾹 눌러 강아지 발바닥도 만들어주시고 꽃도 그려주셨다. 강한 항암제에 전신 부종이 만들어낸 아픈 모습에도 손녀가 웃기를, 낙담하지 않기를, 커다란 웃음을 보이던 할아버지. 손녀가 겁내지 않고 자신이 누운 금방에 자주 찾아오길 바라는 마음을 읽은 것은 한참 큰 다음이었다.

할아버지와의 이별이 채 가시기 전에 고모의 암 투병이 시작되었다. 늘 캔디처럼 명랑하던 고모의 식도암은 몇 차례 수술을 거쳤지만 호전되지 못했다. 고모의 5년간 투병 기간은 녹록하지 않았다. 고모의 나이 30대 후반, 이루고 싶은 꿈과 지키고 싶은 어린 자녀를 떠올리며 고모는 힘이 다할 때까지 치료에 전념했다. 항암 치료와 함께 어머니는 좋다는 요법, 음식, 물이 있다면 갖은 방법을 써 호전되길 바라왔다. 건강미가 넘치던 고모가 앙상해질 때까지, 더 이상의 치료가 불가해 기도만이 유일할 때까지 우리의 간절함은 멈추지 않았다. 영면에 든 고모의 빈자리와 잔상은 오래도록 선명했다.

가족의 고통을 곁에서 보며, 이별을 살갗으로 느끼며 언젠가 나도 같은 운명을 맞이하지 않을까 하는 두려움은 가슴 저 밑에 자리 잡았다.

30대가 되어서는 그 두려움이 막연한 상상이 아니라 현실처럼 느껴졌다. 몸이 조금만 아파도 불안했고, 가족력이라는 단어는 언제나 머릿속을 맴돌았다. 그러나 역설적으로, 나는 그 두려움 덕분에 생명을 더욱 간절히 원하게 되었다. '살고 싶다'라는 감정이 단순한 욕망이 아니라, 절박한 기도가 되어버렸다.

나는 미술치료사로서 사람들의 마음을 들여다보는 일을 한다. 귀한 생명들을 만나 그들이 삶 면면을 보고 작업으로 함께한다. 내담자를 만나는 일은 또 다른 나와 마주하는 일과 같다. 비로소 일련의 회기 동안 나 또한 나의 지금과 나의 어제를 만난다.

삶과 죽음이 한 끗 차이임을 너무 일찍 알아버린 어린 나를 만나 위로하고 토닥이며 지금의 나날을 관망한다. 때때로 찾아오는 무기력이 나약함이 아님을 말해준다.

가족과 생사의 이별을 가까이서 봐오며 자라나는 불안한 마음을 다독이고 다독였다. 오직 살아 있음 그 자체가 기적이고 하루하루는 기적의 연속임을 깨달았다. 삶은, 살아 있는 동안에는 그저 흘러가는 듯 보이지만, 사라질 것을 알게 되는 순간, 그 가치는 감히 헤아릴 수 없을 만큼 커진다는 것을.

죽음에 대한 공포와 트라우마는 나의 마음을 짓누르면서, 동시에 그것이 나를 움직이게도 했다. 나는 죽음을 두려워하며 살지만, 바로 그 두려움 덕분에 더 많이 사랑하려 하고, 더 열심히 살아가려 한다. 사랑하는 사람들과 시간을 더 소중히 여기고, 오늘 하루를 조금 더 충만하게 보내려 애쓴다.

이 세상에는 나와 같은 사람들, 가족의 죽음을 경험하고 그 슬픔 속에서도 살아가려 애쓰는 이들이 많다. 어떤 이는 자신이 겪은 상처를 바탕으로 누군가를 위로하는 일을 하고, 어떤 이는 그 두려움을 넘어 더 열정적으로 세상을 살아간다.

삶이 우리에게 주는 가장 큰 선물은, 지금 살아 있다는 사실이다. 우리의 몸은 연약하고, 운명은 예측할 수 없지만, 우리가 살아 있는 동안만큼은 사랑할 수 있고, 느낄 수 있고, 꿈꿀 수 있다. 삶이 유한하다는 사실을 알기에, 나는 오늘 하루를 허투루 보내지 않기로 했다. 생명이 내 손에 남아 있는 동안, 내게 주어진 시간을 최대한 온전히 살아가기로 했다.

나는 이제 두려움 속에서 움츠러들기보다는, 그것을 생명을 향한 갈

망으로 바꾸기로 했다. 오늘이 마지막 날일지도 모른다는 생각을 품고, 오늘을 온전히 살아가기로 했다.

두려움과 싸우고 있다면, 너무 애쓰지 않아도 괜찮다고 말해주고 싶다. 우리는 모두 언젠가 끝을 맞이하지만, 그 끝이 오기 전까지는 살아 있음의 기적을 충분히 누려도 된다.

오늘도 우리는 살아 있다. 숨을 쉬고, 누군가를 사랑하고, 아침의 빛을 맞이한다. 비록 삶이 고통과 두려움을 동반할지라도, 우리는 여전히 이 순간을 살아갈 수 있다.

그러니 조금은 안심하고, 오늘을 살아보자. 우리에게 주어진 이 하루가, 기적이라는 사실을 기억하면서.

출처 : 저자 최이연 작성

작품 전시회

금선미, 남규민, 박건우, 백지상,
송아미, 양여월, 이경화, 이소희,
이여름(임영주), 정주영, 최영인, 최이연

금선미

〈그대로_1〉

〈그대로_2〉

〈그대로_3〉

〈그대로〉

〈마음이 닿길〉

남규민

〈질주〉

〈마음을 자작인다〉

박건우

백지상

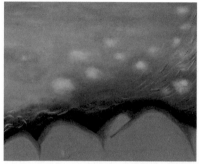

〈엄마가 눕는다〉

〈미지와의 조우〉

〈장미가 날다〉

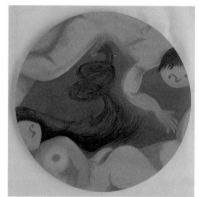

〈천지창조〉

송아미

〈햇살 먹는 날〉

〈MY SWEEETEST CHRISTMAS〉

〈어느 화창한 날의 북킷리스트 클럽〉

양여월

〈뭉클한 오늘〉

〈몽글몽글 부글부글〉

이경화

〈따로 또 같이〉

〈함께 머물기〉

〈진짜 어른〉

　나의 위로가 당신의 위로가 되길

이소희

〈세대를 잇는 등불이 되어준 아버지의 사랑〉

〈위로, 나를 살아가게 하는 힘〉

〈내가 받은 위로, 그리고 내가 건네는 위로〉

이여름(임영주 작품)

〈시들어도 괜찮아〉

〈다시 찾은 미소〉

〈동화〉

정주영

〈집으로〉

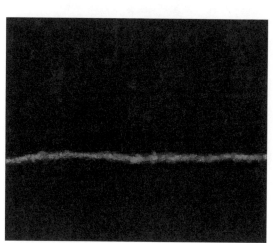

〈환대〉

최영인

〈wave—earth sounds〉

〈wave—no problem〉

〈wave—first meeting〉

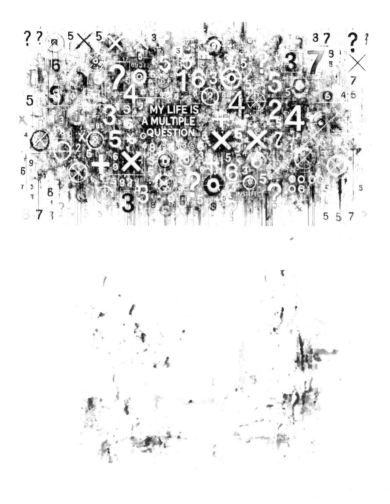

나의 위로가 당신의 위로가 되길

치유예술작가협회 12명의 이야기

제1판 1쇄 2025년 5월 20일

지은이   금선미, 남규민, 박건우, 백지상, 송아미, 양여월,
　　　　이경화, 이소희, 이여름, 정주영, 최영인, 최이연
펴낸이   한성주
펴낸곳   ㈜두드림미디어
책임편집 이향선
디자인   얼앤똘비악(earl_tolbiac@naver.com)

㈜두드림미디어
등록   2015년 3월 25일(제2022-000009호)
주소   서울시 강서구 공항대로 219, 620호, 621호
전화   02)333-3577
팩스   02)6455-3477
이메일   dodreamedia@naver.com(원고 투고 및 출판 관련 문의)
카페   https://cafe.naver.com/dodreamedia

ISBN   979-11-94223-70-2 (03810)